WARHAMMER
THE HORUS HERESY

原体传

弗格瑞姆 凤凰领主
FULGRIM THE PALATINE PHOENIX

[英]乔什·雷诺兹 著　庆铸 译

浙江科学技术出版社·杭州

This edition published in Great Britain in 2018 by Black Library.

Games Workshop Limited,Willow Road, Nottingham, NG7 2WS, UK.

This edition published in China by Zhejiang Science and Technology Publishing House in 2025.

Copyright © Games Workshop Limited 2018.

This translation copyright © Games Workshop Limited 2025.

Translated and used under licence by Zhejiang Science and Technology Publishing House. All rights reserved.

Fulgrim:The Palatine Phoenix © Copyright Games Workshop Limited 2018. Fulgrim:The Palatine Phoenix, The Horus Heresy Primarchs, GW, Games Workshop, Black Library, The Horus Heresy, The Horus Heresy Eye logo, Space Marine, 40K, Warhammer, Warhammer 40,000, the 'Aquila' Double-headed Eagle logo, and all associated logos, illustrations, images, names, creatures, races, vehicles, locations, weapons, characters, and the distinctive likenesses thereof, are either ® or TM, and/or © Games Workshop Limited, variably registered around the world.All Rights Reserved.

No part of this publication may be reproduced, stored in a retrieval system, or transmitted in any form or by any means, electronic, mechanical, photocopying, recording or otherwise, without the prior permission of the publishers.

This is a work of fiction. All the characters and events portrayed in this book are fictional, and any resemblance to real people or incidents is purely coincidental.

本书英文版由 Black Library 于 2018 年出版

Games Workshop Limited，地址：Willow Road, Nottingham, NG7 2WS, UK.

本书中文版由浙江科学技术出版社于 2025 年出版

Copyright © Games Workshop Limited 2018.

This translation copyright © Games Workshop Limited 2025.

浙江科学技术出版社可在授权下翻译与使用。

Fulgrim:The Palatine Phoenix © Copyright Games Workshop Limited 2018. 弗格瑞姆：凤凰领主、荷鲁斯叛乱原体、GW、Games Workshop、Black Library、荷鲁斯之乱、荷鲁斯之眼标识、星际战士、40K、战锤、战锤 40,000、"天鹰"双头鹰标识，以及所有相关标识、插图、图像、名称、生物、种族、载具、地点、武器、角色及其中的特色同类物，所有带有 ®、TM，以及 © Games Workshop Limited 的标识均为在全世界注册的商标或为 Games Workshop Limited 版权所有。

未经许可，不得将本书任何部分以任何形式复制、存储在某个检索系统中，也不得以任何形式或手段，包括电子、机械、影印、记录或其他方式，传播本书的任何部分。

本书为虚构作品。书中人物、事件均为虚构，如有雷同，纯属巧合。

相关书目

更多荷鲁斯之乱系列小说、读物

——荷鲁斯之乱——

- 荷鲁斯之乱编年史
- 燃烧的银河
- 普罗斯佩罗之焚
- 异端之首
- 泰拉之眼
- 多恩的近卫
- 不被铭记的帝国
- 狼毒
- 黑暗奴仆
- 深埋之匕

- 荷鲁斯崛起
- 艾森斯坦号的逃亡
- 深渊之战
- 疤痕
- 通天之路
- 考斯印记
- 军团
- 人类之主
- 惧于踏足

- 伪神
- 千子
- 猩红君王
- 背叛者
- 无所畏惧
- 毁灭风暴
- 复仇之魂
- 法罗斯
- 卡利班天使

——泰拉围城——

- 太阳系战争
- 农神墙死斗（暂定名）
- 月神之子
- 终焉与死亡

- 迷失之人和受诅咒者
- 死颅（暂定名）
- 马格努斯之怒

- 首墙之危
- 战鹰
- 永恒的回响

——原体传——

- ◉ 弗格瑞姆　凤凰领主
- ● 阿尔法瑞斯　九头蛇之首
- ● 黎曼·鲁斯　伟大狼王
- ● 科拉克斯　影王
- ● 察合台可汗　丘格里斯战鹰
- ● 莱恩·艾尔庄森　第一军团统帅
- ● 莫塔瑞恩　苍白君王
- ● 圣吉列斯　大天使

- ● 费鲁斯·曼努斯　美杜莎星的戈尔贡
- ● 罗保特·基里曼　奥特拉玛雄主
- ● 红魔马格努斯　普罗斯佩罗巫王
- ● 沃坎　火龙之父
- ● 洛加　真言使者
- ● 佩图拉波　奥林匹亚之锤
- ● 罗格·多恩　帝皇追随者

更多战锤40,000系列小说、读物

——黑暗帝国——

- ● 黑暗帝国
- ● 黑暗帝国2　纳垢战争
- ● 黑暗帝国3　神之灾厄

——烈火黎明——

- ● 烈火黎明　复仇之子
- ● 烈火黎明4　光明王座
- ● 烈火黎明7　灵魂之海
- ● 烈火黎明2　骸骨之门
- ● 烈火黎明5　钢铁王国
- ● 烈火黎明8　阿巴顿之手
- ● 烈火黎明3　狼时
- ● 烈火黎明6　殉道者之墓
- ● 烈火黎明9　寂静王

——艾森霍恩——

- ● 异形
- ● 拉文纳
- ● 贝坤　独行者
- ● 学者
- ● 圣锤
- ● 拉文纳　归来篇
- ● 贝坤　放逐者
- ● 宿敌
- ● 拉文纳　独行篇
- ● 贝坤　煽动者

——冈特的幽魂——

- 唯一的第一团
- 荣誉守卫
- 萨巴特圣徒
- 蔑视之甲
- 幽魂制造者
- 坦尼斯之枪
- 变节将军
- 至死方休
- 大墓地
- 白银直剑
- 最后命令

——其他——

- 骑士之剑
- 不屈
- 王座守望者　帝皇军团
- 王者之刃
- 泰拉地窟　帝陵御座
- 王座守望者　摄政之影
- 虔诚印记
- 泰拉地窟　空心山脉

更多战锤"终焉之战"系列小说、读物

- 纳迦什归来
- 大角鼠崛起
- 阿尔道夫之殒
- 终焉之主
- 凯恩诅咒

更多战锤"西格玛时代"系列小说、读物

- 灵魂之战
- 铁龙霸主
- 王权御统
- 沉宝废墟
- 光耀域主

故事简介

荷鲁斯之乱——
这是一段传奇岁月。

众多伟岸英雄为统御银河之权奋力拼搏。

地球帝皇的亿万大军纵横星海，以一场伟大远征将银河纳入囊中——在这些精兵强将面前，无数异形种族难当锋锐，就此在历史长卷上被抹消了踪迹。

人类种族威震寰宇的璀璨年代拉开了序幕。

黄金白玉堆砌而成的闪耀堡垒颂扬着帝皇的诸多凯旋。一百万个世界上林立的纪念碑，翔实描述那些悍勇战将的传奇功绩。

帝皇的战士中最强大的便是基因原体，这些英武绝伦的人物率领帝皇麾下的星际战士大军斩获了无数胜果。他们势不可当，高贵超凡，是帝皇基因实验的巅峰成就。星际战士则是银河之中前所未有的强悍士兵，每个人皆有以一敌百之力。

这些传奇人物的故事不可胜数，被广为传唱。从泰拉的帝国皇宫到极限星域，他们的非凡事迹塑造着这片星河的未来。但他们如此强大的内心就永远不会迷茫或堕落吗，或者说权力与力量也会成为帝皇忠嗣们不可抗拒的诱惑吗？

叛乱的种子已经播下，而人类历史上最浩大的战争几年后将要开始……

目录

第一章　踏上征程　　　　　　　　1

第二章　凤尼西亚之子　　　　　　10

第三章　传火使者　　　　　　　　23

第四章　会见权贵　　　　　　　　40

第五章　民心思变　　　　　　　　55

第六章　舌战贵族　　　　　　　　67

第七章　公开露面　　　　　　　　74

第八章　悠闲领袖　　　　　　　　82

第九章　民生与政见　　　　　　　94

第十章　点拨西里乌斯　　　　　　105

第十一章　萨巴修斯之子　　　　　113

第十二章　登临安纳巴斯山　　　　122

第十三章　完美生命体　　　　　　129

第十四章　八人对抗世界　　　　　143

目录

153 .... 第十五章　破门而入

163 .... 第十六章　凤凰裁决

170 .... 第十七章　扬帆星海

第一章

踏上征程

火与血。

世间的一切都可以被归结为火与血,至少他的兄弟们一直如此认为。他们说帝国在烈火中铸就基业,在鲜血中淬炼霸权,如此方能令宇宙群星屈膝顺从。弥漫天空的灰烬与堆满无数战场的枯骨,这便是火与血。

这是一种单调而无趣的哲学,甚至连最简陋的艺术之美都没有。

尽管兄弟们很大程度上只是想提高效率,可令他沮丧的是,这种信念竟成了指引人类展开伟大远征的明星,就连人类帝皇似乎也对此坚信不疑。火与血,效率与速度,便是伟大远征的口号。

"效率。"弗格瑞姆故意用唱腔说道,听上去就像一句祷词。他透过观察窗的玻璃向外凝视着黑暗中闪烁的星辰,悠闲地计算着宇宙群星之间的距离。帝皇之傲号的观测舱灯光昏暗,所有装饰都被撤走了。在这里,人们不会分心,只会全心感受宇宙的浩瀚,欣赏布满苍穹的美丽繁星。

帝皇之子的原体只简单地穿着紫色与白色相间的长袍,将一件饰有羽毛、镶嵌黄金的斗篷披在他宽大的肩膀上。弗格瑞姆只在作战或阅兵时才穿戴盔甲,而在这片供人沉思的雅室里,他换上了自己认为更合适的宽服。这件松散的衣服与他精瘦的形体相称,也为他增添了几分王者般的宁静气质。与全身华美的着装相比,弗格瑞姆悬挂在腰间的宝剑显得朴实无华。原体将手放在剑柄一端的圆球上,用一根手指抚摸紧紧缠绕在剑柄上的丝线。

那把剑是一件象征友爱的礼物,是好友带着敬意锻造的利器。除了自己坚定的信念外,弗格瑞姆将其视为最珍贵的宝物。而这把剑和它的寓意象征着弗格瑞姆仍走在正道上,他没有背离自己的使命,而是选择去接受。

弗格瑞姆仔细打量玻璃上的倒影。穿着淡紫色铠甲的军团士兵们在他身后立正，他们的铠甲上绘着雷电与光线，皇家天鹰的标志很显眼。星际战士不仅有刚强的肉体，还穿着坚固的陶钢战甲，被人们视作神话中的半神。而原体是这群半神中的真神，他站起时，星际战士的身高都不及他的肩膀。弗格瑞姆留着一条银白色的蛇形长辫，他面如凝脂，五官端正，宛如一尊被打磨完美的雕像。他眯起了自己紫蓝色的双瞳，陷入了沉思。

六名星际战士在弗格瑞姆身后站成一排，他们是目前军团中表现最优异的，其中只有一人是原先军团两百人残部中的一员，并曾在奇摩斯星上跪谒弗格瑞姆。除他之外，现场还有一位老兵，身为将官的他与其他人分开，站在队伍身后，静静地观察着。他似乎察觉到弗格瑞姆正在打量自己，便微微点头。弗格瑞姆本想轻笑，但是忍住了。

在这六人中有五人是年轻战士，他们精力充沛，血气方刚，急欲证明自己的能力。弗格瑞姆不得不承认自己的心境与他们很像，但很快他便抛弃了心中令人烦恼的杂念，继续专注于眼下。对于普通人类而言，这些星际战士就像雕像一样，面无表情，一动不动。但在弗格瑞姆眼中，这些人心中的焦虑显而易见。六位战士中有五人不知道自己为何会被召见，并为此惊慌失措，似乎只有一位战士心里并无感触。尽管如此，他还是笑了。

"高效率的定义是什么，纳尔沃？"弗格瑞姆没有转身，便指着一位军团战士问道。这样一点演技无伤大雅。

军团战士纳尔沃·奎因怔住了，显然他没想到自己竟然会被原体单独询问。"用最小的努力巧取胜利，吾主。"第三军团的战士是一群灵巧的剑士，而与战友相比，奎因则是一个挥舞重锤的莽汉，但他偶尔能想出不错的点子，依然有成为将才的潜质。被召集于此的战士们其实都有不错的潜力。而原体在此所做的一切都是为了启发他们的才智。

弗格瑞姆停下手中测算星纬与星距的消遣，他将数据牢牢记在脑海后转身说："虽然你的回答毫无亮点，但尚可接受。"立正的奎因不禁变了姿势，显然他心中十分懊恼。弗格瑞姆继续说道："事实上，要实现高效率，只付出最少的努力并不够。而做事是否有效率，也需要根据实际情况来鉴定。我的童年是在加工机与挖矿铲之间度过的，也是在那时我学会了这个道理。"

弗格瑞姆看都没看，便伸出白皙的手指敲击观察窗的玻璃，缓慢而小心地在群星之间画出了一条连贯的线。"例如荷鲁斯认为合适的事情，其他人则会觉得非常野蛮。"几十年来，弗格瑞姆日夜壮大第三军团的同时，也一直在另一个军团的阴影下作战。荷鲁斯已经向他解释了成为帝皇的一名子嗣意味着什么，也让他明白自己为此所需要承担的义务与责任。想起那段受挫的日子，弗格瑞姆不禁咬紧牙关，在一瞬间露出了他完美的玉齿。"那么，影月苍狼认为的效率是他们自己定义的概念，也不会受我们的喜好的评判。"

弗格瑞姆转过身，背对群星，他发出一阵礼貌的轻笑，那笑声像涟漪一样一下传遍所有人。"然而我们可以制定自己的标准来评判行事高效与否。"如他所期望的那样，大家在他发言时止住了笑声。幽默是要分时间和场合的。弗格瑞姆随后露出指节敲了敲观察窗的玻璃。"我的兄弟们一路倾轧，他们在银河的脸庞上刻满了火与血的疤痕，在身后留下一片支离破碎的世界。而我经过一番思考，想出了一个更好的办法。"弗格瑞姆很快又一次露出微笑，他自信的笑容宛如一道凌厉的剑击，穿透人心，"一种更有效率的办法。而你们将和我一起证明这一点。"

观察窗上星光闪耀，而弗格瑞姆绕着其中一处特殊的光点画了一道圈。"这是28-1号星，星球上的几十亿居民则称其为拜赞斯。考虑到这颗星球的近况，这里的人口绝不是个小数目。"弗格瑞姆注视着自己的战士们说，"我们会令拜赞斯臣服人类帝国，但绝不是通过火与血的方式。我会带上六名剑士，而且只有六名剑士奔赴战场，你们就是我挑选的剑士。"

战士们愀然色变，他们的心中不只充满了骄傲和渴望，还有担心与顾虑。他们是年轻的战士，虽然有战斗经验，但没有经历过如此严峻的考验。这将是他们的第一场试炼，对弗格瑞姆来说也是如此。这是一种新的作战方式，无论是在理念还是实战上，都十分完美。

"这是我们开启新征程的第一步，也是一场全新战争的开始。我们也将第一次完全凭借自己的双手和力量赢得战争。这才是我们故事的第一章，而之前的经历都只是个序幕。"他拍了拍玻璃上标记拜赞斯的灰点，接着说，"在爱奥尼亚高原的奥吉安方言中有一个词,叫大行军。这词指的是军队远涉重洋，在登陆敌岸后长驱直入，开疆拓土。"弗格瑞姆转过身，展开双臂，就像一位老国王为他的骑士们涂抹圣油，"我的子嗣们，这也是我们的大行军！"

在场所有的军团战士一齐跪了下来，他们的手握成拳头，放在铠甲上绘饰的皇家天鹰前，向原体致敬。

弗格瑞姆露出了高兴的笑容。"我选了你们六个人来代表我们整个军团出战。你们将成为我这次战事的侍从武官，好好思考其中的意义，而后认真整备。"他再次转身，朝观察窗看去。

"你们走吧，解散。"

军团战士们离开了，他们悄悄地交谈着，有两人话很少，还有一人缄口不语。六人走后，弗格瑞姆说道："你现在可以自由发言了，艾贝德蒙。"

他转头面向自己召来的第七位军团战士。军团指挥官艾贝德蒙身穿油亮的紫红战甲，是军团战士鲜活的榜样，也是所有战士都渴望成为的模范。艾贝德蒙将手放在腰间的精工动力剑上，这把外观精致的武器来自泰拉，是爱奥尼亚高原的工匠们送来的礼物。据说，艾贝德蒙在剑术上颇有造诣，但弗格瑞姆还没有亲眼见识过，不过现在他对艾贝德蒙的能力所需并非剑技。

军团指挥官是弗格瑞姆麾下的高级军官之一，也是他议会中一群受人尊敬、说话很有分量的人。艾贝德蒙颇有名望，但他并没有沉溺于别人的奉承。军团前十支千人团分别由十位军团指挥官统率，艾贝德蒙也许是其中最深思熟虑的一位了，而弗格瑞姆现在需要的就是这种勤于思考的谋臣。

"你对此怎么看？"弗格瑞姆问道。

"一场令人热血沸腾的演说，吾主。"艾贝德蒙轻声说道，嗓音柔和却透着金属般的冰冷，如同钢铁悄然滑过丝绸一般，"听您的演讲，我的心跳都加速了。"

弗格瑞姆挑了挑眉毛。"哦，是吗？你难道不觉得我说的有点多了吗？"

"没有，吾主。我尤其欣赏这演讲中分寸精妙的鼓荡之辞。"艾贝德蒙来自泰拉，人类帝皇第一次前往奇摩斯时，他曾赴命陪同，是经历那段命运之旅的军团成员之一，也是那时最早跪谒弗格瑞姆的战士之一。艾贝德蒙不仅参与过第三军团迄今为止的所有战事，并且一直都在最前线奋勇杀敌，其中就包括比邻星之战。艾贝德蒙为自己赢得了应有的尊重与地位。而弗格瑞姆很快就推断出：如果他要赢得整个军团的支持，就必须要争取艾贝德蒙的效忠。

身为基因原体的弗格瑞姆是整支军团的基因之父，但他并不能确保军团上下都对他忠诚爱戴。每天都有军团战士在上千座星球上反抗他们的原体，军团的指挥结构因此被分裂动摇，其危害之深，令人担忧。第三军团的战士们习惯单打独斗，或是结成小团体各自为战，而不是作为一个军团整体来作战。弗格瑞姆和他信任的军团指挥官们花了很长时间才让军团战士们重拾使命感和纪律性。

弗格瑞姆听了艾贝德蒙的话高声大笑道："你最好庆幸自己出生在泰拉，而且我还是个懂点幽默的人，艾贝德蒙。要不然我可要因这公然的不敬而惩罚你。"

艾贝德蒙低下了头。他银白的发辫如绳索般粗短虬结，自黝黑的脸庞向后蜿蜒，尽数收束于脑后，这让他看起来像一只老鹰。弗格瑞姆觉得艾贝德蒙身上多少有他的影子，尽管这位军官永远也不会变得像他那么英俊；弗格瑞姆怀疑艾贝德蒙根本就不会在意自己的形象。

"向您致歉，吾主。我争取下次能以更高明的说辞恭维您，不劳您费心指正。"弗格瑞姆听出了对方话中的讽刺，但艾贝德蒙的脸依旧毫无表情，就仿佛是用缟玛瑙刻成的石雕一样。

"你光是傲慢无礼也就罢了，现在还尽说些虚情假意的奉承话，毫无廉耻地暗讽我。"弗格瑞姆说道。他把自己的手放到了艾贝德蒙的脖子上，虽然力度很轻，但依然带有警告的意味。他感觉到艾贝德蒙的脉动突然紊乱了一阵。尽管艾贝德蒙没有害怕，但弗格瑞姆很高兴，他的孩子们是帝皇真正的后嗣，是超越恐惧的勇士。

弗格瑞姆俯下身子，这样他说话的声音就能有效地震慑艾贝德蒙。军团指挥官的脉搏加速了，任何星际战士与自己的原体靠太近时，都难以行动自如。艾贝德蒙已比大多数人都应对得更好，但即便如此，他也已动弹不得。"现在小心点，我们只能私下里这么做，要不然我就要拿你杀一儆百。军团的指挥链必须维持，艾贝德蒙。"

艾贝德蒙没有直视弗格瑞姆的眼睛。"遵循您的命令。"即使是开玩笑，星际战士也得注意礼节，不能在大庭广众之下对原体无礼。这对第三军团来说尤为重要，因为他们人数依然很少，士气更在前几年一落千丈，直到原体归来后，情况才有所好转。

帝皇刚来到奇摩斯的时候，军团幸存的战士只有两百人不到。那是一支名存实亡的军团，就像一件因为使用不当而损坏的工具，急需有人来维修。

弗格瑞姆已经尽其所能，他拜访了古老的欧罗巴贵族世家，恢复了从他们家族征集新兵的"长子血税"，并声称一千个星球世界里出生的贵族长子都是他应得的兵员。不过在弗格瑞姆的兄弟们看来，第三军团依然孱弱。荷鲁斯觉得弗格瑞姆独自翱翔还为时尚早，但即便是荷鲁斯也会犯错。

弗格瑞姆将自己的念头抛在脑后，后退了一步，让艾贝德蒙可以重新轻松地呼吸。他用淡紫色的双眼注视着下属："请你如实地给我提些建议，艾贝德蒙，我有没有选错人？"

艾贝德蒙看上去十分犹豫，但弗格瑞姆很有耐心，给下属时间厘清思绪。艾贝德蒙轻咳两声，开口道："奎因是个粗野的莽夫，也是最令人放心不下的麻烦人物。弗莱维乌斯·艾肯内斯也一样。他们都是在一线作战的士兵，而不是外交官。"

"这就是我们需要他们的原因。可以说他们就是我们用来威慑敌人的大棒。"弗格瑞姆走到艾贝德蒙身后，他合起双手，转身回到观察窗，"他们会无声地提醒别人，如果形势不妙，我们会派出怎样的军队来平定星球。"弗格瑞姆笑道，"我承认，他们虽不像其他战士那么凶残可怕，但绝对可以独当一面。其他人你怎么看呢？"

"泰尔马和索恩都很有干劲，他们渴求晋升，会积极表现，西里乌斯也是如此。"

弗格瑞姆点点头，他对西里乌斯抱有厚望。在原体选择的六位战士中，西里乌斯潜力最大。他不仅是一位天赋异禀的剑客，还是一个头脑敏锐的军官。也许多给点机会，西里乌斯就能在军团中跻身高位。弗格瑞姆突然想到了他选择的第六位剑士，不禁沉思了一会儿。"那你怎么看药剂师法比乌斯呢？"

"他是另一类令人担忧的人物，这人很有天赋，却将自己置身于指挥链外，独断地思考自己的行动。"艾贝德蒙顿了顿说，他皱起了眉头，"他需要人来约束。"

"他的事情将由我亲自负责。"弗格瑞姆说。艾贝德蒙露出了宽慰的表情，那样子几乎可以用"滑稽"来形容。法比乌斯也是一位来自泰拉的军团战士，同时也是欧罗巴北部山脉某个小贵族的家族后嗣。和艾贝德蒙一样，他也是军团最初两百老兵中的一员，而且是军团老兵中唯一幸存下来的药剂师。尽管现在帝皇之子也有其他药剂师，但在枯萎病肆虐第三军团的时候，只有法比乌斯一人在努力阻止病毒蔓延。药剂师的眼睛里有一种弗格瑞姆不喜欢的神情——一种愤世嫉俗的情绪，这与第三军团所代表的一切都格格不入。弗格瑞姆希望能将法比乌斯的这个缺点迅速纠正。

拜赞斯承诺会为军团输送新鲜血液，这意味着会有新的志愿兵应征军团，同时贵族们也会为了偿清长子血税，将自己的子嗣送往军团服役。法比乌斯或许会因此高兴一点。原体转身看着观测窗，重新计算着孟德维尔点。艾贝德蒙故意清了清嗓子，弗格瑞姆叹口气道："你还有问题吗？"

"只是希望能听您指点迷津，吾主。"

弗格瑞姆懒洋洋地摆了个手势道："说吧。我听完会启示你的，孩子。"

"我们为什么要出动六人征战星球？"

"为了让这个世界臣服于人类帝国。"

"但为什么要用这种风险大于收益的方式？"

弗格瑞姆沉默了很长时间，然后他叹了口气。"我的兄弟们挑战我，而作为被挑战的一方，场地和武器都由我选定。"他笑道，"鲁斯建议我指挥第二十八远征舰队时，他觉得自己很聪明。他说 28 是一个正整数，等于它适当因数的和，从数学的意义上来说它是个完美的数字。"弗格瑞姆轻声笑道，"我本以为这条建议会是费鲁斯指点给我的，或者是荷鲁斯，但从没想到会是鲁斯。那家伙把自己知识渊博的一面隐藏得很深。"

"藏得确实深。"艾贝德蒙同意道。

弗格瑞姆又笑了起来。"现在，现在你又对一位帝皇的子嗣无礼了，艾贝德蒙。这次你是对我的兄弟出言不逊。"弗格瑞姆顿了顿，停止了笑声接着说，"我那肮脏的、长着跳蚤的蛮族兄弟。"他又瞥了自己的部下一眼，"当然，我接受了这个挑战。我觉得我们很有必要向大家展示一下自己真正的实力。"弗格瑞姆皱起了眉头，"确实，那些在我之后才被帝皇发现的原体都已经在成就上超过了我。我们在病床上逗留太久了，艾贝德蒙。我们的人数虽然在增长，可增速缓慢。那些所谓要保护我们的人正通过不可告人的方式窃取我们的资源。对我们而言，这样放任下去可并不明智。"

艾贝德蒙一句话也没说，他在自己的服役生涯中，曾与三个军团的同袍并肩作战过，弗格瑞姆或许会认为这些战友该为帝皇之子现在的窘境负责，但艾贝德蒙并不赞同，哪怕这只是原体的无心之词，他也无法接受如此可憎的想法。弗格瑞姆接着说："你知道吗？我想他们很同情我们。他们同情我，可我不会接受。我们不是生来被人同情的弱者，而是受人尊敬的强者。"他将目光从自己在玻璃上的倒影移开，转过头说："你问我为什么这么做？这就是我给你的答案。我们不仅要征服拜赞斯，还得赢得一场完美的胜利，就是要让别人看到我们的价值是不容置疑的。如果第三军团现在不独立壮大，那我们本该完美的样子将永远只会是一道可悲的阴影。"

艾贝德蒙敬礼说："是的，吾主！"

弗格瑞姆挥手招呼艾贝德蒙离开。"你走吧，我还要测算星距。"

艾贝德蒙转身离去。弗格瑞姆望着窗户上指挥官的倒影，片刻间思考着心中的疑虑：他真能用六名战士征服一颗星球吗？

事实上，弗格瑞姆也承认自己受到了兄弟们的刺激。自帝皇发现奥特拉玛，基里曼亦颇有建树后，弗格瑞姆想领导军团独立出击的冲动便与日俱增，毕竟他的原体兄弟们都功绩卓著。

弗格瑞姆已经发起过不可胜数的战争，但只是为了拯救一颗星球，基里曼和多恩则已经将许多星系纳入治下。他们不仅有几十万人可供调遣，而且军团规模还在扩充。而弗格瑞姆的军团只超过了两百人，虽然他们斩获的荣誉冠绝诸军，但只能聊以慰藉。

在所有兄弟当中，弗格瑞姆本以为鲁斯能与他感同身受。芬里斯和奇摩斯一样，也是一颗孤零零的行星。可鲁斯十分自大，他认为芬里斯是唯一一颗能配得上他名号的星球，而银河在他眼里都显得太小，不如他的母星芬里斯壮丽。他没有看到自己周围延展开的银河大幕，未来也不会。

唯有荷鲁斯能理解弗格瑞姆的感受，因为只有他看到了银河的本质，并且明白伟大远征的真谛是什么。虽然每个军团对实现完美的形式各有想法，但无论如何，完美都是必须实现的目标。弗格瑞姆还是一个孩子时就修过许多台大机器，这颗恒星就像彼时一台受损的机器，现在需要一只可靠的巧手来将它恢复到以前的精度。

但注定是要借弗格瑞姆之手来做到这一点吗？狼王鲁斯不这么想，其他原体对他也一样轻蔑。弗格瑞姆低下了头，突然感到了疲倦。有七个兄弟对此质疑，一起反对他，甚至通常只会沉思的第二军团之主也打破了沉默，指责弗格瑞姆胆大妄为。

想到这里，弗格瑞姆不悦地哼了一声。古泰拉有一句关于锅和水壶的谚语，讽刺自身有毛病的人对别人指手画脚。当时弗格瑞姆忍住内心冲动，没有在现场援引这段金句，因为他那沉默的兄弟并没有弗格瑞姆所知的那种幽默感。也许这就是第二军团之主沉默寡言，不苟言笑的原因。

但弗格瑞姆坚持自己的观点，鲁斯也发起了挑战。总之，双方开始了这场比试。在诸位原体分别前，荷鲁斯曾试图劝阻弗格瑞姆。虽然兄弟的话语中明显透露着关心，但弗格瑞姆没想到就连荷鲁斯也无法理解自己。

影月苍狼是军团中表现优异的翘楚，他们兵源充足，可以同时进行多场战役。相比之下，帝皇之子的人数都不够填满这一艘飞船。训练笼因为无人使用而被设定成休眠状态，舰船里的各个食堂基本只有凡人船员。虽然帝皇之子劫后重生，可满心实现复兴的他们也依旧是步履蹒跚，摇摇欲坠，走错一步便会重新跌入被人遗忘的深渊。

弗格瑞姆已经赌上了基因之子们的性命和他们过往的功绩。只有等到骰子掷下后，他才会知道自己是否做出了正确的选择。

"我想很快就会一见分晓。"他低声自语道。

第二章

凤尼西亚之子

纳尔沃·奎因放低胳膊,让动力斧顺势落下。尽管浑身穿着笨重的动力甲,但奎因依旧动作迅捷,灵活地变换着姿势。被紫凤亲王批评后,奎因觉得做些实用的训练能舒缓他的心情。他的斧刃在空中嘶的一声划下后,奎因满意地哼了一声。

"你又在和影子战斗吗?"

奎因愣了一下,抬了下斧头。"是的。"他简短地答了一句,又轻巧地将武器旋了一圈,朝前劈了一斧,方才转身。"我想现在和你聊聊。"每到士兵们执勤的时间,甲板都会非常安静,而这些天所有训练笼都静悄悄的。也正是如此,奎因喜欢待在训练笼里,他希望能有片刻的安宁来平静自己的内心。被原体单独选中是一件既光荣而又可怕的事情,奎因依然能感受到原体的眼神在他心中的分量,他希望还能尽可能长地在心中留住这份感觉。

"我真是感激不尽啊!"弗莱维乌斯·艾肯内斯说道。他靠在训练笼的入口处,双臂交叉。身为傲慢的贵族,艾肯内斯自大的性格几乎让人无法忍受。不管怎样,奎因都不喜欢他。幸运的是,过去奎因在战场之外便无须和他打交道,但现在他不明白弗格瑞姆为什么会选择一位纨绔子弟参战。艾肯内斯倾身向前,脸上半露微笑说:"你是怎么想的呢?"

"想什么?"

艾肯内斯比画着说:"你怎么还会问'想什么'?我当然是想问你怎么看待紫凤亲王指派我们参加行动。"

"这是建功立业的好机会。"奎因说道,想到弗格瑞姆钦定的战士名单,他确实有些不解。参与此次行动的队伍中奇摩斯裔与泰拉裔战士人数各占一半，奎因不得不承认这样做非常明智，但把"蜘蛛怪医"这样的人带入战场，只会带来麻烦。

想到法比乌斯蜷缩在蛛网里，机械四肢咔嗒作响的场景，奎因不禁打了个寒战。法比乌斯是军团最初的二百战士之一，就这一点而言，药剂师理应得到大家的尊重。但是奎因听过军团老兵们的议论，这群历战无数的荣耀战士竟然都对"蜘蛛怪医"恶言频出。

他们心中对法比乌斯只有憎恶。

奎因不禁好奇，弗格瑞姆为什么选择了法比乌斯。这比选择像艾肯内斯这样的自大狂更没道理。他看着对面的战士问道："那么，你怎么看待这一次行动呢？"

"我选择将这事留给军官们来考虑。"艾肯内斯饶有兴趣地把手放在剑柄上说，"想和我比试一下吗？"

"和你吗？不。"奎因把他的动力斧扛在了肩膀上，"你喜欢作弊。"

"只是因为我总能赢过你罢了。"

"那可不一定。"奎因咧嘴，脸上露出了僵硬的微笑。

"哦，就当不一定吧，"艾肯内斯耸了耸肩，"行吧，那你想做什么呢？"

"我想自己做完训练。"

"我认为他不太喜欢你，艾肯内斯。"又有人插入了谈话，此人说话时带着独特的腔调，听上去宛如一位高音歌手。奎因脸色一沉，转身瞪着新来的两人。卡斯佩罗斯·泰尔马和格里森·索恩都是奇摩斯人，他们的关系比亲兄弟还要紧密。在奎因看来，奇摩斯本地人身上完全没有战士的潜质，他们都像工蜂一样，是只会工作的苦工与笨蛋。而紫凤亲王对奇摩斯人的溺爱也一直令他极为恼怒，除了他以外还有很多泰拉裔军团战士也一样为此愤愤不平。泰尔马张嘴大笑道："所以说，奎因你实际上谁都不喜欢，对吧？"

"如果这就是你想表达的意思，那我是不喜欢你。"奎因把动力斧夹在臂弯里，接着说，"你们俩我一个都不喜欢。"泰尔马和索恩是一对野心勃勃的战友，他们都想晋升为指挥官，如今军团的指挥层里有一些职位尚处于空缺状态，紫凤亲王正想尽快提拔新人填补这些位置。但是奎因并没有优势，因为近期晋升军团高层的士兵大部分都来自奇摩斯，而他出身自古老的欧罗巴王室，可惜早已风光不再。奎因必须比他的血亲们更加优秀。

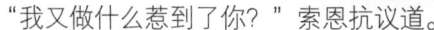

"我又做什么惹到了你？"索恩抗议道。

"因为你们是泰尔马的朋友。"

"毕竟是泰尔马把你领到了这里。"艾肯内斯说道。

"我也不喜欢你，艾肯内斯。"奎因针锋相对地说。

艾肯内斯扫了其他人一眼说："我想我应该有一群不错的伙伴。"

泰尔马笑道："确实，我们是一支优秀的团队，正是紫凤亲王亲手选出了我们。"他又故意假笑，讽刺说："甚至还选中了奎因，然而我或许一辈子也想不明白原体大人的用意。"

"给我到训练笼里来，奇摩斯佬，我会让你好好领教一下。"奎因向后退了几步，张开手臂说，"我在为军团而战的时候你还在啃泥巴呢。"

泰尔马的脸被气得通红，但他还没来得及回应奎因的挑衅，索恩就拦住了他。"别这样，兄弟。不久就会有很多仗要打。还有更值得一搏的挑战等着我们呢。"索恩冷静地和奎因对视了一眼，"这对你而言也是一样。"

"不要对我呼来喝去，索恩。"奎因说，"你现在还不是我的指挥官，我可在之前好好查证过了。"

"但我是！"

艾贝德蒙的声音响彻训练舱，奎因吓得向后退缩。比邻星之战的英雄像猛禽一样迅速扑向部下。"你们都知道，我就是弗格瑞姆的代言人，如果我没夸你们做得好，那就一定会惩罚你们的错误。你们一切有悖完美的作为都会让你们的军团和基因之父蒙羞。"指挥官将手放在剑柄上，警告众人，"听明白我说的话了吗？"

奎因和其他人一起低头鞠躬。艾贝德蒙朝四处张望，问道："西里乌斯在哪儿？"

"我最后看到他和一个老妇人待在一起。"索恩带着一丝笑声说道。

艾贝德蒙瞥了索恩一眼，说道："被你称呼为'老妇'的贵族是一位受人尊敬的外交官，她出身自古泰拉历史最悠久的名门望族。她的血统和这里的战士们一样纯净。这一点给我记好了，和她相处时要注意礼貌。"

"我不知道我们为什么会需要这些凡人在场。"泰尔马轻蔑地说，"我们是燃起战火的烈焰，像宣讲者这样的凡人官僚应该等我们征服星球之后再来。"

奎因紧紧抓住了动力斧的把手，他虽不像艾贝德蒙或是"蜘蛛怪医"那样是军团最初两百老兵中的一员，可几十年来他也一直在与凡人士兵共同作战。

即使是现在，第三军团人数依旧不足，还不能像影月苍狼那样独自发起大规模的战役。相反，他们会和帝皇麾下的各方军队协同作战，并负责指挥这些未经基因改造的凡人战士。奎因在服役期间，也曾率领古老贵族的家族军队，在边境世界的蛮荒战场上与咆哮奔袭的野蛮人激烈厮杀。这些凡人士兵和第三军团里的每一位战士一样值得尊敬。奎因刚想就此发言，艾贝德蒙就抢先开了口。

"可没有这些凡人之后的努力，光我们燃起战火又有什么用呢？"艾贝德蒙用手指敲了敲泰尔马的胸甲，让他轻轻晃了一下，"一支军队就是一个有机的整体，由许多部分组成，而为了保证全军能有效运作，需要所有人各司其职，每一个部分都必不可少。"

泰尔马被教训后，顺从地低下了头。艾贝德蒙看着其他战士说："我们第三军团要在广阔无垠的宇宙中插遍皇家天鹰的旗帜，而你们四人就是军团中最出色也最有前途的模范，但不要因此得意扬扬，也不应忘记你们先前经历的考验。弗格瑞姆大人说得对，这是我们从宇宙征服星球的大进军。但我还知道一个道理，那就是：进军时的战斗往往并不轻松。"

船舱外，浩渺群星射来凛冽寒光，艾贝德蒙借着光线，沿观星台大步前行。按照大使的要求，观星台的灯光保持在暗光状态，这样，透过观察窗的曲面玻璃欣赏星辰之景时效果会更好。船员们都恭敬地为指挥官让路，而专注于职责的艾贝德蒙依旧在思考问题，对此并未留意。

奎因一直与他人不和，几乎要到发起决斗去私了恩怨的地步。艾贝德蒙担心如果再没有什么事情转移他们的注意力，内斗还会再次发生。贵族们很容易沾染上傲慢的恶习。帝皇之子军团的成员们在原体的鼓励下都喜欢不断检验自己的能力，并认为战友才是评估自己能力的最佳参照，因此帝皇之子们会将同袍的成功视作对自己的挑衅。即便如此，军团战士在追求原体所代表的完美时，一切的成就感都会转瞬即逝。

艾贝德蒙回想起第一次看到弗格瑞姆时的场景，当时原体伫立于玻璃与精钢铸就的堡垒之巅，他身着执政官御袍，在暖阳的照耀下闪闪发光，宛如远古的埃及神祇阿吞，为他的家园带来新生的奇景。奇摩斯本是一个单调而寂静的世界，但紫凤亲王所经之处都变得五彩缤纷、热闹非凡。无论是奇摩斯的大众还是剩下的基因子嗣，都将弗格瑞姆视作希望的灯塔。

但艾贝德蒙将希望寄托在原体，不过是一种现实的选择。弗格瑞姆为军团带来了天翻地覆的巨变，原本未曾满编的连队里挤满了陌生的面孔。艾贝德蒙想到这里挑了挑眉。欧罗巴贵族们重新上供"长子血税"，同时奇摩斯也开始征募新兵，这些举措都大大缓解了第三军团的危机。

弗格瑞姆挽救了军团，帝皇之子也从枯萎病的危机中走了出来，又有机会证明自己不负皇家天鹰的荣誉。原体就此肩负起了复兴第三军团的重任，努力修补自己子嗣们的缺陷。而军团在他的教导下，要么从苦难中得到救赎，要么就会被即将到来的挑战压垮。

看到大使和她的随从时，艾贝德蒙停止了遐想。大使的随从们鱼龙混杂，有高阶的宣讲者，也有普通的抄写员，甚至还有一些小贵族，他们的母星其实刚向帝国臣服不久。客人们为了方便自己生活，几乎将这片甲板占为己有。艾贝德蒙也感受到大使的护卫们在喧闹的人群中向他投来了警惕的目光，他不动声色地回敬了这群人的敌意。

这群贵族杀手共有十二人，四散在观测舱各处。他们衣着华丽，佩带着锋利耐用的武器，气质也因此显得无比高贵。艾贝德蒙感受到他们内心暗藏着一种可怕的野性。这群男男女女习惯了夺人性命，尔虞我诈，他们甚至在像廷臣一样侃侃而谈时就能计算出需要怎样的力度来致残或者杀死对手。有传言说，他们不像出身欧罗巴显贵血脉的孩子们那样继承头衔，或是作为"长子血税"被送去参军，而是会被运到月球的某一处密室，那里会有人培养他们的杀戮技巧，之后再通过竞拍把他们卖给出价最高的买家。

大使自己便是从古老血脉中诞生的人杰，她的家族谱系可以追溯到古老长夜降临前的黄昏时代。作为老一代宣讲者中的最后余烬，大使的性格曾经更加浮夸招摇，而不像现在这样为人所接受。随着伟大远征的规模扩大，来到远征舰队工作的人数也越来越多，而每个人的职责也被划分得更为精细。艾贝德蒙看到大使时，她正坐在一群衣着华丽的花花公子中间，饶有兴趣地欣赏着自己的杀手与指挥官的部下周旋。

"这个笨蛋！"艾贝德蒙小声抱怨道。西里乌斯不仅有着大理石一般的俊俏白脸，还穿着一件出自名匠之手的精工陶甲。这套平整光亮的华丽铠甲不仅点缀着精巧的云形花饰，还刻有描绘奇摩斯历史故事的精美浮雕。西里乌斯的头发剪得很短，几乎只剩光滑的头皮，而他的脸和指挥官很像，仿佛就是另一面镜子里的艾贝德蒙。原体的特征在他们的外貌上都有着微妙的体现，也许正是如此，弗格瑞姆才对西里乌斯如此偏爱吧。

　　西里乌斯把佩剑放低，邀请对手先进攻。西里乌斯剑术高超，堪称一流剑客，但是他的招法有些华而不实。和许多奇摩斯人一样，西里乌斯喜欢与人决斗。决斗是奇摩斯文化重要的一部分，热衷剑术的奇摩斯人不仅发展出高超的锻剑工艺，还将决斗融入了文化生活中的方方面面，甚至他们创作的诗歌和音乐也深受影响。

　　大使的护卫和西里乌斯一样高，但身材更苗条。他的容貌既有男性的俊美，也有女性的阴柔，让人一时难以分辨出性别。护卫曾因决斗而在脸上留下一道方形伤疤，他身穿一件闪闪发光的双排扣礼服，佩戴一件印有蛇发女妖头像的仪仗胸甲。而他使用的佩剑也是一件精心保养过的珍品。艾贝德蒙看出护卫的四肢非常紧张，虽然一开始他移动很快，出手果断，但之后又变得迟疑，最终完全乱了阵脚。护卫本可一剑刺穿凡人的内脏，或是重创一名星际战士，可西里乌斯轻松招架住了他的攻击。

　　护卫见此，转身拉开距离，他借着西里乌斯反击的力度，跳到了对手攻击范围之外。西里乌斯大笑，紧跟护卫身后，其他贵族们也鼓掌叫好。艾贝德蒙注意到首席宣讲者既没鼓掌也没欢呼，只是在观察着决斗者的动作。

　　"西里乌斯，你就没有正事去做吗？"艾贝德蒙喊道，西里乌斯当即收手，僵硬地向对手鞠了一躬，然后转过身来。

　　"很抱歉，艾贝德蒙指挥官，我是在……"

　　"他是在给我们助兴。"首席宣讲者优雅地起身，向军团指挥官说道。高康达·派雅珂看上去年事已高，可实际上她的岁数比看上去的还要大。派雅珂的银发一边剪短，另一边则像闪闪发光的水帘垂了下来，而她的鹰钩鼻上则夹着一副匀称的金色眼镜。岁月在老宣讲者身上留下了不少痕迹，但岁月也像一个雕刻家剥离了她身上的杂质，让她展露出真正的气质。按照帝国当下的时尚标准，宣讲者的黑袍华美而不浮夸，令她看上去更为雍容。在宣讲者眼中，他们身上的长袍就像第三军团战士穿的铠甲一样重要。

　　艾贝德蒙微微鞠了一躬，更多是出于尊重，而非表示顺从。"您好，首席宣讲者。"艾贝德蒙挺直身子，然后严厉地盯着西里乌斯说道，"西里乌斯，务实一点，我确信你还有许多军务要处理。"

西里乌斯收剑入鞘，将拳头放在胸甲前敬礼，随后转身挺直背，迅速迈步远去。派雅珂笑着说："你对他太严厉了，不是吗？"

"他本可以直接杀了您的部下。"艾贝德蒙直言不讳地说道，虽然宣讲者的护卫看起来并不在意，"即便是和人闹着玩，我们星际战士一旦出手，也会招招致命。出于人身安全的考虑，这样的决斗表演还是尽量不做为好。"

"或许你是对的，指挥官。请你原谅我这个愚蠢的老妇还想去找些乐子。毕竟这是一场非常漫长又很乏味的旅程。"

艾贝德蒙小声嘀咕了一句，派雅珂听后将手一挥，她身边盛装的贵族们便迅速散开，身着各色服饰的他们奔向各处，宛如一道彩色的旋涡，最后只留下一阵回荡的笑声。派雅珂的护卫依旧留在原地，但他们站在离主客二人很远的地方，同时所有人的脸都向外看去。派雅珂示意艾贝德蒙走向一条大理石长凳。"坐那儿吧，我想这条长凳可以承受你的重量。"

艾贝德蒙坐下，他注意到大使身边有一张小桌子，上面还有一个刻有凹槽的玻璃酒瓶。一股水果的香气从瓶身溢出，味道尚可。他判断，这应该是某种酒。

"所以，你想和我谈什么呢？"

艾贝德蒙微微一笑。"古泰拉有一句关于养猫的谚语，说养一群猫是一件难事。"他大笑，"但相比管理一群战士，养一群猫或许更容易，"他瞥了一眼离去的西里乌斯，"尤其是那个人，非常难管教。"

"根据我的观察，你说的应该没错。"大使旋转自己的酒杯，"来，尝一口这杯酒，然后告诉我你的感受。"

艾贝德蒙小心翼翼地接过酒杯，担心自己会把酒杯捏碎，随后他小抿了一口。派雅珂满怀期待地等待对方的回答。"嗯？"她问道。

"这是葡萄酒。"

"而且品质很好。"

"既然您这么说，那确实如此。"艾贝德蒙将酒杯递给了大使。和第三军团中的其他成员不一样，艾贝德蒙不懂风雅之事，他一心钻研战争的艺术，除此之外并没有多少爱好。

大使叹了口气说："近乎完美的回答。28-1号星球有众多出口商品流通于宇宙间，而事实上这杯酒也是其中的精品。"

"那其他出口商品呢？"

"表面上看都没什么用。这颗星球的居民主要是手艺人和酿酒师，我想你们的紫凤亲王也是这个缘故，才选择将拜赞斯作为征服的目标。"大使透过酒杯的杯口观察着艾贝德蒙，"他也想证明自己的能力，不是吗？"

艾贝德蒙顿了一下，突然感觉很不舒服。弗格瑞姆大人的行事动机是他的私人问题，并不适合讨论，更何况大使是军团外的人，这样就尤为不妥。"有可能吧。虽然我并不清楚实际情况是否真的如此。"

派雅珂嗤笑道："你可真不会撒谎。"

"您并不是第一个这样说的人。"艾贝德蒙摇了摇脑袋，"但确实，我猜原体大人的考虑就像您推测的那样。"

"把你的疑虑都说来听听。"派雅珂喝了一小口葡萄酒。

艾贝德蒙盯着派雅珂，不禁皱起了眉头。大使的发问并不仅代表她自己，还有其他人。她是一位颇具影响力的大人物，甚至帝国皇宫里的某些权贵都是她的耳目，有时候和她说话就像是在向整个战争议会做汇报。艾贝德蒙清了清嗓门说："他现在很愤怒，同时也很有抱负。"

派雅珂点了点头："通常这两种情绪合在一起并不是什么好事，但在目前的情况下，可能还有点帮助。"她再次旋起酒杯，看着酒液在杯中晃荡作响。艾贝德蒙不由得佩服派雅珂旋杯时的技巧，换作其他人现在肯定已经把酒洒出来了。"28-1号星球，拜赞斯，或许这颗星球将不只是统计面板上的一串数字，还会为人类帝国创造更大的价值。但如果不是弗格瑞姆，而是换作其他原体来征服拜赞斯的话，我们就很难有这样的惊喜。"

"但如果是基里曼的话——"艾贝德蒙开口说。

"据说，奥特拉玛之主只看重自己星球的文化。对于他而言，所有的星球都应该变成奥特拉玛那样。"派雅珂驳斥艾贝德蒙，"指挥官，我很清楚我的想法可能有些小家子气，但要不是听到太多人都在从'实践上'和'理论上'谈问题，像我这样的女人也不至于会失去耐心。虽然你管理的这群'猫'可能有些不安分，但至少我还可以和他们聊聊军事理论之外的事情。"

艾贝德蒙扑哧一笑："弗格瑞姆大人确实鼓励我们要保持劲头不断学习，

当然，在提升自我这一块，我们一直非常自觉，不需要太多的鞭策。"

"朋友，正因如此我才会要求在这场特殊的远征中随行。"派雅珂微笑道，但她的笑意很快便消失了，"帝国军队的指挥高层有些担心。毕竟一直以来，第三军团是和帝国各方军队配合最出色的军团之一。但弗格瑞姆大人在和荷鲁斯大人并肩作战后，似乎无意再与他人合作，他似乎想像其他军团一样，自己独立作战。"

"您的意思是，帝国军方担心他们不能再像过去那样随时调遣我们的战士？"艾贝德蒙说话时眉头紧锁。他知道帝皇之子常常能为帝国军队提供非常宝贵的支援。在南极扫荡战、第五次木星－土星二号卫星解围战及其他数以百计的战役中，帝国军队正是借助帝皇之子的兵力才得以取胜，但他们只会在最细致的战役报告中承认帝皇之子的作用。

派雅珂又小口喝下了玻璃杯中的红酒。"没错，他们确实提到了这一点。"大使说，她观察着杯中暗红色的酒液，"不管怎样，第三军团要能再次独立，对各方来说都是再好不过的事。但问题是时机。帝皇希望由他的基因子嗣来主导这场伟大远征，并让我们这些官僚尽职尽责地配合他们，这一点已经越来越明显了。不过有些人并不希望这样。"

"您也不喜欢吗？"

派雅珂优雅地耸了耸肩。"我是一名外交官，又不是一名士兵。有一群二米高的杀戮机器做后盾，我的外交工作整体上也会更方便。"她将红酒一饮而尽，放到了另一边，"拜赞斯是一颗很重要的星球。它或许可以成为你们第三军团的救星，但也可能会让你们就此土崩瓦解。而我们会确保这场战役走向第一种结局，而非另一种。"

法比乌斯站在药剂室里，紧闭双眼，他似乎完全沉浸在泰拉协奏曲宁静的旋律之中。悠扬的曲声不断回荡，最终响彻整座圆形药房。弗格瑞姆驻足在门槛外，倾听着音乐。这首曲子虽欠优雅，但有一种野性美。看到法比乌斯脸上安详的神情，弗格瑞姆几乎都有些不愿去打扰了。"药剂师。"过了一会儿，弗格瑞姆说道。

法比乌斯关掉了音乐，他神情憔悴，脸色蜡黄，眼下还有黑眼圈，白色的头发没打理，蓬松地在头顶散开。药剂师身上有一股化学品的怪味，其中夹杂着一丝陈旧的血腥味。法比乌斯低下头，将拳头放在胸前行礼。与此同时，他背上的医疗采集装置仍然在咔嗒作响，呼啸生风，各个机械臂按照预设好的程序在继续工作。法比乌斯的行礼与其说是在致敬原体，倒不如说是在敷衍，这是他出于本能的反应，而非心甘情愿之举。"吾主。"他说话的声音纤细而又沙哑，宛如医用骨锯切割骨头时的哀鸣。

"我没想到会在这里遇见你，法比乌斯。现在还不是执勤时间，你不需要工作。"

"我……已经习惯加班加点了，吾主。"

弗格瑞姆听了露出微笑，这套小心的说辞并非法比乌斯即兴编造的谎言。根据报告来看，法比乌斯从不休息。或许他已经成了机器人，永远都在工作。如果在其他军团，法比乌斯或许能凭借如此顽强的意志在药剂师中跻身高位，但他并不怎么关心自己的军衔或其他虚名，只是将工作摆在了生活的首位。弗格瑞姆在奇摩斯也认识一些与之性格相似的人，孤苦伶仃的他们可以工作到死。

弗格瑞姆看着法比乌斯的眼神，他感觉药剂师似乎正要变成那样的苦工。到目前为止，军团中还没有人担任首席药剂师一职，而法比乌斯是军团最初指挥层中唯一的幸存者，可他并未因此获得应有的地位。在弗格瑞姆到来前，没有人想去提拔他。自那以后法比乌斯也拒绝了晋升的荣誉，他这么做或许是出于谦卑，或许也是出于怨恨。而弗格瑞姆了解法比乌斯的为人，他怀疑这两种情绪都在药剂师的心中郁积着。

虽然法比乌斯有些被琐事分心，但军团的药剂师协会在他的努力下再次欣欣向荣。法比乌斯教导新人就像呼吸一样手到擒来，而他也愿意倾囊相授。尽管很多老兵私下谈起军团爆发过的枯萎病时，会对法比乌斯被迫做的脏活指指点点，可新兵们依旧很尊重老药剂师。

弗格瑞姆仔细调查过这些流言蜚语。在军团指挥层内部，残部的两百老兵是一支不可忽视的力量。虽然为了军团的统一和团结，弗格瑞姆渴望重整军中职权，并以铁腕立下规定，不容丝毫僭越，可一些不成文的等级制度依然存在。弗格瑞姆不会彻底消灭这些潜规则——有些时候这些潜规则还有用——但他决不会允许军团的未来因此受到威胁。

所以弗格瑞姆尽己所能，全部消除了这些暗示法比乌斯有过错的流言。

对于军团而言，法比乌斯这样的药剂师是一种应当存在的必要之恶。而除了原体本人外，只有法比乌斯清楚军团的处境，第三军团只是勉强绕开了危险的悬崖，即使是现在，他们仍会轻易地滑进覆灭的深渊。如果军团的枯萎病并非无法根治的绝症，那么法比乌斯就将是治愈这一顽疾的良药。弗格瑞姆从自己在奇摩斯的经历中学会了一个道理，那就是要选择合适的人来做他擅长的工作。既然法比乌斯选择自己挑起与枯萎病抗争的重担，那么弗格瑞姆就会将这项任务交给他来完成。

弗格瑞姆俯视着药剂师说道："法比乌斯，虽然我已将你选为侍从武官，可你似乎对此很不满。"

"我还有很多工作要完成，许多杂事要料理，还要为一些研究做准备，"法比乌斯犹豫了一下说道，他皱起了眉头，"我恳请您，能否再另选一人替我出战？"

弗格瑞姆仔细地打量着法比乌斯："我说过，这是一项荣誉。"

法比乌斯低下了头："是的，但我……"

弗格瑞姆举起一只手，打断了法比乌斯的抗议。"你知道军团里其他人是怎么在背后称呼你的吗？"

"蜘蛛。"

弗格瑞姆点了点头说："奇摩斯有一种蜘蛛，生来勤勉不息，终日织网，永不停歇。它们以化学淤泥为料，抽出晶莹的丝，结成完美无瑕的水晶之网。"法比乌斯一声不吭，但弗格瑞姆看到了药剂师脸上的表情，他知道法比乌斯并不这么认为。即便是像法比乌斯这样与世隔绝的隐士，也会因为兄弟们的厌恶而感到痛心。但如果不改变现状的话，也许法比乌斯最终也会变得麻木。

"不管这是在表扬你还是批评你，他们说得没错。你是一只蜘蛛，但这不是你自己的错，也并非你的本意，法比乌斯。你一个人默默织网，故步自封太久了。我希望能再次看到你出现在兄弟们的行列中。"

"我的兄弟们都已经死了，而那些还没成为我同袍的人也很快都会死去。"

这句话在弗格瑞姆心中激起一阵强烈的怒火，他几乎就要出手去打法比乌斯了。艾贝德蒙是正确的，法比乌斯在自己织起的网中过得太舒服了，他没有被任何权威约束。所以需要有人快点提醒他，让他明白自己在军团的大局中所扮演的角色。

"我已经说过了，你的兄弟们还活着，此事宇宙为证，没有人能够否认。同时我已经选定你做侍从武官了。法比乌斯，不管你接不接受，你都得去拜赞斯，这就是最终的决定。"

脸色苍白的法比乌斯再次鞠躬道："遵从您的命令，吾主。"

弗格瑞姆环顾四周，药剂室里凌乱地摆放着各种杂物，尽管如此，这些物品摆放的位置依旧有特殊之处。可以说这里就是由法比乌斯掌控的"蛛网"世界，每一件物品都按照他的喜好，以精确而考究的方式摆放着。法比乌斯习惯在此独居。很快，新来的药剂师会打破这里的宁静，而药剂室也会变得井然有序。而被法比乌斯用于基因实验的设备也将被转移到其他地方，或许是更私人的房间里。弗格瑞姆将这些事情留到之后再考虑，眼下他还要和药剂师谈论更重要的问题。

"告诉我你研究的进展吧。"弗格瑞姆说道，他的语气听上去缓和多了。

法比乌斯顿了顿说："目前我取得的进展很有限。枯萎病并不是由外部因素产生的，……实际上，它是我们自身内部的缺陷所致。"他沉默了。弗格瑞姆打量着他。

"是我们新兵身体中就有的缺陷？"原体最后问道。

法比乌斯一声不吭，但答案已不言自明。弗格瑞姆转身思索，毒害他们基因种子的枯萎病病毒依旧是个威胁。它如同一枚深植于血脉的定时炸弹，在每一位基因子嗣的细胞深处悄然倒数，甚至奇摩斯裔士兵也无法免疫于这种身体缺陷。基因种子是从弗格瑞姆身上提取的，这是否意味着他的身体也有先天缺陷？

曾经没有人会相信这样的说法，可目前来看并非没有可能。弗格瑞姆握紧烈火之剑的剑柄，他很想拔出剑，把药剂室和这里的一切全都斩断。他想否认这个事实，将所有称他儿子们身处险境的说法全部抹去。弗格瑞姆感觉法比乌斯正看着他，药剂师已经能察觉到原体心中升起的怒火，他躲在仪器旁边以求自保。弗格瑞姆好奇如果自己拔出剑，法比乌斯会怎么做。药剂师是会试图阻止他，还是袖手旁观，任由他发泄怒火？

弗格瑞姆的好奇心越来越强，但他还是强压自己的冲动，突然闭上了眼睛。在离开奇摩斯后的几年里，弗格瑞姆的脾气越变越坏。虽然几十年失意的经历已经磨平了他的锐气，但从前生活的模样已经成了他心中一层薄薄的阴影。

军团所有的重担都压在他的肩上，有时他只想回到他年轻时的堡垒工厂。那时，他一直满足于自己平淡的生活，日常的工作也很简单。而如今，弗格瑞姆每天都要面临重重困难，似乎只要他还醒着，就得时刻关注自己新生活中的难题。

法比乌斯也处在类似的压力下，药剂师一直在努力攻克无法战胜的难关，而他唯一能做的就是与困难斗争。法比乌斯将生活的每分每秒都用来研究战胜枯萎病的方法，他无暇去做其他事，甚至连服从纪律的时间都没有。弗格瑞姆睁开眼，透过眼角的余光，发现法比乌斯仍在原地一动不动。原体叹了一口气。过了一会儿，他转过身说："英戈尔施塔特，这就是你的家乡，对吧？这是个很有意思的地名，虽然很古老，但听上去还有点威严。你还记得清自己家乡是什么样吗？"

法比乌斯低下了头说："记得一些。"

"和我说说吧。"这句话虽是命令，但弗格瑞姆语带请求。

"我记得那里有山脉，还有风暴，可以闻到树木在火中燃烧时的气味。我还记得自己用手指抚摸书壳时的触感——那里有座图书馆，而且是一座真正的图书馆，里面不只有图像采集器和数据面板，还摆满了书，而且每本书都装订有精美的皮质封面。此外，我还回想起一座用石头修建的大厅，里面有音乐不停回响。"药剂师眨了眨眼，"就这些了。"

"这就足够了。"弗格瑞姆俯视着药剂师，"将这些回忆牢牢记住，法比乌斯。让它们成为指引你的明星，明白了吗？"

"明白。"法比乌斯说。

弗格瑞姆知道，这是谎言。但或许药剂师最后真能借此找到方向。他瞥了法比乌斯一眼，若有所思。"等忙完拜赞斯这件事后，提醒我提拔你，法比乌斯。只靠一位药剂师来保障整个军团的未来，并不妥当。"随后原体转身离开，留下"蜘蛛怪医"在自己的"蛛网"里沉默。

弗格瑞姆离开时，听到房间里再次响起了音乐。

第三章

传火使者

在诗人笔下,群星之间的无垠宇宙常被比作汪洋大海。弗格瑞姆认为这样的描述很恰当。虽然他已经尽了最大努力,但奇摩斯剩下的海洋里依然没有多少物种存活,而虚无的太空也是如此。横亘在星球之间的黑暗宇宙与母星里的灰色海水一样毫无生气,寒冷彻骨。但就像奇摩斯的大海那样,宇宙最深处一定还有某些生物能忍受饥饿而残酷的环境,顽强地活下来。

帝皇之傲号的引擎喷射烈火,推动飞船穿行在九天之上的星海之渊,此时弗格瑞姆能感受到船体甲板的震动声在他的骨髓中回荡,而负责星语通信的合唱团也发出一阵阵微弱的嘶鸣声,传入他的脑海深处。每当船上的领航员忙于寻找一条安全的航线时,星语者们就会身处可怕的梦境中。由于在非实体世界中进行导航十分耗时,大家又浪费了几周的宝贵时间。但导航不能操之过急,必须完美,否则稍有差错便会功亏一篑。虽然在航行路上几次不可避免的耽搁令弗格瑞姆内心沮丧,但他还是很欣赏这种追求完美的精神。目前穿行亚空间的技术仍不成熟,效率不佳。也许有一天,弗格瑞姆会专心去改良这项技术。

眼下弗格瑞姆还有更要紧的问题要考虑。他一边量度着手里的剑的分量,一边思索着。随后,他以近乎慵懒的姿势转动佩剑,任其随意倒在地上。烈火之剑和所有精良的武器一样,有自己的意识,而铸剑者的一些情感也融入了剑体之中——那是一丝愤怒的烈焰,在剑上不断地涌动,它渴求被人拔出剑鞘,挥舞杀敌。艺术家和他们的作品往往无法分割,不论有意无意,剑与人之间都互相留有对方的一些特质。

弗格瑞姆曾试图和费鲁斯解释这一点,可是好友没法领会。想到对方一脸不解的神情时，弗格瑞姆不禁笑了起来。他那有着银色臂膀的兄弟生来便对机械了如指掌，从最原始的发条装置到最先进的沉思者系统，他都熟知其中原理。可是费鲁斯并不理解艺术，至少他自己是这么说的。但弗格瑞姆怀疑费鲁斯·曼努斯的创造力实际要比他想的要强得多。

"我们就像还未开凿的水井，深不见底。"弗格瑞姆喃喃自语。这是荷鲁斯说的。弗格瑞姆的兄弟原体们都有自己的秘密，隐藏着自己内心真实的想法。什么样的人才会如此深不可测？这并不是说他们是凡人，但半神和崇拜他们的凡人一样有权拥有秘密。

弗格瑞姆立马将自己从这个念头里拽了出来。在他父亲的国度里，崇拜是一个禁忌词。因为帝国不承认有神存在，所以不会有任何人崇拜任何神，自然也不存在所谓"半神"。帝国的统治者只有帝皇和他的基因子嗣。

弗格瑞姆在自己的房间里轻快地兜着圈子，他在绕圈时一边走着优雅的舞步，一边有板有眼地挥动利刃。奇摩斯星球上的萨法部落剑豪辈出，而弗格瑞姆年轻时也正是在他们的教导下掌握了舞剑的节奏。萨法人是游牧民族，相信男人只适合去打仗和跳舞，这也是他们最擅长的两件事。

弗格瑞姆想到这里不禁怔住了，一下没了节奏。萨法人正是在他的命令下支离破碎的，而弗格瑞姆和他们相处时学到的知识是如今萨法人留下的唯一遗产。他们曾是弗格瑞姆掌控奇摩斯的最后一道障碍，也是一群无法适应时代变化的野蛮乡民，威胁着弗格瑞姆所设想的完美蓝图。于是，弗格瑞姆将萨法人的部落一个接一个地全部消灭。

少数萨法人依旧存活，他们散布在军团各处。但他们的文化和许多文明一样，仅成为一种记忆。弗格瑞姆双手握住剑柄，依旧保持着将剑向外刺去的姿势，但想到自己过去的作为，他低下了头。"我很抱歉。"他小声说道，闭上了自己的双眼。消灭萨法人虽然是一种必要之恶，但这丝毫没有减轻弗格瑞姆心中的负担。有时弗格瑞姆会不禁好奇，如果当初收养他的是一名非常原始的游牧民，而非一对遭受压迫的厂房工人，自己现在又会怎样。他会不会变得更像黎曼·鲁斯，甚至是荷鲁斯那样？也许这样会更好，因为对他们而言，不完美的瑕疵可以转换成自己的长处。

他迅速转过身，双手抚摸宝剑。闪闪发亮的利刃似乎将迎面射来的强光切碎，将零星的光束反射到了房间各处。科林和图利娅最多也只能算是能干的父母，堡垒工厂卡拉克斯的生活极为辛劳，他们的身体也被早早拖垮。而当养父母憔悴老去时，弗格瑞姆却茁壮成长，出人头地。他转动手腕，倾斜剑身，将刀刃指向了一处偏僻的角落，那里有两块底座，安放着养父母科林和图利娅的半身像。两座其貌不扬的雕像完全由大理石制成，既没有上色也没有镀金，而那雕刻的人物都目光凝滞，神情疲惫，甚至弗格瑞姆有时候也很难分清它们分别对应自己养父母中的哪一位。

"你们已经尽力了。"弗格瑞姆小声地祈祷着。养父母虽然不完美，但那不是他们的错。弗格瑞姆突然转身，拔出剑狠狠地挥了一下。他在堡垒工厂工作几个月后就控制了卡拉克斯要塞。那时候奇摩斯已经濒临绝境，星球的矿山被开掘掏空，矿石被采集殆尽，文明摇摇欲坠。萨法人并不是唯一信奉原始主义的民族，他们只是人数最庞大的一支。他记得那些人生中的"第一次"——在沉寂数百年的锈蚀工厂深处，他曾与巢居的食人部落刀剑交锋；为了追踪"深域一号"炼矿机，他深入过地壳迷宫，步入无光之境；而在登上四柱钻井平台后，他还与骇人的怪物正面对峙过。

五十年来，弗格瑞姆一直在东征西讨，即便在他取得大捷，扫平星球后，弗格瑞姆依旧知道他将在未来面临更大的挑战。光彩夺目的他与星光耀眼的宇宙相比依旧渺小，而他背后的黑暗也比他想象的还要广阔。

帝皇来到奇摩斯后点化了"启明者"弗格瑞姆，重新让凤凰的巢穴燃起了烈焰，弗格瑞姆得以浴火重生，成长为一个更伟大的人物。即便如此，现在弗格瑞姆依旧深陷内忧外患之中。

天赋卓绝的弗格瑞姆生来就会树敌，他也已经习惯了这一点。他在奇摩斯慢慢地打破旧的部族行政体系，建立新的秩序时，不得不规避各方的势力范围。陈旧的制度就像是一台超出使用年限的机器，解决不了什么问题，只会引发更多的麻烦。

弗格瑞姆统领第三军团后，发现人类帝国也一样派系林立，各股势力盘根错节，只不过规模要大得多。帝国为了维持在伟大远征中占领的广袤领土，正在构建一个新的官僚体系。而官僚们只希望一切都在他们的管辖之下。弗格瑞姆的原体兄弟们并没有发现这一点——或许荷鲁斯已经有所暗示——但弗格瑞姆是在与之类似的政体下长大成人的，他立刻意识到了身边的官僚群体正在膨胀，明白那其中潜在的危险。

这种源自官僚的威胁也是第三军团需要尽早独立的原因之一。弗格瑞姆不在时，他的基因子嗣像爆矢枪的子弹一样被人挥霍，虽然军团里被调用各处的人数并不多，可全部累加起来是个大数字。在这个过程中，军团中将不可避免地有人战死负伤，而最终第三军团会被消磨殆尽，就像一把被用坏的工具，将很快被替换下去。

弗格瑞姆决不会让他的儿子们和军团遭遇这种情况。他会帮助自己的子嗣壮大实力，与他兄弟们的军团相抗衡。整片银河都将明白，为什么帝皇的基因子嗣中唯有第三军团可以佩戴皇家天鹰的标志。这场彰显王道的征途将从拜赞斯开始，他将率领六名剑士征服这颗星球，而他的兄弟们可能需要一千名战士。如果此战成功，任何人都将无法否认第三军团——还有弗格瑞姆——比其他人更胜一筹。

弗格瑞姆突然听到通信系统中传来了信息："吾主，我们正在进入28-1号星上空的星球轨道。"艾贝德蒙说道，他的声音里充满了静电杂音。

弗格瑞姆放下了剑。"知道了。把其他人叫到登陆舱集合，我会马上和你们见面。"他将烈火之剑一挥，随即收入剑鞘，然后转身朝养父母的半身像鞠了一躬。

弗格瑞姆微微一笑。

"我将在此展翅高飞。"

帝皇之傲号转入星球轨道时，首席宣讲者高康达·派雅珂热血澎湃，跃跃欲试。她已经有一段时间没有外出远征了，如今又一场外交博弈即将开始，久违而熟悉的兴奋感涌入她的心头。最近，帝国都是依靠自己的千军万马征服各个星球。曾经的降服之术宛如一种精心编排的心灵之舞，双方在互相推拽的舞步中达成默契，形成共识；而如今参与伟大远征的各路大军宛如一片遍布枪炮的钢铁之海，任何胆敢违抗的势力都如同势单力薄的孤岸，最终被大浪吞没。

但是大海也会有自己的尽头，很快，外交手段就会再次流行起来。不过，她担心自己那时年纪太大，无法再享受纵横捭阖的乐趣。外交场上的博弈不再由她这样的老人负责，而是交给更年轻的宣讲者，他们说话流利，温文尔雅，行事更有礼有节。

派雅珂低头看了看自己的手，尽管她年事已高，但手上没有多少皱纹。为了美观，她一直在消除脸上的皱纹。派雅珂的长相从来说不上动人，但是她小心地掩盖衰老的痕迹，为自己留住了几分美丽。经过数次回春手术的治疗，派雅珂努力保持着年轻时健康的状态，但每次治疗的效果都越来越差，很快手术将无法起效。于是，派雅珂决定承认自己老不堪用的事实，她最终会优雅转身，安退休养。在拜赞斯的外交工作全部结束后，派雅珂觉得自己便可以告老还乡了。

派雅珂抬头仰望，她看到庞大的登陆舱正剧烈地摇晃着。舰舱内部的布置形似一座大教堂，以往本会有大军在此集结，而收起机翼的风暴鸟战机会排成三行，等待起飞。但今天这里没有军队，却会集了一群乐师和各方显贵。乐师们演奏的音乐回荡在空旷的舱室里，与众人嘈杂的交谈声混成一片。

乐师们演奏的音乐曲调凄切动人，派雅珂不清楚这是哪首曲子，想到这群乐师都是奇摩斯人，她猜测这首曲子或许也来自他们的母星。奇摩斯是一颗景色阴沉、生活单调的星球，那里的音乐同样哀婉。她礼貌地倾听了一段时间，并且示意她的弄臣们在几处合适的节点鼓掌。就像艾贝德蒙喜欢称呼的那样，依附她的花花公子们只是派雅珂故意设下的伪装。他们衣着光鲜，高谈阔论，但发表的意见常常愚蠢无比。派雅珂将这群人用来吸引其他微不足道的蠢货，这样她就可以站在一边，洞若观火。此时，派雅珂身边的宾客们察觉到一丝异样，大使的弄臣们比平常更加安分，甚至连派雅珂豢养的杀手也很紧张，但这并不令人意外，毕竟现场的气氛严肃而又压抑。

不管这群杀手们紧张与否，只要有他们在身边，派雅珂就会很放心。外交是一项很有趣的工作，你永远不知道什么时候自己需要快速有效地处理掉一些人，而几具尸体总是会对谈判有所帮助。

派雅珂仔细端详了代表团里的其他成员，他们总共有一百人，包括低阶宣讲者、帝国内政部官僚和军衔各异的军官。当然队伍里还有一些浑水摸鱼的掮客——这群男男女女拥有帝国的贸易授权，希望能与归顺帝国的新世界建立起经济或政治联系。

如果说伟大远征是一台战争机器，那他们都是这台机器上看不见的齿轮。或许士兵有了长枪巨炮就可以打胜仗，但同时必须要有人去征用补给，确保武器和弹药的生产供应，所以帝国会为这台战争机器装配成千上万的部件，确保他们为帝皇一人的意志而不断运转。派雅珂向那些需要客气对待的大人物礼貌地挥了挥手，而其他人她都佯装未见，稳妥地避开了。

派雅珂回避的人物中，似乎只有希罗多德·弗雷泽感觉受到了冒犯。作为现任帝胄侍卫军的指挥官，此人对自己的战略头脑很有自信，而他提出的观点派雅珂并不赞同。弗雷泽也和很多人一样，认为武力和刀枪才是统一星河的唯一真理，而那些不穿军服的人都应该滚得远远的。

弗雷泽头发灰白，身材结实，他身上的伤疤比其他人多得多。和派雅珂一样，弗雷泽还有十年就会结束他光辉的军旅生涯。曾有人在帝国皇宫附近议论过接任弗雷泽的人选，一位名叫法耶的年轻军官渴望晋升，他正急不可耐地等待弗雷泽赶快退休，或者战死。但似乎弗雷泽既不愿意早退，也不急着赴死。

派雅珂叹了口气，漫不经心地看了一眼风暴鸟战机。她已经多次乘坐军用载具出行，所以一眼就能看出这些战机已出动多次，但缺乏保养，所幸的是，它们依旧能够运转。有几架已经在弹射轨道上伸展机翼，等待起飞。这些重型运输机既可以在太空的真空环境中飞行，也能在大气环境下翱翔，正因有这样优越的性能，风暴鸟战机可以尽可能地靠近敌人，将一群经过基因强化的杀戮机器投放战场。有时候它们也可以运送外交使节，以期给东道主留下深刻的印象。

风暴鸟战机同样也可以提醒拜赞斯的居民，如果他们不同意弗格瑞姆的条件，等待他们的会是一支怎样的军队。尽管用战机威慑对手并不优雅，但不失为一种简单而有效的手段。派雅珂知道拜赞斯洲政府的军事实力极为孱弱，也许十艘风暴鸟战机就能将他们全部夷平，而三艘战机足以展现帝国的军力了。哪怕只是为了保住酿酒的葡萄园，派雅珂也希望拜赞斯的居民能够领会帝国的用意。

宣讲者脚下的甲板突然开始颤抖，乐师们也停奏哀乐，转而奏起了更活泼的曲子，原来是紫凤亲王正和他的基因子嗣们一起入场。

走在队伍前头领路的战士正是艾贝德蒙，他脸庞黝黑，神情严肃，一只手放在剑柄末端上，另一只手拿着头盔。弗格瑞姆挑选的六位军团战士紧跟其后，他们排成松散的队形缓步前行。派雅珂注视他们走近，在心里把他们的名字一个个对应起来——西里乌斯、艾肯内斯、奎因、索恩、泰尔马，还有紧跟其后的"蜘蛛怪医"。除了药剂师，其他五位战士都穿着华美而又坚固的铠甲，他们就像悄然迫近的猎手，步伐优雅而危险，而法比乌斯的铠甲则朴实无华，毫无装饰，他本人也没精打采，步履蹒跚。药剂师身上唯一精心呵护过的设备正是他背上的医疗组合装置。事实上，这台不停颤抖的机器完全不需要法比乌斯如此认真地保养；各种刀片、骨锯和注射器都安装在机器的机械肢上，它们闪烁着诡异的光芒，令人生畏。派雅珂对这台机器的印象并不好，不知为何，她觉得法比乌斯的装置似乎也有自己的意识，能够察觉到她的目光。

派雅珂看到弗格瑞姆走进登陆舱时，一下就忘记了自己身上的不适，她不得不承认弗格瑞姆确实有一副养眼的好身材。他穿着一副亮如紫晶、边缘嵌金的华丽战甲，身披一件绿如翡翠、带有鳞状图案的宽大披风，整个人看上去就像神话中的远古英雄。原体携带的武器也更加衬托他的英雄气概——他一侧大腿上挂配的宝剑乃是烈火之剑，是他的好兄弟费鲁斯用自己的银手打造的；而他另一侧悬挂的武器则是烈火烙印，这把做工精美的爆燃枪更像是一件艺术品而非杀人武器。

人人都说弗格瑞姆是帝皇诸子中身手最快的，他的动作迅如闪电，人眼都无法看清。而派雅珂能看出来原体的铠甲设计非常精细，足以令弗格瑞姆充分发挥出自己超凡的速度优势。除了实用的设计，铠甲还有一道精致的紫色高领衬托原体那白皙而匀称的脸庞，而一枚形似老鹰翅膀的巨型雕饰则被安于他的胸甲，并一直伸展到他的左肩。弗格瑞姆用一双如黑洞般深邃的紫瞳扫视聚集的来客，并以惊人的记忆力记下了每个人的名字。

根据安排，派雅珂是最后一位出场和弗格瑞姆会面的嘉宾，这也许是一种荣誉，也可能是一项挑战。但不论如何，派雅珂都会履行自己作为首席宣讲者的职责，履行与原体会晤的重任。她走上前恭恭敬敬地鞠了一躬，同时竭力掩饰自己行礼时身体的不便，毕竟她年岁已高，鞠躬时确实会很不舒服。"弗格瑞姆大人，您亲自莅临，我等倍感荣幸。"

"您好，首席宣讲者派雅珂，很高兴能再次见到您。"弗格瑞姆说道，他低头朝派雅珂鞠躬还礼。当派雅珂抬头看到原体纯洁无瑕的惊人美貌时，完全被对方高贵的气场压倒，她几乎就要下意识地跪下来。派雅珂之前见过帝皇的原体众嗣，她甚至还斥责过其中一位——她怀疑自己因为此事用完了这一个世纪的运气。更重要的是，当时她靠巧妙的措辞就可以让许多星球臣服于她的意志。单纯就征服的星球数目而言，派雅珂应该在参与伟大远征的各路豪强中高居前列，尽管只有少数人承认这一点。

  也许这就是弗格瑞姆会在几个月前同意她加入第二十八远征舰队的原因。也有可能只是因为第三军团的舰队已经很长一段时间没有合适的宣讲者，毕竟对于别人而言，加入其他远征舰队会更有可能获得晋升，但已是人生暮年的派雅珂不用再考虑那些。

  弗格瑞姆转过身，扫视了一遍众人后，他开始称呼各位代表团成员的名字，与他们问好。原体和每个人都交流了几秒，有些人他则多花了些时间攀谈。在这个过程中，派雅珂一直注视着弗格瑞姆，并在心里评估着原体的能力，她想知道自己听到的传言是不是真的。人类帝皇的儿子们性格各异，坦率地说，有些原体相比之下更具人性。

  弗格瑞姆既有凡人的特质，同时也有区别于凡人的神性，他就像一尊被赋予了生命的雕像，不仅有着完美的容颜，还有着明确的自我意识与坚定的行动力。在被帝皇发现后的一百年里，弗格瑞姆带领军团独立作战的目标愈发明显，可这几乎和帝国军方的想法背道而驰，好在眼下双方并没有因此发生不和。此时，弗格瑞姆仿佛看透了派雅珂的心思，他的目光越过弗雷泽指挥官，稍稍瞥了她一眼。

  弗格瑞姆并非蒙在鼓里的愚者，他很清楚派雅珂背后的上级。派雅珂也知自己再三掩盖已无意义，所以并没有多费心思隐瞒自己的底牌。而公开这些信息实则是明智的选择，一直隐瞒只会令双方互相猜忌，在危险时发生误判。

  最后，弗格瑞姆又转身来到派雅珂面前，向她再次深深鞠了一躬说："我相信艾贝德蒙已经做了很多工作来满足您一路的需求，不知您是否满意？很抱歉我没法亲自陪同您，毕竟为了帝国的远征大业，我还有许多公务要处理。"

  "大人，您不必道歉。我向您保证，我们都被照顾得很好。"

  弗格瑞姆笑了笑，派雅珂感觉她的心都在颤抖。弗格瑞姆的身体里仿佛装着一颗太阳，他的每一次微笑，每一阵笑声，都光芒四射，暖人心扉，深深触动派雅珂的内心。但大使暗暗提醒自己，在原体身边仍须小心，甚至还需要格外提防。弗格瑞姆或许就会像太阳一样，在她还没察觉之时就将她烧成一堆煤渣。

"我希望您能亲自陪我前往拜赞斯，"弗格瑞姆说，"我觉得我们最好要展现出帝国军队与外交使团的合作关系。希罗多德也同意这一点——是不是啊，希罗多德？"

"大人，我完全听从您的指挥。"希罗多德·弗雷泽说道，也许是出于忌妒，他用匕首一般的眼神怒视着派雅珂。派雅珂也看出了弗雷泽的心思，不禁得意扬扬，向对方回以优雅的微笑。而指挥官见此眼睛猛地瞪了一下，看上去非常滑稽。

弗格瑞姆不动声色，没人知道他是不是发现了指挥官与大使的眼神互动。他向派雅珂优雅地伸手，而大使也小心翼翼地接过原体的手。在如此近的距离，派雅珂足以感受到弗格瑞姆的力度。伫立于此原体可以徒手撕开山脉，或者畅游在沸腾的铁水中，只要他有意伤害派雅珂，不用想也知道结果如何。可弗格瑞姆触碰她的力道非常轻，派雅珂回想起艾贝德蒙拿起她的酒杯时那小心翼翼的样子，她好奇整个世界对于弗格瑞姆而言是不是都像那盏酒杯一样脆弱。

"请到这儿来，各位将和我一起乘战机出发。"弗格瑞姆指向其中一架风暴鸟战机。这架战机的机翼不仅比其他同型战机更宽大，还有向后弯曲的优雅弧线，而且和其他战机的钝机头不同，它的机首是鹰钩形。派雅珂和弗雷泽出于礼貌发出了赞叹声，而弗格瑞姆也小小得意了一下。"这架战机是我亲自在军械库甲板上设计建造的，也是我们这支远征舰队里速度最快的。"

"这很重要吗？"派雅珂问道。

弗格瑞姆大笑道："只是对我而言。"

随后他自信而有风度地领着派雅珂走向待命的战机，乐师们开始演奏一首舒缓而庄严的乐曲，音乐中略带着离愁，还有一丝阴郁而甜蜜的哀伤。相比这种场合常听到的凯旋乐，弗格瑞姆显然更喜欢现在的曲调。

"弗格瑞姆大人，恕我僭越一问，我好奇您是怎么准备这次出访的。"

"我正在读您的部下从28-1号星球摘录的历史文献与各种著作。"

"您全都读了吗？"派雅珂吓了一跳，她希望自己脸上没有展现出惊讶的表情，"光历史部分就有八千多卷。"拜赞斯星球上的居民都很有文化，他们有着深厚的文学造诣，并把过往的历史都事无巨细地记录了。

"还有五千卷的诗，其中大部分都在描绘非常世俗的乡村景象。"

派雅珂扑哧一笑。"确实，他们太夸大田园生活的魅力了，不是吗？"她又瞥了一眼弗格瑞姆说，"那您经过这番研究后，有没有了解到什么？"

"诗歌描述的景象和现实有很大的差别。"弗格瑞姆皱了皱眉，"他们的王朝体制已经注定要崩溃了，再过一代，或者两代人，这颗星球上就会爆发大规模的叛乱。古老长夜后，留存下来的技术本就有限，现在他们的科技已经退化，再过十代人，他们就会成为野蛮人，十五代人后，人类文明恐将丧失。"

"但如果他们现在还实行集权体制的话，就会有一个权力结构比较稳定的政府管理星球。"派雅珂像老母亲一样，拍了拍弗格瑞姆的手，而原体的铁拳套摸起来很暖和，"而我们可以和这样的政府合作。"

"希望如此。"弗格瑞姆说道，他低头看了派雅珂一眼，"我的实力固然超群，但依旧很难凭一己之力与整个星球为敌。"他说到这儿微微一笑，"不过，我承认，我有点想尝试一下。"

众人走到登机的舷梯时，派雅珂一直盯着弗格瑞姆，思考原体的言外之意，这到底是一句玩笑，还是一种警告？"武力固然重要，但有时候我们只需要找对关键的人，稍费口舌，就能兵不血刃战胜对手，甚至比一千位手执利刃的勇士破敌更快。"

"但即便是一把钝剑也能杀人。"弗格瑞姆做了个手势，"战机还等着我们呢。"

在一阵引擎的轰鸣声中，"火凤"战机腾空而起，直入宇宙。另外两架风暴鸟战机搭载着帝国其他的使节尾随其后，数架拦截机则以松散的队形在三架炮艇附近散开，护送机队飞行，不过这样的安排只是走过场的表演，对于飞机上漫不经心的观众而言毫无意义。

此时原体正和其他人坐在火凤的机舱中，这里一般供弗格瑞姆和他直系下属就座。战机内部装有弗格瑞姆年少时就设计出的特殊隔音场，因此飞机引擎的轰鸣声传到舱内已变得非常微弱。弗格瑞姆发明隔音场的初衷是为了帮助奇摩斯的矿工，这样他们在矿井深处操作支架搬运车时就可以保护自己的耳朵，而在设计火凤时，弗格瑞姆轻松地活用了这项技术。

战机的指挥舱内部墙壁都镶嵌着精美的马赛克瓷砖，上面的壁画描绘着第三军团历史上所有显著的战功，其中有一幕场景令弗格瑞姆颇为在意，那就是比邻星之乱。

这对他的子嗣来说是一个决定性的时刻，也是弗格瑞姆错过的战役之一。当时在比邻星正式归顺帝国的典礼上，叛军差点儿用旋涡武器杀死帝皇，第三军团和帝国禁军为了保护主君而一同浴血奋战。虽然帝皇逃过了叛徒们设下的陷阱，可军团第十六大队的战士们损失惨重，最终只有一人幸存。第三军团的后续部队则让比邻星叛军付出了代价，他们获准在宇宙轨道上实施灭绝令，整颗星球化作火海，最后只剩地表下的基岩。

因为在比邻星之战护主有功，帝皇之子获得了可以佩戴皇家天鹰徽记的殊荣。这是第三军团的又一项在原体归来前就获得的荣耀，但这场惨烈的胜利是建立在无数战士的枯骨之上的。如果弗格瑞姆当时在场，或许就不会有那么多战士丧命。

弗格瑞姆又瞥了一眼坐在机舱后面的艾贝德蒙和其他战士，他不知道他们当中谁很快就会加入死者的行列。也许不是在此时，而是在未来。死亡是任何军团士兵都无法逃脱的命运，但在继续胡思乱想之前，弗格瑞姆打消了这个念头。如果人总在思考自己难逃一死，那便会屈从于死亡，而弗格瑞姆可从未犯下过这样的错误。

有时候他会梦到比邻星，梦到月球和木星，身为原体的他倘若当时能参与那些战斗，或许结果会有不同，紫凤亲王可能会带领他的子嗣以较小的代价赢得胜利，但这些愚蠢的幻想不会带来什么好处，弗格瑞姆知道如果自己总是沉湎在曾经的伤痛中，就会威胁军团未来发展的基石。他当下应该放下过去，继续推进当前的工作。

弗格瑞姆启动了固定在机舱内的立体投影仪，一道荧光闪烁的立体影像便在他面前呈现开来，而这正是28-1号星球的影像。地面的情况变幻莫测，而为了让自己的作战策略能够更完美地适应最新的战场动态，弗格瑞姆选用全息投影以便做决策。任何人如果想超越极致，那就必须事无巨细。

拜赞斯静静地孤悬在宇宙中，只有一颗卫星绕它旋转。除此之外，星球周边有一道星环，主要由静滞的陨石碎片组成。拜赞斯是一颗类地星球，也是这片星系中唯一一颗能够供陆地生物繁衍生息的行星。弗格瑞姆仔细查看着拜赞斯恒星系统的立体影像，调取了之前探索者小队编写的数据库。

拜赞斯周围的碎石带上曾经大量建有开采铁矿的工厂，但如今它们已荒废甚久。卫星殖民地的主要产业也是采矿业，但由于环境恶化，殖民地为满足本地居民的生存已经自顾不暇，这里的铁矿石开采量已远低于平均水平。

拜赞斯大洲政府还掌控一支小型舰队，根据探索者的数据，应该有三艘古老的星际飞船，其中一艘已经在干船坞待了一个世纪，剩下两艘只是在非常罕见的情况下才会离开破旧的轨道星港，将物资和囚犯运到卫星殖民地上。

弗格瑞姆点了点立体影像，将其放大，缩小了地图范围。拜赞斯并不是一颗美丽的星球，即便隔着很远的距离，弗格瑞姆依旧能看到核战争留下的疤痕，它们横贯星球南部的大陆，令人触目惊心。帝皇禁止使用核武器是有原因的，一颗受到核辐射的星球难以为人类所用，只有机械教的无人机可以在那里工作。

弗格瑞姆又点了一下全息投影，打开了一段录音，里面是拜赞斯星球表面发射的一段通信信号，而它刚好能传达到星球的碎石带，这再次证明这颗星球的科技水平正迅速衰退。弗格瑞姆关闭了音频。

"看来是熵的影响，他们的星轨技术已经开始失效了，"弗格瑞姆继续研究星球图像，自言自语道，"环绕星球的轨道星港将在十年后，甚至不到十年就会彻底损坏。卫星殖民地将因此与母星失去联系，孤立无援，一些定居点几个月后就会消失，其他地区几年后也会被废弃。真是令人不快的命运。"

"但这是可以避免的。"派雅珂说道，弗格瑞姆看了她一眼，此时首席宣讲者正坐在他身旁，几乎全身都被用来固定身体的重力索具包裹着。

"不过，不容易。"

"确实不容易。"派雅珂承认道，"但所有值得一做的事情都不会那么轻松。"她伸出手，碰了碰全息影像，重新放大了地图，"拜赞斯的官僚制度根深蒂固，这几十年来，大洲政府一直在稳定地管理星球，所以当地局势很稳定。有时只需移除掉一枚失效的零件，一台机器就能继续运转。但是你剔除的零件越多，机器运转得就越不稳定，所以我们更需要一位操作稳当的技师来控制机器，这才是长久之计。"

"但他们的统治者应该不止一位。"弗雷泽突然发言道。身为帝胄侍卫军指挥官的他和几位下级军官坐在原体和大使的对面。弗雷泽睁大眼睛盯着星球投影，似乎正在谋划一场行星突击战，弗格瑞姆由此觉得，弗雷泽和派雅珂在某种程度上是一类人。

"可现在情况变了,"派雅珂说,"曾经这片星球由许多贵族松散地统治着,但四代人过去后,只有三位大洲僭主权势最大,他们组建了一个名为'三僭主理事会'的联合政府,并且限定只有理事会的人可以管理星球。而如今拜赞斯的统治者只有一人,那就是世袭僭主潘狄翁四世。可以说,他并不是一位优秀的独裁者。"派雅珂微笑道,"这对我们来说很有利。"

弗格瑞姆点了点头。"三僭主理事会"在星球最近一次的血腥内战中解散了,星球的南部大陆在大规模核战争中毁于一旦,而西部大陆也被大军侵占,最终投降,北部的查尔克顿大陆成了最后赢家。这样的结果是必然,还是当事者们的疏忽所致?这个问题或许也并不重要。

"那他现在会展开双臂欢迎我们到来吗?"弗雷泽听上去对此非常怀疑,"我还没见过这群闭塞星球的僭主中,有不愿与我们一战的人。"

"哦,那这次你可以长点见识了。"派雅珂说。弗雷泽一听,脸气得通红,可他并没有反驳。关于首席宣讲者的流言甚嚣尘上,甚至有些人称她是帝皇本人的耳目。但弗格瑞姆知道实情,派雅珂事实上是掌印者马卡多的手下。马卡多一直密切关注着弗格瑞姆,同时他也在密切监视、评判着其他的基因原体,以此管束各位原体的行动。这样做或许太过严苛,但弗格瑞姆觉得,这对帝国而言是一项正确的举措。

但弗格瑞姆并不明白父亲为何会信任如此神秘的人物。可这就像抓起一把沙子,你抓得越紧,沙子就会从你手里流失得越多;同样,你越是想理解帝皇的意图,就会越感到茫然。帝皇虽然远在泰拉,但他的影响任何时候都无处不在。他是一个谜团,原体们无法以他们的先入之见,窥清帝皇心中的伟大宏图。

但为什么父亲要这样做呢?帝皇就是"完美"这一理念的化身。如果说弗格瑞姆是一只凤凰,那么皇帝就是给予他新生的烈火。既然帝皇没有低头去迎合平庸之辈们的期望,那他的儿子们又何必如此呢?同样,凤凰也不必在意它尖爪利喙下的猎物,而身为"启明者"的弗格瑞姆又何必一定要让愚昧之人理解自己呢?

一些原体认为自己有必要保持谦卑。他们声称自己发动战争,不是为了一己之私,而是为了全人类。但是人类一次又一次地展现出了自己的脆弱,犹如苇草,容易在强风面前弯腰折倒。在弗格瑞姆掌管奇摩斯之前,这颗星球犹如一颗烂在藤蔓上的水果，拜赞斯也是如此。同时它和奇摩斯一样，永远不会真的属于原体，弗格瑞姆得将之献给帝国。如此一来，弗格瑞姆注定要成为一名只会辛勤劳动，却无从享受果实的园丁吗？

　　来自飞行甲板的通信信号打断了弗格瑞姆忧郁的沉思。"十秒后将降低高度，准备着陆。"通信系统传来了飞行员的声音。弗格瑞姆关闭了立体影像。他们正在穿越碎石场，而飞行员将火凤战机开向拜赞斯星环时，原体听到飞机引擎的轰鸣声变大了，仿佛飞机正在哀号着抗拒这项指令。

　　弗格瑞姆叹了口气，轻轻松开了紧缚其身的重力索具，站到了轰隆作响的甲板上。艾贝德蒙等人也在他示意下解开索具，站了起来。"儿子们，我们终于要到了，"弗格瑞姆说道，他的声音很快盖过了微弱的引擎声，"我们的大进军将就此开始，但在行动之前我要先说一两句话提醒你们……这颗星球的居民从没有见过像你们这样以一当十的基因战士，但不要因为他们敬畏你们，就幻想自己刀枪不入。"

　　他朝四周看去。"你们是一群远超凡人的半神，但即便是半神也会丧命。同时他们很多人还不清楚你们有多强大，但不要因为他们主动挑衅就随意出手。"他狠狠朝西里乌斯看了一眼，举起一根手指警告说，"尤其不要轻易同凡人决斗。"

　　西里乌斯戴着头盔，没人知道他脸上的表情究竟如何，但他脑袋微微抽搐了一下，这说明他至少听到了。弗格瑞姆已经从艾贝德蒙那里得知西里乌斯和大使护卫决斗一事。无论出于何种原因，西里乌斯都不应该同意与凡人决斗。看到手下领会，弗格瑞姆满意地点了点头。"我的儿子们，我们要像传说中为人间带来火种的使者，点亮大众的智慧，驱走他们身上愚昧的阴霾。现在行动吧。"

　　他又转过身面向派雅珂说："首席宣讲者，我可以做您的护花使者吗？"

　　派雅珂抬头望着弗格瑞姆说："大人，当然可以，我乐意至极。"

　　机舱轻微摇晃了一阵，弗格瑞姆听着舱外渐小的轰鸣声，知道引擎的功率已经减弱，这意味着飞机已经进入了星球大气。原体对这次出访满怀期待，他心跳加速，不由自主地兴奋起来。拜赞斯将是对他能力的最后一场考验，而他决心要通过这次试炼。

　　"距离着陆还有五秒……四秒……三秒……二秒……"

推进器的轰鸣声逐渐减弱，最终归于沉寂。派雅珂和众高官也都解开了重力索具。弗格瑞姆则戴上了他金色的鹰翼头盔，只听到嘶的一声，头盔便与铠甲嵌合，一连串数字则通过传感器输入头盔的屏幕中，闪烁于他的眼前。"打开舱门。"弗格瑞姆说。

舱门缓缓打开时，火凤的乘客舱尽头被一道微光照亮。而在光芒射进机舱的同时，舱门外也发出一阵巨响，人群的欢呼声和嘹亮的凯旋乐交织成一片，弗格瑞姆微笑着向派雅珂伸出手说："我想，您要是不反对的话，我们还是等到最后再下飞机吧。"

派雅珂笑了笑，说道："我知道，在这种情况下，戏剧性的出场没什么不好。"

艾贝德蒙和第三军团的战士们首先走下飞机，在军团指挥官的带领下，星际战士们走下舷梯，将爆矢枪横贴胸前，他们的动作整齐划一，极为协调。但法比乌斯是个例外，他给飞机隔离舱消毒后，尾随在战士们身后出场，而他背上的医疗装置也摊开了机械肢，宛如一朵绽放的恶毒之花。

弗格瑞姆启动了他铠甲上的传感连接器，并与艾贝德蒙头盔的图像接收器相连，这样他就能将军团指挥官看到的东西尽收眼底。三架风暴鸟战机降落在一座大而平整的石砌高台上，场地大概有好几百米宽。千疮百孔的支架排列在石台边缘，它们形状不一，锈迹斑斑，上面摆满了密密麻麻的花环，开满了硕大的白色花朵。高台附近人山人海，兴高采烈的群众将整个大广场站得满满当当。虽然广场四面都建有房屋，但雄伟的石台才是此地最高的地标。弗格瑞姆意识到这座石台其实是一座古老停机坪的地基，而它周边的建筑是在很久以后才建造起来的。

弗格瑞姆的基因子嗣们散开队形，他们在原体的火凤战机和迎接客人的拜赞斯人之间排起了松散的希腊式纵队，弗格瑞姆则通过他们头盔回传的画面窥视着外界。"西里乌斯——往左转。"弗格瑞姆一边调取各个战士传感器的回传画面，一边小声命令道。

西里乌斯遵从弗格瑞姆的命令，原体得以第一次看到统治拜赞斯的贵族。这群显贵人数不多，但都身着覆有珠宝的豪华御袍，弗格瑞姆怀疑袍子上的装饰是用来彰显他们的职位与阶位的。贵族们与火凤战机保持着安全距离，恭迎贵客下机。

一列大洲政府的士兵以稍息姿态站在显贵们身后，他们穿着蓝色制服，戴着像龙虾壳一样的分段式胸甲，装备各种射击低速子弹的栓动式步枪。

当体形高大的星际战士首先走进众人的眼帘时，人群的欢呼声变弱了，而弗雷泽带领他的下级军官走下舷梯时，广场再次沸腾起来，虽然帝胄侍卫军的装束很有异国情调，但他们至少还是正常的人类。拜赞斯的显贵们见此也急忙动身，弗格瑞姆不禁一笑。派雅珂看了原体一眼，问他："怎么了？"

"他们把弗雷泽当成我了。"

派雅珂不屑地哼笑了一声道："或许这群小贵族已经惊呆了。"

"但我们最好还是替他们打消这个误会吧。"弗格瑞姆护送派雅珂走到舱门口，随后两人止步，吸引了所有人的目光。走向火凤战机的拜赞斯权贵们一下呆住了，他们看到弗格瑞姆与派雅珂时，都如惊弓之鸟，会场上的民众陷入了寂静。弗格瑞姆感到一丝愉悦，凡人们的敬畏之心让他兴奋。弗格瑞姆和派雅珂步履庄严地走下舷梯，而和高大的原体相比，弗格瑞姆身旁的派雅珂看上去就像一个小孩。

会场又沉寂了很长一段时间，最后有一位身材瘦削的官员向原体走来。此人年纪轻轻，脖子上挂着一枚国玺，和贵族亮丽的御袍相比，他的官服色泽晦暗。官员只犹豫了一秒，便在弗格瑞姆面前拜俯行礼，并说道："紫凤亲王殿下，我很荣幸欢迎您莅临新巴西琉斯，我乃查尔克顿大洲政府的宫相科林斯，在此谨代表继承冠世御座的僭主接待您，并为您提供应有的权利和保护。"他直起身子，强颜欢笑道："不过，现在近身看到您之后，我想我们不用为您提供那点多余的保护了。"

弗格瑞姆笑了笑，宫相的脸色则更苍白了，他吓得绊了一跤，弗格瑞姆则轻松地帮他扶稳。"尊敬的宫相，我乐于接受贵方提供的保护，我十分开心。我乃弗格瑞姆，是为贵国带来和平与繁荣的信使。"原体的话语声宛如轻柔的春雷在整座石台上回荡。弗格瑞姆抬起头，扫视聚集在一起的拜赞斯权贵们，把每个人的面孔都记了下来。

"统御泰拉与全宇宙的人类帝皇降下谕旨，要求我代表他欢迎拜赞斯和所有百姓回归人类帝国，这是我们期盼已久的一次团聚，愿我们都能为此收获快乐与幸福。"他双手交叉放在胸前，向世袭僭主和他的家人们微微鞠了一躬。

弗格瑞姆直起身后，广场上的人群开始欢呼。但聚在一起的贵族们看上去并不开心，弗格瑞姆对此有所察觉，他皱起眉头，暗自把这群人归到一类，留到以后思考对策。任何星球如要归顺帝国，一开始的谈判往往是最重要的。在接下来的几天里，帝国代表们将会和拜赞斯贵族们摊牌，说明大洲政府的自治权会有哪些限制，并允许他们在必须举办的归顺仪式上挽回多少颜面。正是这段时间，政治掮客们会突然发现自己变得无足轻重，他们常常因不满失去权势而举兵叛乱。

弗格瑞姆朝人群挥手，一刻也没有停止微笑。作为人类帝国的代言人，原体表现得仁慈友善，亲切温和。阴谋只是弗格瑞姆在奇摩斯与敌人博弈的手段之一，他既能轻而易举地和人达成协议，也会迅速地背弃约定，制服对手。和做其他事的窍门一样，时机是最关键的要素。弗格瑞姆基于自己的观察，认为拜赞斯的情况也是如此，只是这里多了些繁文缛节，一切都要按照仪式进行。信义荣誉在谈判桌上不过是一个多变的概念，而和一个傻瓜许下的承诺不过是一纸空文，最终对方只能接受失败的苦果。

弗格瑞姆希望拜赞斯的僭主和他的子民们最终也能适应帝国的统治，但如果事与愿违，他亦会轻启华服，露出天鹅绒下深藏的铁拳，无论如何都要让拜赞斯服从自己的意志。

第28远征舰队必将胜利。

而一支崭新的第三军团将从过去的灰烬中浴火重生。

第四章

会见权贵

　　僭主宫殿的宴会厅富丽堂皇，房内的每一面墙壁都覆有镀金的大理石瓷砖，四周的圆形拐角里还摆放着人物雕像，它们做着戏剧里的造型，将手指向天空，身体的羞处都用无花果叶得体地遮掩着。远处的墙壁上装满了巨大的落地窗，窗面上有彩色玻璃拼成的钝角图案，外围则安有铁质窗框。淡粉色的鹅卵石铺满了宴厅的地板，虽然这些石头没法吸收人群走动时的噪声，但它们可以轻松地承受住行人的重量，即便是全副武装的星际战士也完全无碍。

　　今晚的宴厅汇集了整个星球的珍馐，陈列宴厅的暗色木桌不堪重负，被压得吱呀作响。一盘盘蜥蜴肉和五颜六色的鲜鱼本就令人眼花缭乱，可这些菜碟还要为成堆的水果和大瓶葡萄酒腾出空位。打扮时髦的侍者们身着束腰宽袍，安静地在人群间走动，服侍着各位宾客。宴厅里用宴的男男女女都是拜赞斯的显贵之人，他们要么披着艳丽的长袍，要么穿着正装礼服，在互相敬酒的同时窃窃私语，整座大厅因此十分嘈杂。

　　第一批统治拜赞斯的贵族们被统称为"帕特里科伊"，也就是"一千望族"。这个名称只有象征意义，弗格瑞姆怀疑如今拜赞斯的名门望族可能并没有这么多，毕竟这颗星球已经爆发过太多的战争与政治斗争，弱小的家族都被兼并消灭，只有实力雄厚的豪门方能幸存，他们对大洲政府的运作与拜赞斯的发展都有深远的影响。

　　星球上的基础设施即便不说全部，也有一大半都在贵族们的掌控之下。低地的高产农场、山脉地带的采矿设施，甚至从新巴西琉斯连通其他城市的公路都是权贵们的财产。世袭僭主潘狄翁做出的每一个决定很可能都需要一个或多个家族的同意。但是很多贵族会为了一己私利，阻挠世袭僭主的决议通过。就像讽刺漫画中描述的那样，这个社会的运转方式笨拙而陈腐，尽管拜赞斯还在跌跌撞撞地向前发展，但不会维持太久。

几下砰的声响吸引了弗格瑞姆的注意，透过窗户，他看到烟火在空中绽放，将夜空染上了斑斓的色彩。透过烟火的光芒，他看到有形似鳞茎的飞行物正在天空中缓缓穿行。飞艇在这里很常见，主要用于货运或军事运输。有些人告诉弗格瑞姆，如果以太引擎运转良好的话，其中一些飞艇可以上升到星球亚轨道的高度。

即使是按照人类帝国的标准，飞艇运用的反重力发动机也算得上是非常古老的高端技术。拜赞斯人并没有真正理解这些引擎工作的原理，他们更多是依靠自己的运气和毅力来维持飞艇的运转。拜赞斯的科技发展紊乱而迟滞，同时星球的大气环境也不太稳定，所以这些翱翔天空的飞艇确实令人耳目一新，毕竟这是一种先进而文明的出行方式。

"这些飞艇挺宏伟的，您不觉得吗？"宫相科林斯问道。

弗格瑞姆低头瞥了宫相一眼，说道："嗯，它们确实有点吸引人。"

"如果您愿意，我们可以安排一次空中旅行来游览西部省份。有人和我说，如果能从合适的角度俯瞰那里，能欣赏到漂亮的景色。"

"那要是从地面观赏呢？"

科林斯将目光移向别处说道："那景色就要差一点了。"

弗格瑞姆点了点头，表示理解。西部诸省曾是第三届大洲政府的辖地，查尔克顿在用核弹毁灭拜赞斯南方大洲的政权后，用更常规的军事手段征服了西部大洲。无论如何，如今西部邦国已然沦陷，成了贫瘠之地，贵族们将其瓜分为私人领地，并根据自己的需要处置所有的基础设施，如此失序的乱局，必须被改变。

"今天你们摆出的排场可真惊人。"弗格瑞姆说道，他转移了话题。

"我向您保证，这次晚宴我们可是倾尽财力的。为了准备这顿饭，今晚整个农业带的村民都在挨饿。"科林斯似乎很在意这场晚宴给百姓们增添的负担。

弗格瑞姆一开始就认为宫相是一个理想主义者，他很高兴自己的猜想得到了证实。他始终相信，理想主义者往往比务实之徒更堪大用。

"确实，想到这场晚宴如此劳民伤财，我也感觉很遗憾。"

科林斯抬头看着原体说："您听上去好像是认真的，紫凤亲王陛下。"

"叫我'弗格瑞姆'就可以，'紫凤亲王'并不是我的封号，是我父亲宫廷里某些不知名的智者给我取的绰号——是对我盔甲的评价。"他轻拍全身武装，暗示那通体的紫色涂装便是缘由。"如果你坚持遵照礼节的话，也可以继续称呼我为'大人'。"弗格瑞姆瞥了科林斯一眼，"而且我是认真的。据我所知，这个星球上的大多数人口都生活在贫困中，在我的母星奇摩斯还有贫民窟的时候，那里最悲惨的贫民也会同情这颗星球上的百姓。"

"这话说得可真刻薄啊。"科林斯抬头盯着弗格瑞姆，好像在重新评估自己对原体的看法。宴厅里轻柔的配乐也换了节奏，曲调开始变得激昂。大厅中央被人清出一块场地，舞者们穿着丝绸与金箔缝制的舞服，迈着优雅而轻盈的舞步，跳入众人的视野中，观众也为即将开始的表演鼓掌喝彩。

"但我说的是实话，战争、贫困和无知影响了这个世界的发展。我能很明显地察觉到这些迹象，因为我还是个小孩的时候，也目睹过与此十分相像的情况。"

科林斯眨了眨眼睛。"还是个孩子的时候？"

欣赏舞者表演的弗格瑞姆轻笑道："没错，宫相，我曾经也是个孩子。虽然我得承认，我那时身体确实发育得太快了，但依旧是个小孩。"他做了一个手势，继续说："也许比一般人要高一点。"

科林斯笑了。"贝雷洛斯，"他说，"如果我要直接叫你弗格瑞姆的话，那也请你必须喊我贝雷洛斯。"

"好，贝雷洛斯，这样我们就好交流了。太拘泥于繁文缛节只会给我们的合作增添麻烦。"

科林斯点了点头。"我同意，但添设这些礼节其实另有目的。"他指了指僭主的座位，潘狄翁正和派雅珂谈笑风生，"有些人认为这次晚宴会是袭击僭主的机会，但这些繁文缛节能使其免遭暴露。"

"那我据此认为，你们拜赞斯人并非都支持在未来归顺帝国的决定。"

科林斯皱起了眉头。"并非如此。但如果潘狄翁能借此继续留在宝座上的话，那就另说了。"

弗格瑞姆打量着宫相，他注意到对方的两颊微微泛起红晕，说话时微微激动，脉搏也突然加速。一个凡人是无法察觉到这些细节的。"他会妨碍我们的计划吗？"

科林斯盯着弗格瑞姆说："你是什么意思？"

"稳定不仅要靠个人，更要看整个社会。如果只要除掉一个人就能维持稳定的话，那也是一个可以考虑的选项。"

"你会杀了他。"

弗格瑞姆耸了耸肩。"或者会流放他。虽然我带来的部队数量有限，但依然可以进行一场不流血的政变。僭主和他的继承人自然不足为患。"此时原体看到了艾贝德蒙，军团指挥官靠在窗户边，看起来很不自在。赴宴的星际战士都和弗格瑞姆一样穿着战甲，这样他们就更加显眼。虽然星际战士们很想让其他客人们放松下来，但他们的身材过于高大，任何人看到都会心生畏惧。不过，法比乌斯是个例外，他悄悄躲到了远处的墙边，小心地打量着人群，仿佛准备解剖宴厅里的客人。

其他战士则在宴会上表现得游刃有余，泰尔马把某位不幸的贵族逼到墙角，礼貌地威胁对方。奎因十分好奇地打量着一张宴桌，并用他巨大的双手小心地抓起了一碟盘子。艾肯内斯和索恩则在默默闲逛，他们更多是在观察情况，而没有加入宴会。弗格瑞姆听到西里乌斯发出一阵大笑，聚在他身边的一小群客人也轻声赔笑。

沉默了好一晌后，科林斯咽下一大块食物。"我之前还以为你是来帮僭主的呢。"他还在重新审视着原体，弗格瑞姆可以看出宫相的心思越来越复杂了。弗格瑞姆既不是他兄弟中的长子，也不是最令人生畏的一位。他容貌俊美，举止优雅，容易令人放松警惕。除非最小心谨慎的智士，否则大部分人很快就忘记了他原体的身份，可事实上他并不只是身材高大那么简单。

"我来这里是要让拜赞斯臣服帝国的，所以我更愿意尽可能有效率地达成目的。"弗格瑞姆观赏舞者们优雅地跃过舞台，他有点想和他们一起共舞，但不会是现在，也不会是今天，"对我而言，谁统治拜赞斯并不重要，重要的是他们必须以人类帝皇的名义统治这里。"

科林斯朝远处看去。"那样的话，我们的人民就没有发言权了。"

"你是指哪些人？是你之前提到的那些挨饿村民，还是那些一直在政坛上以权谋私，将你的星球推向毁灭边缘的贵族们？"

"这两类人都包括。不同阶层的人生活在一起才有了拜赞斯，而拜赞斯的人民也应该囊括星球上所有的居民。"

弗格瑞姆看着科林斯说："你听上去像个哲学家。"

"为了维持这里的平衡,我必须成为一个哲学家。毕竟现实中各方势力在互相竞争,而要看透本质,你需要有一种灵活的思维。"

弗格瑞姆笑了。他还在泰拉的皇宫时也经常思考一样的事情。人类帝国有上千派系为了争权夺利而互相竞争,弗格瑞姆说的每一句话都会被他们小心揣度。"臣服帝国的星球必须维持局势稳定,我愿自己离开时,拜赞斯会比我刚来这里的样子更繁荣。"

"什么意思?"

弗格瑞姆高兴地做着手势,他正一直等待这样的机会,来引入自己真正想说的话题:"首先,我们要改善农村人口的生活状况和工作条件。其次,我们要削弱贵族对星球产区的决定权。查尔克顿的低地里有高产的工业化农场,阿纳巴斯山脉里则有数家矿石加工中心。贵族们虽然还可以管理这些原材料产地的生产进程,但不能像过去那样决定这些材料的用途。最后,我们将开展一系列改革来强化大洲政府的职权,这样近亲通婚的新兴贵族无法专权牟利,而拜赞斯的体制也不会再被人视为一个迂腐的种姓制度。"

弗格瑞姆并没有想小声说话,他知道有很多人在附近偷听,也希望他们能把自己说的话听得一清二楚。态度含混不清的话,只会延缓拜赞斯臣服于帝国的进程,如果能诱使愚蠢的反对派仓皇行动,那就再好不过了。

科林斯看上去就像被什么东西呛住了一样。"你……你不能!那会……怎样?"他结结巴巴,匆匆把话说完。

"服从帝国不仅意味着许多星球要放弃自己的主权,贝雷洛斯。我们还要启迪民智,展示一条更有效率的发展之路。而这就是我的计划。贝雷洛斯,你能助我一臂之力?"

宫相抬头瞪着弗格瑞姆,摇摇头说:"我不能,我……"派雅珂和世袭僭主突然前来,宫相就没有再说下去。

"大人,您这是太失礼了,"首席宣讲者斥责道,"客人要和主人打招呼,这是最基本的礼数。"

弗格瑞姆点了点头。"确实是这样,是我一直太大意了。世袭僭主潘狄翁大人,我向您深表歉意。"原体鞠躬时,偷偷朝旁边瞥了一眼,他发现派雅珂挽住了科林斯的胳膊，巧妙地把宫相引开了。弗格瑞姆很欣赏科林斯，希望他不会成为帝国必须搬开的绊脚石。

弗格瑞姆仔细端详着世袭僭主。潘狄翁四世曾经身材高大魁梧，但他的大块肌肉已经萎缩，只能松垮地挂在骨头上。僭主身上的御袍也颇为宽大，似乎是根据僭主的体形定制的，如今它就像一件裹尸布一样缠在潘狄翁身上。身患重病的僭主散发着一股奇怪的体味，尽管他全身涂有熏香，可弗格瑞姆依旧能闻得出来。潘狄翁依旧病容憔悴，但他的表情看上去比之前要轻松很多。

"真是场盛大的聚会，对吧？"僭主轻声问道。

"我刚刚和科林斯宫相也是这么说的。"弗格瑞姆一边说话，一边从仆人递来的托盘里拿起一杯红酒，但他刚把酒杯举到嘴边就停住了。弗格瑞姆注意到聚会的人群脸上有一种异样的表情，但他们很快用友好的微笑掩盖了敌意。

"他们都很惧怕你。"潘狄翁继续说道。

"是吗？"弗格瑞姆继续观察着人群。他注意到他们身上一连串相互矛盾的情绪——恐惧、愤怒，还有期待。此时派雅珂手下的宣讲者们到处走动，他们会和自认为重要的与会者进行微妙的谈话。随后，派雅珂会亲自接触这些人，同他们展开私人谈判，为拜赞斯签订归顺协定奠定基础。

僭主微笑说："老实说，我一直很高兴。这时候我正需要有人能吓吓他们，这些自满的贵族已经变得太狂妄了。"

"我很乐意为您效劳。"弗格瑞姆说道，他微微鞠了一躬。

潘狄翁轻笑说："你来得正是时候。我就快受不了他们了。我想在更为和平的环境下度过余生。"

弗格瑞姆点了点头，但他并没有全心听僭主说话。原体扫视着人群，分析着他们的肢体动作，最后他从中锁定了十几个人，他们看上去很不自在，却试图装得很随意，同时还借助人群作为掩护，向僭主身边移动。

这些人虽是刺客，但并非受训的职业杀手。他们缺乏经验，行动时丝毫没有掩盖眼神中的杀意。弗格瑞姆抿了一口红酒，眨了眨眼睛。"嗯，这太不幸了。"

"怎么了？"潘狄翁瞪大眼睛看着弗格瑞姆。

"刚才有人想毒死我，如此粗鲁的手段可真是出人意料。"他偷偷向西里乌斯发出了信号。

"我马上通知警卫。"潘狄翁刚要喊人,肩膀却被弗格瑞姆按住。原体突然使出的蛮力差点就将他压得跪倒在地。

"不用,我想亲手在这里杀一儆百。先假装无事发生吧。"

"但是——"

"我受到了侮辱,世袭僭主。请您允许我全权处理此事。"他又瞥了艾贝德蒙一眼。只需原体看一眼,军团指挥官便能迅速会意。艾贝德蒙挺直身板,开始朝弗格瑞姆走去。与此同时,其他军团战士也都中断了和别人的攀谈,一个接一个跟着他。

战士们在人群中清出了几条道路,不慌不忙地移动,他们信任原体的指挥,等待弗格瑞姆的号令。第三军团正是凭借这种坚定的纪律才得以在无数世界的战事中表现优异。

弗格瑞姆希望能在来到拜赞斯的第一天有所收获。

"这太蠢了。"弗雷泽指挥官喃喃地说。欢迎晚会正热烈地举行。与会者仅限于来自帝国的代表和那些被世袭僭主邀请的贵族,当然还有些贵族未受邀请也混入了观众之中,他们要么贿赂官僚买票,要么利用人脉求到了入场券,甚至还有人是通过威胁才抢到机会的。

派雅珂没有理会弗雷泽的抱怨,她一直观察着下属们与拜赞斯贵族谈判的进展。经常会有下级宣讲者回头看她一眼。派雅珂会做手势,示意他们继续已经开始的话题,或者中断谈话。若要确保一颗星球臣服帝国,帝国得先巧妙地向贵族们施加影响。贿赂是最常用的手段,但偶尔他们也会委婉地威胁对手,或者单刀直入,直接胁迫。宣讲者们可以凭借帝国压倒性的军力优势在谈判中亮明观点,但同时也需要采取其他手段来巩固谈判的成果。

"太蠢了。"弗雷泽又骂了一遍。这一次他的说话声更大了,引来周围人不满的目光。

派雅珂吸了一口气:"弗雷泽,我想向您请教一下,是什么事让您觉得如此愚蠢?"

"就是这场晚会。"弗雷泽做了个手势说,"我们现在应该好好教育一下他们,而不是开什么庆祝宴会。"

"您提到的这两件事我们其实都在做,还是说您喜欢用更血腥的方法来确保拜赞斯归顺帝国呢？"

"既然要拜赞斯臣服帝国，当然就是要把他们给打服了。"怒目圆睁的弗雷泽小声咕哝着。这位英俊的将军神态酷似老鹰，并且和欧罗巴贵族们一样作风极为傲慢。他穿着兵团深红色和银色相间的制服，一只枯瘦的手搭在佩剑的笼手上，手指则在银护手上敲着练习剑术的节拍。弗雷泽的下级军官分散在人群中，尽力为军团争光。他们将帝国军队的人数告诉了对方，煞费苦心地和他们小声强调，一旦星球各地的指挥官进行激烈抵抗的话，将不可避免地引发恶果。派雅珂自信他们威胁对手的能力。

帝胄侍卫军是一支血统优良的军队，其成员大多出身欧罗巴的贵族军人世家。他们参与过南极扫荡战和其他众多战役，而在剿灭月球基因教派"赛琳娜"的战斗中，帝胄侍卫军表现英勇，因此他们得以在自己的银色胸甲上佩戴皇家天鹰的徽记。在它充满传奇的战史中，帝胄侍卫军曾与三支星际战士军团并肩作战，但最终他们还是与帝皇之子配合最默契。贵族们还是更适合与自己的同道中人一起共事。

但弗格瑞姆开始计划招募出身平民的奇摩斯人进入军团，派雅珂好奇弗雷泽和他的贵族同袍们会怎么看待此事。或许他们会有些抱怨，但很可能也不会去计较，毕竟血统最杰出的家族，大概每隔一个世纪也需要从坚忍耐劳的农民中补充新鲜血液。

弗雷泽对拜赞斯和拜赞斯人充满敌意，这可不是什么秘密。泰拉的贵族世家们将边缘世界里的君主与王室家族视为篡权者与暴发户，如果一个家族的血统只有几千年历史，那他们又有什么存在的意义呢？泰拉的贵族们互相轻视，他们很少认可对方与自己平起平坐，而那些在外星土壤生根壮大的贵族家庭就更不会被放在眼里了。

"这些人都是没开化的原始人，"弗雷泽接着说道，这个话题他越说越来劲，"他们只适合挨鞭子或被拉去犁地。而且在这颗星球上出生的蠢蛋们竟然会互相使用原子弹，结果一半土地都成了玻璃碴儿，被这样糟蹋过的星球收来又有什么用呢？"

"我敢说，这是古老长夜的阴影，弗雷泽。"派雅珂啜饮一口酒，感觉至少有三种不同的毒素，她皱起眉头，瞥了弗雷泽一眼，"不要喝这杯红酒。"

"怎么回事？为什么？"

"这酒有毒。"西里乌斯说道,他刚好与派雅珂和弗雷泽会合。星际战士手里也拿着一个玻璃杯,在他眼里,那就像孩子的一件玩具。他认真地看着派雅珂说:"我很惊讶您能察觉到这一点。"

"我的味蕾已经练得很灵敏了。"派雅珂举起了她的杯子,"暗杀开始的时间比我预料的要早。看来是有人不耐烦了。"帝国代表们在进行外交活动时必然会遭遇暗杀,但这种情况通常发生在后期,权力掮客们发现自己臣服帝国会丧失权力后才会行动。

西里乌斯眨了眨眼睛:"你已经料到此事?"

"这是要造反了。"弗雷泽说道,他已经伸手去摸剑柄。派雅珂了解弗雷泽,她怀疑指挥官的佩剑并非只是单纯的装饰,而是一把可以杀敌的真剑。帝胄侍卫军的军官们和第三军团的战士们一样擅长决斗——这也是两支部队能合得来的原因之一。

"没错,我确实已经预见到了这场阴谋。"派雅珂把一只手放在弗雷泽的胳膊上,"我们就像落进了一摊危险的水池里,而食人的鱼群正要撕咬我们。弗格瑞姆已经注意到了吗?"

"注意到什么?"西里乌斯点头时,弗雷泽问道。

"他已经发现了,所以派我来保护二位的安全。奎因和其他人会去对付刺客。"西里乌斯露出礼貌的微笑,"我们也对此早有警觉。"

弗雷泽东张西望:"有刺客?"

"刺客有十人。"派雅珂说。她早些时候注意到了,但以为他们是来这里刺杀某些不幸的贵族。谋杀是拜赞斯上层中的特色,有时候他们会进行决斗,有时候则是展开暗杀。可以说,拜赞斯的贵族们就是一群冠冕堂皇的毒蛇罢了。

"实际上,有十二个人。"西里乌斯小声说,他带领弗雷泽和派雅珂下了楼,轻松地从人群中清出一条道路。派雅珂微微一笑,用手拍了拍西里乌斯的前臂说:"恐怕我这双老眼已经不像以前那样锐利了。"

弗格瑞姆注视着靠近的刺客,尽管心中早已杀意翻腾,但他还是在克制内心的激动,仔细观察对手。看来他最初的判断完全没错,这些刺客身手并不专业,他们可能是激进的造反派,或者只是一群雄心勃勃的贵族,想要发动一场公开政变,抑或想阻挠拜赞斯归顺帝国的进程。不论如何,他们的目的迟早会暴露无遗。

　　刺客们意识到酒水里的毒药没有发挥作用时，犹豫了一下。但他们很快就又鼓足了勇气。拜赞斯人对原体的情况知之甚少，所以不能因此怪罪他们自不量力，这也预示了他们未来被纳入帝国后的命运。

　　其他的客人终于意识到他们身边发生了意外。暴行刚要开始时，人类从祖代遗传的本能占据上风，舞者和仆人们都消失在逃跑的人群中，绅士贵妇们高谈阔论的声音也逐渐变得颤抖，最终哑然无声。虽然这一切都发生在短短的几秒钟内，但对于感知力远远超过凡人的弗格瑞姆而言，他已经有了很长的时间来准备应对接下来的事情。

　　最近的刺客走进大门，兴奋的他睁大眼睛，散发着令人恐惧的气息。刺客从他长袍下面，抽出一把装饰华丽的短柄手枪。毋庸置疑，刺客掏出了自己的传家珍宝。这次行动不仅仅是一场谋杀，也是在声明他们的立场。弗格瑞姆专心地观察着武器，在几秒钟内计算出武器的射程和可能的弹道轨迹。刺客手枪的轮转弹巢咔嗒作响，而在弗格瑞姆的耳朵里听上去就像雷声一样响。

　　弗格瑞姆加速行动，一切在他眼中都变慢了。枪口射击时的闪光像烟火一样慢慢扩大，而人群的呼喊则像大海的潮鸣声那样有节奏地起伏着。子弹从枪口射出，其速度之快一般人是无法看清的。

　　弗格瑞姆一下伸出了手，在潘狄翁中枪前拦下了子弹。飞速的铅弹猛地击中了他的护手，金属的碰撞声响彻大厅。僭主连连后退几步，脚步不稳，嘴唇颤抖，根本说不出话。枪声过后，所有人都看着原体。弗格瑞姆缩回手，把冒烟的子弹放进了他的酒杯里。"这下可好，宴席冷场都到这份上了，就是换我也救不回来了。"他说。

　　这戏剧性的一幕令刺客们愣了一会儿，但他们很快又恢复了勇气，开了第二枪，然而，射向铠甲的子弹骤然擦出一串火花，随即被狠狠弹开。客人们发出尖叫声，要么朝前后蜂拥而去，要么从出口四散逃离。刺客们再开枪时，原体转身，用背部保护惊魂未定的潘狄翁，挡住凶手的视线，铅弹打在他的铠甲上时砰砰作响。弗格瑞姆对僭主说道："请放心吧，世袭僭主，您今天是不会受伤的。"他微微转过头来。正如他所希望的那样，现场恐慌的人群已经逃走了不少，而刺客们已经失去了奇袭的优势。"第三军团的战士们，荣耀帝皇之名，斩杀帝皇之敌！"

信号发出后，弗格瑞姆的基因子嗣们开始战斗。耐心而致命的他们已经瞄准了刺客。弗格瑞姆从眼角的余光看到泰尔马从背后拳击倒霉的枪手，几乎要把那个人折成两半。奎因则迈着沉重的步伐走向另一名枪手，吸引对手射来的一连串子弹。他走近时，狠狠抓住了刺客的手，把对方的武器和手臂全都掰断。奎因朝刺客打了一巴掌，这几乎算是温柔的一击打折了枪手的骨头，他的脑袋在脖子上转了一圈，尖叫声也就此戛然而止。

"儿子们，控制你们的激情，我要活捉一个刺客。"弗格瑞姆喊道。他看到神色坚定的科林斯借着桌子和雕像做掩护，朝他爬了过来。宫相意识到弗格瑞姆正在注视他时，也立刻停了下来。

"僭主——他人现在还……"宫相说。

弗格瑞姆低头看了看，受惊的潘狄翁有些目光呆滞，但除此之外并没有受伤。同时他和大多数朝臣一样十分镇定，看来这位老人内心深处还有点骨气。"他还活着。"

"我从来没见过有人能像你移动得这么快。"科林斯盯着他说。

"毕竟我可是人类帝皇的子嗣之一。"弗格瑞姆简短地答了一句。他转身扫了一眼房间，除了一些在大逃亡中被踩踏的伤者在地上呻吟外，宴厅里已经没了动静。刺客们都已经断了气，只有一个人还剩一口气。法比乌斯手里抱着一个昏倒的刺客，他佩戴华美的颈甲，应该是一位军官。药剂师背上名为"蛛医骸臂"的医疗装置，已经将注射器扎进这个不幸之人的脊椎上。

"他瘫痪了。"看着弗格瑞姆疑惑的表情，法比乌斯简短作答，随后他将瘫软的军官轻而易举地扛到肩上。

"相信蜘蛛会善用他的毒液。"索恩说道。法比乌斯瞥了他一眼，但什么也没说。弗格瑞姆也朝索恩狠狠瞪了一眼，以示警告。于是，索恩低下头，不再说话。

艾贝德蒙通过信号联络原体说："我已经接入了宫殿的语音频道。看来刺客们计划在暗杀后逃跑。一艘小型飞艇正离开宫殿机场，它无视了所有呼叫它返航的通信。我们应该……？"

弗格瑞姆拉伸了一下筋骨说："此事我会亲自处理，你们不必插手，留下来和僭主待在一起。"他一边向最近的窗户走去，一边拉紧他的头盔。头盔的密封装置与盔甲对接固定后，弗格瑞姆连入宫殿的语音系统与传感接收器，这些装置虽然原始，但仍很实用，他很快就借此确定了通往宫殿机场的最快路线。

弗格瑞姆撞到窗户时感觉有些后悔，他会委托军团的工匠重做一扇窗户以示歉意。弗格瑞姆跳到了地上，而在玻璃破碎的声音传到耳朵之前，他就已经迅速跑开了。

弗格瑞姆冲向机场时，他身边尽是呼喊与警报声。僭主的宫殿宛如一座恢弘的圆形迷宫，由层叠的廊柱走道与悬挑的阳台交织而成，而一座晶莹剔透的玻璃穹顶就矗立在它的中心，里面不仅有僭主的花园，还有停泊飞艇的机场。一群穿着查尔克顿制服的士兵正朝同一方向移动，弗格瑞姆见此加快了步伐，从阳台一跃而下，跳到人行道上。原体在完成这一连串动作时从未减速，如果需要的话，他可以不停地跑上几个小时，即使全身穿着铠甲。

弗格瑞姆来到生态穹顶的外层时，发现这里有十二道镶有精美铜饰的大门，每一扇门后都有路直通穹顶内部。可弗格瑞姆并没有选择从这里突入，相反，他跳上了穹顶外层，凭借自己异常敏捷的身手攀爬强化玻璃。穹顶的玻璃被分成几部分，都镶嵌在一个巨大的加固框架上。弗格瑞姆沿着弯曲的框架向顶端攀爬，在机场的正上方会有一道开口，如果飞艇想要逃离，就必须穿过穹顶的天窗。

弗格瑞姆在攀爬穹顶的同时计算了飞艇可能的上升速度和角度。他必须完美地把握时机，一丁点的失误都会令他丧尽颜面，甚至负伤。跃跃欲试的弗格瑞姆心跳加速，他不仅压碎了脚下的玻璃，攀高时还扯弯了穹顶的框架。透过玻璃，弗格瑞姆看到穹顶内有一片修剪整齐的花园，园内栽种着本地的树种，并有一条精心设计的小路将树林等分成几块，而一丛丛五颜六色的花朵与树林排列成行，它们摆放得错落有致，与林苑相映成趣。也许这座花园缺少真正的艺术之美，但所有景物都布置得很有条理，精确至极。

在弗格瑞姆攀爬时，整个穹顶的玻璃都在他身下微微颤抖着，而他也能看到高耸林间的机场圆顶。使用以太发动机的飞艇可以垂直升降，所以那里没有跑道，也没有着陆平台。弗格瑞姆能感受到玻璃上的震荡，此时机场的屋顶正像花瓣一样缓缓展开，渐露出一座机库，还有一支隶属僭主的飞艇舰队。

在弗格瑞姆的注视下，一艘飞艇开始上升。他听到噼啪作响的枪声和刺耳的警报。宫殿启动了天穹防御系统,密集的人工雷电在弗格瑞姆头顶上响起。这些简陋的电场,理论上可以保护宫殿免于空袭,显然有人希望能借此阻止飞艇出逃。但弗格瑞姆觉得,刺客们如果真打算逃跑,不太可能会被电场吓到。

飞艇上升到生态穹顶的顶部,而助推其飞行的正是这颗星球上最先进的反重力引擎。飞艇比弗格瑞姆预想的要小,这是一架游乐艇,无法用于长途出行。它就像过去在爱奥尼亚海上徘徊的古船,船艏形似鹰喙,船舷则像船帆一样从两边突出,它们向后摆动,与之相接的飞艇部件则倾斜成锐角,形似桅杆,散发出一股奇异的光芒。

那个部件就是飞艇的引擎,不过弗格瑞姆并不知道它的工作原理。整个引擎布满了控制节点与沉思者电路,它的一部分可以在飞艇框架外独立运行,保持旋转。引擎运作时,空气都在其周围震动,发出阵阵轰鸣,生态穹顶的玻璃也随之弯折颤抖。穹顶顶部有一道圆形的天窗,飞艇可以经此通行。弗格瑞姆爬到天窗时便加快了速度,他动作麻利,一下就跨过了玻璃平面。

飞艇也上升到了穹顶顶端,眼看就要穿过天窗。弗格瑞姆能感受到引擎激起的巨风冲向自己,而泛涌的能量汇集成微弱的闪电,一次次掠过他的脸庞。弗格瑞姆蹲下身子,缓缓吸了一口气,看到飞艇迎面上升后,他纵身一跃,手指使劲扒在了飞艇甲板上。因为多了他这个意料之外的重负,飞艇略有下沉,外部的重量传感器也发出警报声。

弗格瑞姆用胳膊一扭,便让飞艇的电镀层变了形,用于装饰的镀板被撕开后,飞艇内部的金属壳便清晰可见。弗格瑞姆伸出戴着铁手套的手指,钩住了船身,随后他两脚蹬在船身上,开始撕扯嵌板。一颗颗铆钉在巨力的压迫下弹了出来,掉到原体的铠甲上。待船体松动后,弗格瑞姆便将嵌板扔了出去,很快下方便传来了玻璃被砸碎的声音。此时,飞艇的警报声也更响了。弗格瑞姆一只手抓着没了嵌板的金属架,另一只手拔出烈火之剑,然后他将剑一挥,砍穿了船体下层,伴随刺耳的巨响,金属应声分离。弗格瑞姆随即将剑插进缝隙,撬开一道裂口,然后他使出超凡的力量,用肩膀将破口挤开,硬是闯进了船舱,耐压胶管承受不住原体的力量,突然爆裂,里面的机油喷涌而出。

弗格瑞姆好奇,不幸目睹这一幕的敌人会怎么看他。也许在他们眼里,弗格瑞姆是一个巨人,他穿着外星的紫金战甲,撞进他们可怜的小船,似乎要将凡人们生吞活剥。飞艇内警报声轰鸣作响，火花四溅。空气不停地从裂口逸出，发出阵阵尖啸。机舱里一些刺客逃走了，还有些更勇敢的人选择留下来，或许他们拿起武器也只是为了求得一死。

"你们可以现在投降。"弗格瑞姆叉起手臂说道。此时还剩下三个人。其中一人已经吓得尿了裤子，还有两人正在填装武器。为了能让自己的这场冒险有价值，弗格瑞姆至少需要活捉一人。就在刺客们下定决心之时，弗格瑞姆快速地扫视了一眼机舱。这里的设备已在原体破门而入时损坏，一直冒着火花，而脚下晃动的甲板暗示了仪器的用途——应该是以太发动机的控制器。这里还有一扇门，门外的金属楼梯通往上层甲板。烟雾从破碎的机器上升起，在空气中弥漫开来，刺客们瞪着弗格瑞姆，他们的眼睛在雾气的刺激下流着眼泪。

刺客们都穿着僭主军队的制服，而通过衣服上的记号与穗带，弗格瑞姆可以看出来他们都是低阶军官。是有人教唆军队谋反，还是说这只是叛军势力的一支罢了？弗格瑞姆没再思考，答案之后自然会揭晓。

整艘飞艇都在晃动，弗格瑞姆可以听见一阵又尖又细的声音从头顶某处传来。引擎正在失灵，飞艇就要坠毁，可僭主宫殿里的人还没有疏散完毕。飞艇的驾驶舱一定在甲板上层某处。

"时间到了。"弗格瑞姆说道，他抓起烈火之剑的剑柄，拔出剑，让钉在柱子上的尸体倒在甲板上。一位军官睁大眼睛，跑去寻找他的武器，弗格瑞姆将烈火之剑轻轻一挥，便砍下了对手的脑袋。与此同时，他的头盔弹开了从侧面射来的子弹，弗格瑞姆转过身，横切一剑，枪手被斩成两截。最后一名叛军见此拔腿便跑了。

弗格瑞姆紧跟其后。

受损的飞艇仍在垂死挣扎，它比弗格瑞姆想象得更脆弱。飞艇的上层甲板分为两部分，每处房间由一道玻璃顶棚封闭起来。以太发动机从甲板顶部向下延伸，甲板较低的一层则是圆形的驾驶台，一个身材瘦削、神色惊慌的人正坐在那里，身穿制服的他汗流浃背，想努力稳住操纵轮，但毫无成效。他看到弗格瑞姆从下层甲板走上来时，吓得尖叫了一声。

刺客们用卡宾枪朝原体射击，可是弗格瑞姆没有理会，他大步走向驾驶台，用铠甲上的传感器确定了五个船员的位置，其中就包括被他追逐的刺客。飞行员被弗格瑞姆从座台上拉了下来，慌乱之余，他摸索着去掏出大腿上的手枪，于是原体又使出蛮力，将凡人扔到飞船另一头，摔碎了对方的骨头。弗格瑞姆又扫视了一眼操纵轮，立刻就领会了它的功能。于是他抓住舵轮，并按自己心中计算的下落角度精确地转动轮盘，避免飞艇撞向宫殿穹顶。飞艇在哀鸣般的巨响中开始倾斜，破坏船体的弗格瑞姆不得不为自己的行为付出代价，他会和飞艇一起坠地。

"我估计几分钟后飞艇就要着陆，也许我们能完好无损，也许都会摔成碎片。"弗格瑞姆转身说道。虽然周围人都在朝他开火，可他还是淡定地看遍了每个人的脸庞，此时刺客们头顶的以太发动机已经运行不稳，不断发出清脆的爆裂声，这是不祥的征兆。"投降吧，我可以饶你们一命。"

敌人没有屈服。弗格瑞姆飞速滑过颠簸的甲板，烈火之剑的分解力场嗡嗡作响，对手们无处可逃，也无望制胜，但他们有着视死如归的狂热，不顾一切地战斗，很快只剩下一个活口。

弗格瑞姆逼近对手，幸存者亦向后退缩，他举起颤抖的手臂将手枪对准原体。弗格瑞姆见此放下烈火之剑说："我来说一个让你高兴的好消息，经过淘汰，我决定留你一命，放下武器吧。"

刺客绷紧苍白的脸庞，他将枪口抵在自己的脑门上大喊："萨巴修斯万岁。"他的手指动了一下，甚至弗格瑞姆还没来得及走到他身边，手枪便开火了。看着倒在甲板上的尸体，弗格瑞姆皱起了眉头。

"唉，真是令人扫兴。"

第五章

民心思变

弗格瑞姆站在僭主宫殿高处的阳台上，注视着新巴西琉斯从安静变得热闹，沉浸在这座城市的潮起潮落中。在他下方，错综复杂的街道形成了一张大网，一直向远处延伸，原体的手背在身后，倾听从城市的脉络中传出的嘈杂之声。星球工厂排放的气体形成一层层云朵，聚拢在宫殿下层，它们随处可见，同时也多少隔绝了从下方市井发出的喧嚣噪声。

听力敏锐的弗格瑞姆能分辨出从工业区传来的不谐之音——他断定这是城市污染的源头，而保卫宫殿免受空袭的天穹系统还在发出嗡鸣。然而原体通过昨夜的经历，知道那个武器只在理论上有奏效的可能，并不能真正有效地拦截飞行器。虽然弗格瑞姆成功将受损的飞艇降落到地面上，但他并没有查清飞艇上刺客们的意图，他们到底是想逃跑，还是暗藏着其他计划。

他向上看了一眼。这个设计精美复杂的飞艇群中许多都印有政府徽章，原始的以太引擎为其提供动力，助推它们飘浮在半空。这些飞艇比弗格瑞姆昨夜追逐的游艇还要大，它们把部队运送到遥远的前哨，或者从各地运来收缴上来的什一税。还有些飞艇是权贵们的家族商船，而其他装饰华丽的游艇则为私人所有。

僭主宫殿位于布局杂乱无章的市中心，新巴西琉斯剩下的部分划分成了几片大小不同的区域。远处的地平线上有一条清晰可见的黑线，那正是保卫国都的防线。这座城市不断发展扩大，原先立起的围栏和之后修起的城墙都已弃用，而现在这些防御阵地即为新巴西琉斯的外围边界。

弗格瑞姆研究过那些远处阵地上的火炮，对它们的尺寸和粗糙的工艺都很了解。气动迫击炮与超速电能炮自古老长夜以来就没在泰拉出现过。这里甚至还有一组古董级的激光炮，只有火星最古老的要塞城墙上才架设了与之相似的火炮。一支机械教的代表团在弗格瑞姆的允许下随同参观，他们已经写下了大量报告，指出这些展示的武器实质上都是仿古的伪劣武器，并分析了它们对周围景观的影响，报告还尤其谈到了查尔克顿南部边陲有一处名为"玻璃废土"的地区。

原体向南方的天空望去，观察着在地平线上荡漾的极光。这幕奇景源于核战争引发的大气扰动现象，而且会永远存在。极光标识的位置正是南方大洲政府的坟墓，曾经肥沃的山丘和平原已在原子弹的烈火下烧成了一片黑色焦土，在那里居住的平民也化作灰烬，剩下的幸存者也只会沦为文明废墟中的野蛮难民。

"喝点红酒？"僭主在弗格瑞姆背后说道，年事已高的他久病缠身，嗓音也变得沉闷。弗格瑞姆转过身，他能闻出来对方身上有肿瘤的味道，这个顽疾正在将僭主的身体侵蚀殆尽。弗格瑞姆考虑要不要让法比乌斯来给潘狄翁看病，如果僭主在归顺仪式完成前就早早病死，帝国又会陷入窘境。

原体接过一盏盛满酒水的精美玻璃杯，礼貌地闻了闻，他在小嘬一口前，悉心品味着馥郁的酒香。但酒水出乎意料的苦味令他面露难色。

"酒香很强烈，也很刺激，不是吗？"潘狄翁微微一笑，"这酒的味道总能给我惊喜，后来有人告诉我，是核辐射造就了如此独特的口感。查尔克顿南部的葡萄园位于玻璃废土边缘，在那里生长的葡萄已经结出丰硕成熟的果实，但只有榨成汁后才会有苦味。我很喜欢这种酒，当然我也不是天生就有这样的偏好。"

弗格瑞姆把杯子放到一边说："尝试体验新事物是件好事，不过前提是得先弄清楚它们是不是值得一试。"

潘狄翁大笑，他的笑声非常刺耳，还夹杂着咳嗽与干咽的声音。"新巴西琉斯被誉为这颗星球上的'城中女王'，目前您觉得这里怎么样？"僭主问道，"您以前见过与此相似的城市吗？"

"这座城……给我留下了非常深刻的印象。"弗格瑞姆礼貌而又委婉地回答道。作为一座不起眼的省城，新巴西琉斯确实算得上漂亮，但和奇摩斯的首都凤尼西亚相比则会黯然失色。凤尼西亚不仅和其他世界一样经受住了黑暗时代的考验，更在弗格瑞姆的指导下繁荣兴盛，成为市民们意想不到的山巅之城。

潘狄翁的嘴唇颤抖起来。"曾经这样的回答会冒犯到我，但我很清楚事实，虽然我们的城市收获了众多美誉，但终究不过是一个伟大王国中的闭塞小省罢了。而您则是这个大王国中最耀眼的王子。"

"起码是王子之一，"弗格瑞姆笑了笑，僭主的这番恭维让他很高兴，"确实如您所说，拜赞斯的闭塞确实令人印象深刻。"

潘狄翁笑了起来。"所以我们要听从你们的教导。"他和弗格瑞姆一起站到阳台栏杆前，俯视着他的城市。僭主慢慢喝下一口酒，最后说道："我们已经学到了很多东西。"他转过身，注视着在玻璃废土上空闪烁的诡异极光。"那道极光很漂亮，对吧？"潘狄翁有些惆怅地叹息了一句，随后又大口喝了一杯红酒，"感谢您昨晚救了我一命。"

弗格瑞姆微笑说："这是我的荣幸，也是我的职责所在，世袭僭主。"

"但我想您的职责不只是保护我吧。"

弗格瑞姆一声不吭，潘狄翁嘀咕了一声："显然，这不是第一次有人暗杀我。"他眼睛斜视道："我已经记不清第一次遭遇暗杀时的样子了，我想我那时还是个孩子，还太年轻，不明白为什么会有人想让我死。"

"现在呢？"

潘狄翁发出一阵冷冷的苦笑："再明白不过了。"他叹了一口气。"我曾一度是颓废的象征，处处惹人嫌恶，成了众矢之的。"他举起酒杯，仿佛是向这座城市祝酒，"我既是这破碎世界的灾祸之源，也是它所有顽疾的唯一解药。"他轻松地喝光了整杯红酒。弗格瑞姆觉得僭主一直这样喝，却没有醉，也真是个奇迹。这时僭主瞥了他一眼。

"您很好奇，是不是？虽然很难从您的神色和话语中看出什么，但如果您没有疑惑的话，也不会到我这里来了。"潘狄翁又倒满了自己的酒杯。

"是的，"弗格瑞姆说道，他也觉得不必在此继续掩饰，"很少有世界会如此愿意归顺帝国，因为对于他们来说，这种事情并不体面。"

潘狄翁笑道："唉，我已走投无路了。"

弗格瑞姆听了挑起眉毛说道："您承认得可真干脆啊。"

潘狄翁耸了耸肩。"我年老体衰又羸弱多病，哪有余力在这里敷衍您呢？我的世界历经磨难，行将灭亡，而我和子民们也在一点点失去曾经的文明，很快我们就变得像玻璃废土的野蛮人一样，在核辐射的照射下四处流浪。"他眉头紧锁，又喝光了玻璃杯中的酒，"您真应该看看这群可怜人——尽管他们伤痕累累，但每天还要拖着长满肿瘤的身体，为了争夺绿洲里的污水而自相残杀，我可不希望留下这样一个世界给我的后人。"

"当然不会那样，"弗格瑞姆说，"一旦您正式同意归顺，那么人类帝国也有责任来治理这个世界，最终它将成为宇宙里的一块瑰宝。"

"但或许不只如此吧，嗯？"潘狄翁盯着弗格瑞姆说，"底下人告诉我，你有个部下背后……背着那种仪器，他一直在从贵族的子嗣里采集基因样本。因此不断有人向我抱怨此事，他们都很担心，不知道他到底在找什么？"潘狄翁又重新斟满了酒。

"他在测试他们能否适应基因植入手术。"

潘狄翁怔住了："为什么？"

"我麾下的战士都有高贵的血统，世袭僭主，我得为自己的军团储备充足的兵源。同时贵国归顺帝国后的义务之一，就是要将贵族世家的男孩作为贡税送往军队。我们偏向接受长子加入军团，但其他基因亲和性符合标准的人也一样欢迎。"

潘狄翁听到这里脸色一下变得惨白："您是说我也得交出自己的孩子吗？"

"在我印象里，您已经考虑过'长子血税'这项条款了。"弗格瑞姆温柔地说道，"我向您保证，这是一件非常光荣的事。"

"我过去以为……猜测他们是要送去给你们做人质，而不是去……"他声音越来越弱，不敢直视弗格瑞姆那毫不退让的眼神。"这是我们的荣幸。"他很快闭上了嘴。

"而且是最高的荣誉。"弗格瑞姆向后退了一步，张开双手。他知道自己的镏金铠甲可以增加说话时的威严感，所以为了保证潘狄翁接受这项条件，他披甲而来。"他们会像我的儿子们一样，备受人类帝皇的青睐，享有佩戴他徽章的殊荣。"原体说，他碰了碰自己铠甲上皇家天鹰的图案，"他们会目睹你无法想象的奇迹和荣耀。"

"你是说他们会参加战争吧？"潘狄翁叹了口气，"我们这颗星球上的人经历了太多战争，实在是太多了。"他抬起头继续说道，"贵族们已经快想造反了，他们中有一半认为我是个没用的软蛋，另一半人则把我当成暴君。他们都急于一战，昨晚那场愚蠢的谋杀只不过是未来叛乱的序幕，而您来到拜赞斯这件事，也给了贵族们借口去鼓动他们的部下作乱。"

弗格瑞姆没有理睬僭主的控诉，他问："萨巴修斯是谁？"

潘狄翁嘟哝了一句："一个无足挂齿的人。"

"所以，这人已经死了吗？"

"他从来不是现实中的活人，而是民间传说里的人物。傻瓜们不愿直面残酷的世界，他们会编造美好的故事麻痹自己，而这个传说里的拜赞斯还在进一步发展，事实上并非如此。"

"您这话转折得可真奇怪。"

"没错，"潘狄翁说，他懒散地咽下一口酒，而溢出的酒水从他的下巴滴了下来，"弗格瑞姆殿下，拜赞斯不仅没有进步，反而在不停衰落。我们从未来倒退回了过去，重新遵循古老的传统，可即便如此，我们对于自己的传统仍然没有统一的认识，所以天天茫然无措，止步不前。"

"这种情况很快就会改变。"

"我正盼着呢。只要人类帝皇能将我留在宝座上，我就愿意亲自跪谒在他脚下。"潘狄翁微笑着说道，"您不也觉得我太老了，已经没法继续处理国事了吗？而我和贵族们的孩子们也只会挂个虚衔，对帝国唯命是从。这一点我绝对可以保证。"他用颤抖的手背擦了擦嘴，"贵族们只想一切安稳。"

"您确定吗？似乎您现在面临的诸多难题，不说全部，也有一大半都是他们在背后捣鬼吧？"

潘狄翁轻蔑地做了个手势。"只是贵族中的一部分，这群人要么是年轻子弟，要么出身穷苦贵族。他们整天都在争斗打架，或者乞讨行骗，想抓住一切机会谋取晋升。如果不能让他们学会乖乖听话，就应该将其全部消灭。"他抬头看着弗格瑞姆说，"你确实带来了一支大军，没错吧？"

"不。"

潘狄翁吓得呛住了："什么？"

弗格瑞姆笑了笑说："还有其他部队在轨道待命，如果情况恶化，他们会来帮忙。但我打算动用最少的力量来完成我的任务。只有完美的胜利才能衡量一位战士的才干。"

"完美的胜利？你疯了吗？"

弗格瑞姆没再说话，意味深长地看了僭主一眼。潘狄翁吓得脸色煞白，退后走了几步。"我无意冒犯。"他说话声更小了。

"这是当然，但我必须靠行动来赢得尊重，不过目前我做得还不够多。"

"您已经救了我一命。"潘狄翁反驳道。

"但也许您的护卫也可以做到。"弗格瑞姆摆了摆手，他对僭主的话不屑一顾，"不过，您说得对，我的计划确实很疯狂。但您自己也说过——拜赞斯不过是这场宇宙大博弈中一个微不足道的小舞台，而我在此投下的赌注可比您想象的要大。请问首席宣讲者派雅珂有没有和您提到过，归顺仪式将在一个月后进行？"

潘狄翁点了点头："而且是在大洲政府成立的纪念日上举行。"

"那么，这颗星球将在一个月内恢复平静。"

潘狄翁盯着弗格瑞姆。"您是认真的吗？"过了一分钟，他说道。

弗格瑞姆微笑道："只需要一个月，世袭僭主潘狄翁。身为第二十八远征舰队的指挥官和人类帝皇的忠嗣，我在此以自己的名誉起誓，我会让拜赞斯成功归顺帝国，而且就用一个月的时间。"

"他干了什么？"震惊的派雅珂猛地站了起来，她的老骨头不知何处响了一声，疼得她皱起脸，将身子向后靠去。"他疯了吗？"派雅珂不解地发问，她的尖叫声吓走了树枝上的鸟儿。首席宣讲者躺在宫殿花园里的一张长沙发上，周围都是她的抄写员和刺客。弗格瑞姆和往常一样不见踪影，和他的一些兄弟不同，弗格瑞姆似乎愿意放任他的宣讲者独自行事，而非亲自督促工作。派雅珂怀疑弗格瑞姆这样做并不是因为信任她的能力，只是想躲开无聊的公务罢了。

"世袭僭主也提出了同样的问题，"被逗乐的科林斯笑着说道，"是不是这些……原体都是如此自信呢？"他坐在宣讲者对面的一张长凳上，尽力不去关注派雅珂的保镖们。

"和一些原体比起来，弗格瑞姆做事还是相当慎重的。"派雅珂说道，与此同时她瞥了一眼艾贝德蒙。军团指挥官站在一旁，像石头一样板着脸，但他眨了眨眼睛，暗示派雅珂他现在其实心情不错。想必星际战士也能在这样的外交场合中找到些乐子。"其他原体看到星球稍有抵抗的迹象，就会让所有街道血流成河。"

"我们也确实考虑过这么做。"艾贝德蒙严肃地说道。

"可你们只有六个人。"科林斯的话十分尖锐。

"八个人,"派雅珂纠正道,"还要算上这里的军团指挥官和弗格瑞姆大人。根据我的观察,无论在何种情况下,他们当中只需三人出场就能从正面粉碎僭主的军队。"

科林斯本想接着反驳,可他思索一番后,还是不情愿地点了点头。西里乌斯和其他星际战士来到星球后就在积极活动,他们耀武扬威,忙于吸引各方的注意力。此时他们正在参观僭主的军营,咄咄逼人地刁难对方。"不管怎么说,你都不需要担心他们。"

"而应该是贵族们。"艾贝德蒙说道。

科林斯点了点头说:"听说在内陆地区有不少势力反抗僭主,离新巴西琉斯越远,对他不满的人就越多,他们甚至连一句恭维僭主的话都不肯说。更糟糕的是,眼下不只是贵族们在蠢蠢欲动。"

派雅珂闭上眼睛,按摩自己的太阳穴说:"又有刁民要造反了。"

艾贝德蒙看了宣讲者一眼:"什么意思?"

"一则老笑话,别介意,请继续说吧,宫相。"

科林斯耸起眉毛,似乎并不喜欢派雅珂的玩笑,但随后他还是继续向宣讲者汇报情况:"农业带的农场和山脉里的矿场都爆发了骚乱,西部省份也动荡不断,虽说僭主军队正在尽力平定事态,但眼下动乱愈演愈烈,兵力已初显不足。"

"骚乱已经发展到什么地步了?"派雅珂问道。

科林斯露出了忧心忡忡的表情:"民众已经开始暴动、示威。一些贵族在辖地鞭笞领民,虽然他们用刑过甚,但只要按时交了贡赋,僭主就不会过问,可是民众日益不满。"

派雅珂瞥了艾贝德蒙一眼,指挥官的脸依旧像面具一样毫无表情。"他们有多不满?"派雅珂问道,"要发动一场起义?"

科林斯没有说话,但答案已不言自明。派雅珂感觉头又痛了起来。"我还得多喝点酒。"她喃喃道。

"我们希望您能提供所有的相关材料,"艾贝德蒙说道,"每一条记录、每一份报告都不能少。我们掌握的资料越多,制定对策的速度就越快。"他低头看着科林斯,"您愿意为我们提供这些信息吗?"

科林斯看起来吓了一跳。他点了点头说:"我掌握的全部资料都可供您调用。"

艾贝德蒙露出了微笑,说:"要的就是这句话。"

"潘狄翁什么时候会正式宣明此事,"派雅珂问道,"再过多久,整颗星球上的人就会知道我们此行的目的?"

"恐怕时间不多,僭主希望明天就宣告举办归顺仪式之事,这也得到了弗格瑞姆大人的恩准。"

"他当然会同意。"派雅珂抱怨道,"但是,这种事做起来怎么会轻松呢?"她消沉地向后一躺,"从明天开始往后这一个月里,我想我们最好还是开始工作吧。"

宫相离去后,艾贝德蒙转向派雅珂问道:"这事您怎么看?"

"这次弗格瑞姆也太大意了。"派雅珂答道,她看到艾贝德蒙的眉头皱了起来,"他确实错了,"派雅珂坚持自己的观点,"如果这颗星球要有一半像科林斯说的那么动荡,那一个月的时间根本不够平息事态,帝皇的星际战士也不应该只来六人了。"

"是八人。"艾贝德蒙纠正道。

派雅珂没有理会指挥官的插话。"即便弗格瑞姆万夫莫敌,这多两人少两人也不会有多大区别,毕竟我们没法和整颗星球为敌啊。"

"不过,有个好消息是我们没想到的。"艾贝德蒙说,"虽然星球上民怨沸腾,但也只是内部矛盾,目前还没有多少人直接将矛头指向我们。"

"但明天僭主宣布归顺帝国后,情况就会变了。"

艾贝德蒙点了点头,说道:"到那时,紫凤亲王会想出合适的行动方案。"

派雅珂注视着艾贝德蒙说:"您对他就那么信任吗?"

"难道您不是吗?"

派雅珂往后坐了坐:"像我这样的老人,只会相信自己,对其他人和事都不会太放心。"她用手指敲着嘴唇,陷入沉思。身为一位宣讲者,派雅珂曾在学校中精学过概率的算法。其实任何星球归顺帝国的过程都会充满变数,不管外表上看上去多么顺利,这期间大使们都要面临重重困难,而且现在弗格瑞姆又添了一项麻烦——一个月的时限。

那么，如果过了拜赞斯归顺帝国的时限，星球的动乱还没平定的话，派雅珂又会怎样呢？事实上，如果能尽快让弗格瑞姆明白傲慢的后果，对各方来说都会是好事。现实会像一枚药针，刺破他完美主义的泡沫。

但是……如果弗格瑞姆执迷不悟呢？

她看着艾贝德蒙问道："他真的有可能摆平这一切吗？"

艾贝德蒙耸了耸肩。"一切皆有可能。"他举起一只手，示意会继续回答宣讲者的问题，"目前有两种可能的结果，第一种可能，就是明天的声明会扼杀贵族们反叛的想法。他们将忙于维持自身的影响力，没有精力去筹备一场无望获胜的战争。"

"那第二种可能的结果呢？"

"这次声明会诱使他们直接行动。"艾贝德蒙又蹙起了眉头，"我怀疑，紫凤亲王就在期望这种情况出现。如果敌人暴露身份，那就更好对付。"他又顿了顿说，"您知道，他对宴会那次的暗杀行动怀恨在心。他觉得敌人相信可以从他面前全身而退，才会在昨晚暗杀代表团的要员。"艾贝德蒙的眉头皱得更深了，"原体认为这就是在羞辱第三军团，是他荣誉上的污点。"

派雅珂叹了口气说："请放宽心，这群胆大的贼人已经尝过苦头了。"她已经亲自处理此事，弗格瑞姆俘获飞艇后不到一个小时，派雅珂便已经知道了所有涉嫌下毒的罪犯的名单，有些人她会悄悄处理掉，还有些人则被她收为间谍，用来收集情报。安插间谍在任何时候都是明智之举，因为没人知道他们何时就会派上用场。

新巴西琉斯充斥着各种各样的阴谋家，帝国皇宫里也有成群结队的密谋者，他们每个人心中都有各自的小算盘。虽然第28远征舰队中的成员大部分都无须提防，但依然有少数人值得警惕，必要时可将他们从帝国的权力体系中肃清。"弗格瑞姆现在在哪儿？"她问道，"如果我要履职尽责的话，就最好知道他现在的安排。"

艾贝德蒙犹豫地说道："他去见药剂师法比乌斯了。"说出药剂师的名字时，指挥官面露难色。法比乌斯被安排到宫殿的下层居住，这样他忙于工作时，可以尽量避免别人打扰他。派雅珂对这样的安排愈发满意。

派雅珂打了个寒战说："回头我会亲自和他聊聊。"

艾贝德蒙严肃地点了点头。"明智的选择，"他叹了口气，"六人对抗整个世界，或许有些人会视此为自大的愚行吧。"

"八人。"派雅珂说道。

"事实上是九人，"艾贝德蒙微笑说，"如果算上您的话。"

派雅珂大笑："那我们怎么会输呢？"

僭主宫殿的地下室干净整洁，这里不仅有高大的石廊，还有许多盏钠灯照明。一队队穿着深色制服的看守来回巡逻，他们一直将配枪和加固过的警棍拿在手里，一旦上级召唤，便会卖力地用武器攻击敌人。

弗格瑞姆下楼来到这里时，并没有遭到守卫盘问，也许他们是收到了僭主的命令才保持克制，或者只是单纯惧怕原体。不论是何种原因，只要没有人会挡他的路就够了。原体穿过狭窄的走廊时，努力避开哀号声不断的牢房。囚犯并不多——在新巴西琉斯犯法的人大多数都被发配到卫星或在农业区里做苦力。但有些人威胁甚大，他们不能被送到别处。这群人是各种各样的活动家，他们到处煽风点火，传播不同政见，希望推翻查尔克顿大洲政府建立的生活秩序。

在弗格瑞姆成长的过程中，奇摩斯也发生过类似的事。卡拉克斯的工人们抗议示威时，执政官家族往往会采取严厉的反制措施，甚至展开残酷的镇压，屡见不鲜。弗格瑞姆还记得在催泪瓦斯翻腾的街道上，警卫们用电击警棍抽打工人，静电的声响此起彼伏。想到这里，原体的双手不知不觉地握成了拳头。

弗格瑞姆还记得电击棒打在他手掌时麻木的痛觉，而当时打他的警卫发现警棍断开后，露出了惊恐的表情。那天弗格瑞姆最终从恐慌的人群中逃了出来，他肺里灌满了灼热的瓦斯，眼里流着辣出的泪水。由于养母图利娅被暴乱波及，命悬一线，弗格瑞姆怒不可遏，第一次大发脾气。

不过童年时的情况要比现在简单很多，对与错显而易见，敌我也更易区分。但当时的弗格瑞姆还只是一个孩子，他是以孩子单纯的眼光看待这个世界的，随着年龄的增长，他开始意识到这个世界是一台复杂的机器，由许多功能各异的部件组成，而每个零件都容易损坏。当他深入研究这台机器内部的工作原理时，发现对与错等概念会让位于效率和需求。一个齿轮松动时或许会发出惹人怜悯的尖叫，但为了整台机器的运转，它必须被替换。弗格瑞姆对此坚信不疑。

即便如此，弗格瑞姆觉得这些破损的齿轮仍有价值。零件的用途是由工匠定义的，而非机器。只要有耐心，肯花工夫，破碎的齿轮积累到一定数量也可以做成美丽的饰品。

走到法比乌斯的"蜘蛛巢"时，弗格瑞姆强作镇定。药剂师依旧选择离群索居，这一点令原体非常失望。法比乌斯似乎决心变成一个令人不快的讨厌鬼，但就算招人讨厌，法比乌斯也自有其用。

地牢的房间经过改造，布置近乎和帝皇之傲号上的药剂室一模一样，各个设备都已从船上送来，分别打包放在各处。发电机微微发出嗡鸣声，它的光在洁白的墙壁上留下条纹状的阴影。自从弗格瑞姆一行来到拜赞斯后，法比乌斯已经收集了几百份基因样本，桌子上的支架上都插满了装有血液和血浆的微型试管，等待药剂师进一步研究。弗格瑞姆忍不住睁大眼睛观察这些试管，他希望能看出这些样本的潜力，只要能发现一丝根治枯萎病的迹象，他都会欣喜若狂。

遗憾的是，不论这些样本暗藏怎样的玄机，弗格瑞姆都无法一眼识破。

房间中央传来一阵低沉的呻吟，弗格瑞姆循声查看，发现那里摆着一张检查台，上面正躺着他们在宴厅里俘获的囚犯。法比乌斯站在他身边，红色的血迹一直沾染到他的胳膊肘，犯人还活着，但这并不奇怪，人类虽然脆弱，却有十分惊人的求生意志。

"你从他那里审讯出什么了吗？"弗格瑞姆轻声问道。他没有特意和药剂师打招呼，因为他发现法比乌斯并不会在意这些与人社交的细节，这也是他和兄弟们疏远的另一个迹象。

法比乌斯头也没转便说："都是些没有疑点的情报。这颗星球派系林立，党争不断。目前有十二位元老宣称有权继承僭主的御座，此外还有三名贵族觊觎权力，他们地位较低，但支持者甚多。"

"我很惊讶他们竟然没有互相掣肘。"弗格瑞姆感到一阵烦恼，潘狄翁一直没有提及冠世御座的其他继承人，这让本来简单明了的事情变得扑朔迷离。

法比乌斯朝弗格瑞姆瞥了一眼。"没错，昨晚送给我们的酒水里掺有十种不同的毒素，四种不会致命，其余六种都意在让我们丧命。而且这些毒剂的来源各不相同。"

"真复杂。"弗格瑞姆默默抱怨道，拜赞斯的局势云谲波诡，如果他亲自来代替法比乌斯审讯，或许会找到不少乐趣，"考虑到他们派系的数目，这也并不令人惊讶。"

"这可不只是家族之间的争斗，"法比乌斯把工具放到一边，转身说道，"各个派系自身又分裂成各个小帮派，还有些组织另立门户，与旧贵族对抗。这些人已经将玩弄阴谋当成了……一种爱好，一门艺术。贵族们甚至会好几代人一起策划阴谋，但每过十年他们的计划就会变得更复杂，想要实现也愈发困难。"

弗格瑞姆忍住笑意，他从未见过药剂师的表情变得如此愤怒。"可以说他们根本不在乎谋划的目的，而只是沉迷于权谋本身。"他说道。

法比乌斯微微地点了点头："一群疯子。"

"只是一种文化惰性罢了。"弗格瑞姆纠正道，"拜赞斯的体制运转失灵，星球上的人也深困其中，故步自封。而我们会纠正星球体制内的问题，同时精简他们的冗繁之政。"他端详着检查台上的人，那人的眼睛虽然睁得很大，却双眼无神，似乎没有。多亏法比乌斯医术高超，男人的心脏依旧怦怦跳动，周围的器官也血色红润，仍有生命迹象。

弗格瑞姆又瞅了药剂师一眼，他在想自己把法比乌斯带离巢穴是不是一项明智之举。此时法比乌斯毫不退缩地迎上了原体的目光，不管他做了什么，药剂师都不为此感到内疚。弗格瑞姆见此摆了摆手势说："尽快处理掉他。"

法比乌斯低下头继续工作。"首先我得分析当地人的生理机能，测试他们能否适应基因植入手术。"他又往检查台上看了一眼说，"我在这方面取得了一些进展，目前可以预测之后会有积极的成果。"

弗格瑞姆点了点头："放开手脚去做，但是别把动静闹得太大。"

"我会像蜘蛛一样安静。"法比乌斯一边说着，一边又转身投入自己的工作中。弗格瑞姆听了皱起眉头，但他没有斥责药剂师。他转身离去，将场地还给了他。

在弗格瑞姆带来的六位军团战士中，只有法比乌斯最清楚自己的职责所在。

第六章

舌战贵族

僭主的御座并没有弗格瑞姆预想的那样宏伟惊人。

御座其实是一台安装在气动升降机上的座椅，虽然僭主坐上去依然结实，但升降机已然有些老化，不堪重负。当机器将潘狄翁抬升到高台顶端时，发出了令人不安的声响。御座高台上方有一扇巨大的圆形玻璃窗，而窗户上装有五颜六色的反光玻璃。这样御座升起时，坐在座位上的僭主将沐浴在光线中，并在阳光的衬托下耀眼无比。至少理论上会是这样，事实上强光之下的潘狄翁不得不将身子斜到一边，眯着眼睛看别人。考虑到御座巨大的噪声，潘狄翁很可能在上面既看不清东西，也听不见声音。

年轻的阉伶歌手们在御座高台上站成一列，他们用高昂柔美的嗓音掩盖了机械泵与轮滑组运作时的噪声，美妙的歌声不仅抚慰了满身故障的机器，还为这荒谬的仪式增添了一份帝王的威严。

"潘狄翁这样的安排真是高明。"弗格瑞姆欣赏着开幕仪式的奇景，低声自语。如果此时有人想公开向僭主请愿或是提出指控，御座上的潘狄翁都将以高高在上的姿态面对他们。科林斯站在潘狄翁脚下的高台上，身边站着一支仪仗队，他们的天蓝色铠甲上印有大洲政府的烈阳纹章。

"没错，他就是这样。"派雅珂说道，她站在弗格瑞姆身旁，等待僭主发表归顺人类帝国的宣言，"潘狄翁很会为自己考虑，虽然表面上他归顺帝国后，会成为有名无实的附庸，但最后他还能保住自己仅有的那点权力。"派雅珂说到这儿蹙起眉头，"真是个唯利是图的人，但也确实聪明。"

"所以我们才会来到这里。"弗格瑞姆环顾四周，御座大厅的布局宛如一个圆形剧场，朝觐僭主的队伍从各处大门一直排到御座脚下，两边都有高高的长凳。它们排成好几道弧线，上面坐满了德高望重的元老和其他贵族正式任命的代表，他们带着一群文士、警卫和侍从一同参会，并嘱咐自己的手下不停走动，在就座的与会者中间传递信息。因此御座大厅里热闹非凡，人声鼎沸，轰鸣声此起彼伏。有时信使们会扭打成一团，甚至引来贵族们亲自动手。

"我想不通他们会场紊乱，平常是怎么敲定方案，发展星球的。"艾贝德蒙在弗格瑞姆身后说道，他和西里乌斯在此担任帝国一方的仪仗队。

"所以他们一事无成。"派雅珂简短地回答道。

"就这一点来说，拜赞斯和其他的人类政府一样糟糕。"弗格瑞姆已经等了很久，科林斯也已经向他简要介绍了议程安排，僭主将先和官员、商人与税务官会面，最后再召见弗格瑞姆一行人。

这样的安排原因有二。首先，这可以消除大洲政府不再掌控拜赞斯的流言。其次，僭主意图借此安抚参会贵族，希望他们放松警惕后可以顺利通过决议，声明归顺人类帝国。

不过这套方案成功的希望并不大。拜赞斯的贵族们令弗格瑞姆联想起了奇摩斯的执政官家族。他们身上已经散发着血腥味，就像水里的鲨鱼，决不允许自己的水域里有新的掠食者分食猎物。自帝国使团来到拜赞斯后，就有数百个家族将印有家纹的信札送到派雅珂的宣讲者那里。贵族们在这些信中向帝国表达抗议，言辞激烈地伸张诉求，只有极少数贵族在信中表明自己愿意归顺。

拜赞斯的领主们还没有真正了解自己的处境，但很快他们就会明白。到那时，有些贵族会公然展露自己的敌意，弗格瑞姆期待能见证这一刻，对他而言，这将是值得一试的挑战，或者至少也会是一种有趣的消遣。

潘狄翁最后宣布召见帝国代表时，弗格瑞姆拉着派雅珂的手，步态优雅地走向御座。和其他人不同，他们并不是来向僭主屈膝请愿的，所以不必匆匆忙忙，毕竟他们在拜赞斯有的是时间。

弗格瑞姆一行人走向御座时，贵族们陷入了沉默，但很快整座御座大厅再次响起一阵闲言碎语，人们纷纷向前倾斜身子，注视着仪表堂堂的基因原体。绝大多数参会贵族都是第一次亲眼见到紫凤亲王，也有一些人已经在欢迎仪式与晚宴上看到过弗格瑞姆。

"就像街头野狗，为了争块骨头叫个不停。"派雅珂小声嘀咕，弗格瑞姆则努力憋住了没笑。

"如果他们真要叫几声就满意,那我倒也放心了。"帝国代表们走来时,御座高台上的仪仗卫兵挺直了身子,却没有举起武器,弗格瑞姆仔细看了他们一眼,发现这群士兵纪律涣散。他们华而不实的天蓝色战甲由几块弯曲的金属板甲搭接而成,与昆虫的甲壳相似;铠甲上还遍布精美的镏金蚀刻画,描绘着宫廷生活的场景。即便根据拜赞斯的标准,士兵们的武器也算得上是古董,它们挥起来或许会是合手的战棍,但威力不强,更像是装饰。

"这些人就是僭主卫队,"派雅珂小声说,"起初,这支部队是由忠心的贵族派出次子组建的,现在这些人基本是靠花钱买进去的。"

"他们有多少人?"

"根据点名册,应有五百人。"

"事实上呢?"

"一百人,或许也有两百吧。"派雅珂微笑道,"僭主卫队仍是个光荣的职位,但现在他们更多只是装点僭主门面的摆设。其实贵族们对此颇有忌惮,毕竟这支隶属僭主的核心部队是由出身高贵的职业军人组成的,很多贵族希望这支部队人数能减得更少——最好只选几个人。"

"毫无疑问,卫队人选是由贵族们决定的。"

"当然了,"派雅珂说,"别误会了,这群贵族可不只是贪得无厌,他们世世代代一直都在侵蚀冠世御座的权力,虽然世袭僭主是唯一凌驾于他们之上的人,可他的实力已在贵族们的稳步蚕食下消磨殆尽。"

"而这一切终是徒劳。"弗格瑞姆说道。不一会儿,他们登上了僭主的冠世御座,科林斯也走下来迎接。宫相脸上带着一丝紧张的微笑,他双手拿着一根形似手杖的扩音器,一些参会者满身怒气,他们在楼上的边座大声喊叫了几次,但很可能是有同伴提醒,很快人群又安静了下来。弗格瑞姆微微一笑,总有些人不会控制情绪,自乱阵脚。

潘狄翁的声音从上方传来,王座内设有做工简陋的扩音系统,僭主的声音借此断断续续地在御座大厅里广播。"我远在银河彼端的皇兄派来了使臣,现在他们已经站在我们的面前,让我们一起热烈欢迎。"潘狄翁开始了发言。

弗格瑞姆听了挑起了一边的眉毛:"皇兄?"他看着科林斯低声说道。

脸红的宫相惭愧地说:"他是想挽回面子。"

"我们的皇兄派来他的王子，邀我们共举大业……和阿纳巴斯山脉的矿石一样，这是我们与生俱来的权利，"潘狄翁继续着演说，而御座大厅的长凳上则响起了嘈杂的议论声，一开始声音还很微弱，之后越来越吵，潘狄翁也相应提高嗓音，努力让自己的声音不被盖过，"我们将回归伟大的人类帝国，重夺宇宙中的群星，我们会……"年久失修的扩音系统终于失灵，潘狄翁的声音只剩下了静电的声响，消沉的僭主坐回自己的御座上，擦着脸上的汗。

御座大厅的长凳上传出一阵愤慨的批评声，人们飞速地跑到隔栏边，用扩音器大吵大闹，争相谴责僭主演讲中的说辞。

科林斯向僭主卫队做了个手势，士兵们把步枪枪托砸向御座高台，鸣声示威，之后他们又重复了一遍，可会场的喧嚣丝毫没有减弱。弗格瑞姆举起一根手指，艾贝德蒙看到信号后，立刻拔出佩剑，他把剑锋掉转朝上，随后抓住剑身，将剑柄砸向地面。地板瓷砖与下面的基石全都应声裂开。这阵巨响在房内回荡不止，大厅边座的政客们吓得停止了争吵。科林斯皱起了脸："这修起来可要花不少钱。"

潘狄翁乘着大厅安静的空当继续演讲："我的兄弟们，不要绝望。昭昭天命已经到来，我们将不再低头耕种只为果腹，而是驶入星河，开拓新土。我们方才团聚的亲人将为我们指引道路。"他指向了弗格瑞姆。

"我们为什么要相信……这头生物？"一位贵族问道，颤抖的扩音器传来他沙哑的声音，"显然他不是人类，我们都知道，他只是来自玻璃废土的某种变异人，他穿得漂漂亮亮的来骗我们。"

听到会场长凳上传来一阵赞同声，弗格瑞姆强忍心中的笑意。派雅珂本要回应，弗格瑞姆却挥手让她安静。他抬头向指控他的贵族说道："那你觉得我们骗你是为了什么？"

贵族眨了眨眼，弗格瑞姆洪亮的声音吓了他一跳。即便没有扩音器，会场所有人也都能听到了弗格瑞姆的话。就在对方惊魂未定之时，弗格瑞姆接着说道："朋友，我可不需要耍什么把戏来糊弄你，因为我是人类帝皇的儿子，只要我想，就可以像这样消灭你的世界。"他打了几个响指，向对方强调自己的杀意，与此同时，他听到科林斯突然倒吸了一口凉气。

贵族中爆发出一阵激烈的抗议，弗格瑞姆举起双手，仿佛是在表示欢迎，他朝龇牙咧嘴的贵族们投以微笑，嘲弄他们只会无能地抱怨。的确，贵族们都目睹过满载武器的风暴鸟战机从天而降，而艾贝德蒙与西里乌斯就在原体两侧，他们不仅穿着亮丽无比的巴洛克战甲，同时双手都紧握武器，向面前的贵族们施加压力。弗格瑞姆的威胁并非口头上的，即便是头脑最愚钝的贵族都无法否认这一点。

"虽然我更希望和平地解决问题，"弗格瑞姆高声喊道，他双手合十，摆在身前，随后又伸出一只手，握成了拳头，"但我完全可以用武力和你们讲明白道理。"此时他露出一副和善的笑容，"只要我乐意，就可以降下天火，把你们的城市烧成玻璃碴儿。但我不希望这样做。我不想派我的儿子们来屠戮你们，也不想让弗雷泽指挥官放出军犬啃噬你们的民众。"他说着举起一根手指，似乎是在发出警告，"但我有这个能力，而且一旦有必要，我定会说到做到。"

随后，他张开双臂说："诸位绅士，我恳请你们能够配合，让我无须大动干戈。我的兄弟们相信，所有纷争都应通过血与火来解决，他们踏破无数世界，将众多文明化为齑粉，而我更倾向用外交手段来消除分歧，这对你们来说可是一件幸事。我更希望你们能加入人类帝国，和我们结为兄弟，从此共同前进，一起做宇宙大家庭中的公民，而非伤痕累累的贱奴。"

弗格瑞姆放下了双手："但请放心，无论如何，你们都会归顺我们，成为帝国的一部分。"原体说话时的语气一直温和而冷静，听上去并不像在故意威胁，而只是陈述事实。

大厅里再次开始喧哗起来，贵族们纷纷站起来，用已经出现故障的扩音器大喊大叫，信使们则在长椅之间来回奔走。潘狄翁弯着腰回到自己的御座上，他似乎因为这场骚乱感到难堪。也许事实正是这样，僭主很清楚他会因为这场闹剧在帝国来客们面前颜面尽失。弗格瑞姆瞥了僭主一眼，注意到潘狄翁脸上难受的表情。"僭主他很担心。"弗格瑞姆说道。

"好事，"派雅珂说，"让他担心，让拜赞斯贵族们都担心，这样事情会变得更加简单，恐惧会是我们取胜的最强法宝。"派雅珂自信满满地说道，此时贵族们的喧闹也平静了不少，又一位贵族即将发言。弗格瑞姆仔细打量着对方，虽不知此人究竟是谁，但可以看出其他贵族都对他尊敬有加。

"他是布切霍罗斯元老，"派雅珂小声说，"是代表反对派贵族发声的领袖之一，出身古老世家，而且财力雄厚。"

弗格瑞姆点了点头，布切霍罗斯身着宽大的黑袍，却遮不住他肥硕的体形。

而元老衣服最上层的驳口有用白线缝制的海马图案，他一侧的圆脸颊上也同样有较小的海马文身。

"如果我们要相信您说的话，"身材宽大的元老说道，"那您的意思是说，你们不是和平使者，而是作为征服者来到这里的，我们要不服从这场荒唐的闹剧，您就会指挥一支我们看不见的军队击败我们。"大胆的属臣发出阵阵窃笑，赞同元老的发言，但在弗格瑞姆摆出证据，说明帝国有动武的可能性后，他们的人数已经不像开始那么多了。

"我能主动站到您面前，就足以显示帝国对和平的诚意了。布切霍罗斯元老，我并没有兴趣去征服你们的世界，我只是希望这颗星球能在浩瀚的宇宙中找到自己适合的位置。"

布切霍罗斯或许会惊讶弗格瑞姆知道他的身份，但他神色未变。元老皱眉说道："然而，您应该能理解我们的困惑，毕竟您一时兴起就向我们施加了这么大的威胁。"

"我向您保证，这不是我心血来潮的说辞。相反，我说的就是事实。"弗格瑞姆轻轻拍了一下烈火之剑的剑鞘，"就像我身上的这把剑，还有我儿子们佩在腰带上的爆矢手枪一样。我们已经展示了自己的实力，这样你我才可以平等地对话。"

"可您耀武扬威的目的，难道不就是想告诉我们，拜赞斯和帝国并不平等吗？而尊敬的僭主就是想把我们出卖给无力抵御的强敌？殿下，您只是想吓唬我们，也不过如此罢了。"布切霍罗斯退回座位，而他的部下们也同时开始大声叫喊，跺脚示威。

弗格瑞姆歪了歪头，承认了这一点。他等到吵闹声平息后说道："您说得对，我是想吓唬你们。但我并不是一个企图恐吓对手的匪兵，相反，我就像父母吓唬孩子那样，只有恐惧才能让你们明白教训，才知道检点自己的行为，这样你们才不会鲁莽行事，或者失去理智。"他优雅地耸了耸肩，继续说："或许我不该这样做。坦率地说，我也承认自己在这般情况下难免会冲动行事，如你们所见……我也知道什么是畏惧。"

正如弗格瑞姆期望的那样，贵族们一声不吭，没有人反驳他。弗格瑞姆走上前，将一只手放在自己的心口上。"我担心你们会克制不住心中盲目的骄傲；"他又举起另一只手，"我担心向你们伸出友谊之手时，你们会拒之不理；"

他又指了指自己的烈火之剑。"我担心我会被迫愤怒地拔出这把剑，不得不摧毁我本想拯救的一切。"他将一只手向身后挥去，指向了艾贝德蒙与西里乌斯，"我担心我会派儿子们来作战，而他们一旦燃起盛怒，战火必将席卷整个世界。尊敬的贵族们，我害怕这些事情会发生。"

弗格瑞姆转身，一眼扫过长凳，参会的贵族中很少有人敢于直视原体的目光。弗格瑞姆单膝跪下，低着头，张开双臂，而长椅上的贵族们也开始小声议论。"朋友们，我恳请你们不要让我的担忧成真。"他抬起头说，双手合十，犹如祈祷一般，"拜赞斯的高贵忠嗣们，让我们一起抛开恐惧，今后同舟共济，休戚与共，一起奔赴光荣伟大的美好前程。"

他优雅起身，转身向冠世御座深深鞠了一躬。"世袭僭主，希望您能允许我退场，我会等待您最后的决定。"潘狄翁故意装出一副左右为难的表情，默默点头。随后，弗格瑞姆再次拉起派雅珂的手，转身走向门口。

"您演得有点太夸张了，"两人离开冠世御座时，派雅珂细声细语地说道，"但确实令人印象深刻，甚至热血澎湃。"

弗格瑞姆微微一笑。

"让我们期待这一招奏效吧。"

第七章

公开露面

"前任僭主只有一个孩子吗？"弗格瑞姆问道。

在宫相科林斯和三名星际战士的陪同下，原体大步流星地穿行于新巴西琉斯市区。这里的街道弯弯扭扭，狭窄难行。为防万一，卡斯佩罗斯·泰尔马和格里森·索恩在原体两侧踱步，保持戒备。法比乌斯和他们隔了一段距离，跟在队伍后面。弗格瑞姆花了不少工夫，才将法比乌斯从他的巢穴里请出来。原体认为，如果要让民众适应帝皇之子的存在，最简单的办法就是让军团战士们走到大众面前，让双方尽可能面对面接触。如果要让星际战士恫吓民众，也应如此。不过现在时日尚早，他希望拜赞斯的民众能视帝皇之子为解放者，而非征服者。

"他有好几个孩子，"科林斯抬头看着弗格瑞姆说道，宫相和许多凡人不一样，他能轻松地跟上弗格瑞姆的步伐，弗格瑞姆怀疑宫相也是受过一番特殊训练才能保持如此优雅的步姿，"我们知道他有四个孩子，但实际上可能更多。"他尴尬地咳嗽了一声，"僭主的父亲是一个……呃……情欲过于旺盛的人。"

"但潘狄翁是他的嫡子吗？"

科林斯点了点头："所幸他的出身是公开的。"宫相停下脚步，和坐在商店门口的老妇人简短地交谈了几句。年迈的老人口齿不清地说了几句，亲吻了科林斯的手，弗格瑞姆则在一旁观察他们的互动。潘狄翁在他子民的生活中是一个遥不可及的存在，大家将其视为半神般的圣人，只能小声谈论。而贝雷洛斯·科林斯与之相反，他深入群众，为民着想。

弗格瑞姆不禁再次怀疑自己支持现任僭主的决定是否正确。科林斯会是比潘狄翁更胜任的统治者，但他不愿掌权，潘狄翁似乎也决心不惜一切要保住自己的宝座。所以弗格瑞姆要是想扶植科林斯，只会为拜赞斯归顺帝国增添困难。

弗格瑞姆考虑过将自己的想法强加给拜赞斯人。事实上，科林斯才是维持大洲政府运作的领导人，只是在名义上并非元首，所以实现权力的平稳过渡会非常容易。如果是荷鲁斯处理此事，想必他会毫不犹豫地执行这一计划，狼神一旦嗅到贵族们反抗的气味，就会立刻释放他的狼群，然后在新巴西琉斯用骷髅堆出一座金字塔。

"弗格瑞姆，你看上去有心事。"

"我确实心里很有感触，贝雷洛斯。"弗格瑞姆说道，他指向前方的店铺与鳞次栉比的住宅楼，它杂糅着老式砖墙与新筑钢架，样式不一，新旧交织，反倒生出一种野性的美。"这座城真美，他说，"在奇摩斯这样的街区只会是一片暗灰，死寂而单调。甚至泰拉都是如此——灰得让人忘了颜色本该存在。但这里，却有别样的色彩……有种万物竞发的勃勃生机，所以我很羡慕你。"

科林斯看上去十分惊讶："僭主大人口中的宇宙王子竟会如此盛赞我们的城市。"人群越发拥挤，喧哗声也突然变大，宫相为此提高嗓音，努力让弗格瑞姆听清自己的话。街上某处有钟声响起，弗格瑞姆好奇这到底是市区的常态，还是特意为他们安排的。

听了科林斯的话，弗格瑞姆笑了笑说："我向你保证，新巴西琉斯完全配得上这番赞誉。"原体环顾四周，欣赏这里密如卷帘的常春藤，不论是民房的砖墙还是政府大楼的彩色穹顶，都能看到长势茂盛的爬藤。一股浓郁的馨香气味从附近的香料市场飘来，商人们不仅会把当地草药挂在商店橱窗里叫卖，还会将一些动物当作野味放在一旁兜售。燃油烧出的废气从原油发电机升起，弥漫在狭窄的街巷里，古老的电网系统失灵时，城市照明将由这些发电机来维持。"新巴西琉斯确实漂亮，你们拜赞斯的城市风景都这么引人入胜吗？"

科林斯脸上的微笑消失了。"只有一些城市是的，很多城市只能……注重实用，专心发展。"

弗格瑞姆点了点头，宫相的回答如他所料："这也没错，不用为此感到羞耻。"

科林斯将眼神移到远方说："他们，不，我们曾经辉煌过。"

"你们还会再次复兴的,虽然需要时间,但好在来日方长,现在努力为时不晚。"

"或许吧。"在一家立着大遮阳伞的咖啡馆里,顾客们都坐在伞荫下品尝特色的雷卡咖啡,他们一见到宫相便亲切地呼喊。科林斯走过去和他们握手问好,而含有重度咖啡因的雷卡咖啡香气刺鼻,呛得弗格瑞姆鼻孔抽动起来,似乎拜赞斯人都喜欢苦味而非甜味。

"你能和我说说关于布切霍罗斯元老的情况吗?"弗格瑞姆在科林斯回到身边后问道,"他似乎是拜赞斯反对派贵族的大靠山。"

科林斯眨了眨眼。"一个危险人物,而且就像你看到的那样,他很有影响力。这个中饱私囊的家伙依靠自己的特权牟利,滋润得肥头大耳,他还很狡猾。最近几场要求政府削减权力的运动都是他带头发起的,不少人认为他之所以一直在巩固自己的地位,目的就是为策划各种政变做准备。"科林斯笑了笑,"或许现在他的如意算盘已经落空了。"

"哦,难怪他当时火气那么大。"弗格瑞姆哈哈大笑说,"他已经邀请我去他的海岸庄园,来……和他讨论如何化解分歧。"

"当心点。"科林斯匆匆地接了一句,弗格瑞姆瞥了他一眼。

"我从来就没有大意过,难道眼下我还要特意去提防什么吗?"弗格瑞姆笑了笑,"还是说你只想客套一句,关心一下我的健康,贝雷洛斯?"

"只是有些传闻与布切霍罗斯有关,但还没有确凿的证据可以证实。"

弗格瑞姆停下了脚步:"如果他真是能威胁我的危险人物,那我倒是想了解一下。"

科林斯看上去很不自在。"就像我刚讲的那样,还没有确凿的证据证实这些情报。最近针对潘狄翁的谋杀中,或许不止一场都是布切霍罗斯在背后主导的,包括宴厅那场针对你的暗杀。"

"是他在酒里下的毒吗?"弗格瑞姆双眉紧蹙。法比乌斯从囚犯口中拷问出的主谋名单中,并没有布切霍罗斯,但这没有什么意义。根据派雅珂从自己情报网得来的消息,布切霍罗斯在至少三场阴谋中是主谋,不过他似乎和眼下的骚乱并无关系。可对于这么狡猾的人来说,多一条罪名也不算什么。

"可能吧。"科林斯摇了摇头,"但显然,现场没有任何证据。毕竟布切霍罗斯是个玩弄阴谋的老手了。"宫相耸了耸肩,说道:"所以像我说的那样,请多当心。"

"嗯，我已经把你的建议记在心里了。"弗格瑞姆好奇科林斯的间谍网到底有多大神通。论情报工作，在派雅珂眼中，拜赞斯人只能算是门外汉。坐拥冠世王座的僭主曾拥有实力可观的情报网络，但其影响力与资源在贵族们的蚕食下渐渐消磨殆尽。优秀的特工只效忠于出手阔绰的雇主，而不是连支付军饷都很勉强的衰败政府。

弗格瑞姆从自己的思考中跳了出来，关于间谍的事情可以之后再去考虑。一路上有许多民众聚过来，他们伸出头，争相目睹两位大人物的风姿。弗格瑞姆挥手时，民众们也会大声欢呼。原体来到百姓中间的消息已经传开，这座城市也慢慢开始有了喜庆的节日气氛。"真是让人开心的声音。"

科林斯开心地笑了笑："起初你拒绝我派遣保镖时，我还担心你是想去引诱刺客。"

"现在呢？"

"我想你以前也和民众打过交道。"科林斯向他的人民挥手，不好意思地露出微笑，"你应该很清楚自己的个人魅力。你走在街上时，就像一位古代神灵再次降世，与忠诚信徒们牵手同行。"仿佛是在呼应科林斯的话，欢腾的群众喊声更为响亮，回荡在砖石之间。

"是父亲造就了我的天赋，"弗格瑞姆说道，他很欣赏科林斯的见解，"而且我相信这场民众集会是百姓自发的，而不是你特意安排的。"

科林斯耸了耸肩："在僭主的宫廷里，没有不透风的墙。"

"高康达·派雅珂大人已经提醒过我了。"

"她是一个……一位出色的女士。"科林斯思考措辞时很小心。

弗格瑞姆扑哧一笑："没错，她是这样。"自帝国代表团来到拜赞斯后，派雅珂已经毫无疑问地展现了她的能力。首席宣讲官正缓慢而有序地从贵族中筛取人选，她整理出档案，分别记录下可以利用的贵族和必须除掉的对手。但目前，需要铲除的拜赞斯贵族比弗格瑞姆预想的要多得多。

一声惊叫吸引了弗格瑞姆的目光，他不禁叹了口气。一些胆大的市民过于鲁莽，他们竟要抚摸这群穿着华铠的高大巨人，或许是想看看这群半神是不是真的。结果有位市民和泰尔马靠得太近，一下就被军团战士撞得四脚朝天。

高大的泰尔马走到吓坏的市民面前，虽然对方只是普通的年轻人，星际战士看上去却想杀死他。"冷静，泰尔马，否则我只能拽住你。"法比乌斯抓住泰尔马的胳膊，嘶哑地喊道，"他们没有恶意，只是对我们感到好奇，如果我们要是这群凡人的话，也一样会不小心犯错。"

"那他们应该老实点，管好自己的手。"泰尔马说着，一把甩开了法比乌斯的手，"你也一样，死蜘蛛。"

法比乌斯向后退了一步，举起双手说："兄弟，我无意冒犯。"

"你这人往往言行不一，口是心非。"泰尔马说道，"你应该还待在网里，蜘蛛。虽然你对他们说话和和气气，低声细语，但你好好看看周围，他们最怕的人就是你。"

"够了。"弗格瑞姆说道，他的声音不大，却像雷声一样震撼，所有人都安静了下来，"真丢脸啊，我的儿子们！你们难道还是小孩子，还在陌生人面前打架吗？"

"吾主，蜘蛛他……"看到弗格瑞姆的表情，泰尔马顿了一下，"法比乌斯药剂师羞辱我的人格，我得讨个公道。"他把手放在了剑柄上，弗格瑞姆见此叹了口气。

"那他是怎么羞辱你的呢？"

"他竟然把我……不，是把我们……比作这群……劣等人。"

泰尔马说话时，朝索恩使了个眼色，战友见此也点了点头。弗格瑞姆皱起了眉。

"那他为什么不该这么说呢？"弗格瑞姆朝左右看了一眼，发现群众的情绪变得紧张起来。再这样下去，他们就要四散逃跑了。泰尔马突然的暴行把他们吓得目瞪口呆。深受震撼的百姓会四处传播流言，很快整个国都乃至查尔克顿大洲的所有居民都会知晓此事，星球的子民们将不再敬服帝国，他们首先会感到恐惧，之后又从恐惧中滋生出厌恶，最终开始反抗帝国的统治。这种事情弗格瑞姆已经见过太多次了，他在十几个星球里都遇见过。

相比于恐惧，弗格瑞姆更倾向于用爱来统御民众，因为爱是伟大的。人可以战胜恐惧，但无法战胜爱的力量。虽然人的爱意会有增减，却从未真的消失过。弗格瑞姆已让奇摩斯的人民爱戴自己，同样，他相信自己也能得到所有拜赞斯人民的拥护。

原体单膝下跪，伸手帮被泰尔马撞倒的年轻人起身。凡人又惊又怕地看着原体，嘴巴颤抖着说不出话来。弗格瑞姆微笑起身。"我最开始时也是一无所有的凡人，"弗格瑞姆盯着儿子们说道，"我曾在矿坑里摸爬滚打，因为升降机的密封圈炸开，还不得不下到最深的矿井里，用自己的肩膀把一桶桶矿石扛到地上。矿石磨破了我的指甲，繁重的工作与井下闷热的环境更让我浑身都起了水泡。你们看不起凡人，是因为你们没有看到他们为生活拼搏时所展现的人性之美，是因为你们不知道，他们洗净脸上沧桑的尘埃后是多么美丽。"原体俯下身子，把一个孩子抱到了肩膀上，虽然孩子的妈妈急得泪如雨下，可小女孩一点也不怕这个巨人，她又是大笑又是拍掌，十分开心。弗格瑞姆将手指向了群众，许多市民被他的话语感动，纷纷跪了下来。

"看看他们，我的儿子们，你们高高在上，而他们匍匐在下。在人们安居乐业，生活欣欣向荣之时，你们有义务为他们保驾护航，托举起他们的事业和生活，帮助他们过上幸福的生活，稍有懈怠都有违你们的身份。"

泰尔马与索恩低头弯腰，表示服从。法比乌斯犹豫了一下，随后也低下了头。满意的弗格瑞姆把小女孩还给了哭泣的母亲，他转身朝向科林斯时，发现宫相正以难以捉摸的表情盯着他。弗格瑞姆比了个手势："那我们继续走？"

突然，弗格瑞姆听到了一声枪响，随后他感到空气都被子弹划破。科林斯的嘴巴也正在张开，似乎是要大声警告。弗格瑞姆迅速用手抓到了烈火之剑的剑柄，随后他转身拔出佩剑。就在此刻，子弹恰好击中了剑锋，弗格瑞姆也感受到了子弹的威力——这枚子弹带有爆炸弹头，虽然做工原始，但威力很大，弗格瑞姆怀疑他要是没有砍中子弹，自己的铠甲会不会被打穿。当他的宝剑在半空划出一道弧线后，被切中的子弹分成了两截冒烟的铁块，落在了大街上。

"没想到他们还是这么不识趣。"在突然安静的街道上，弗格瑞姆暗自说道，他放下宝剑，看到半空中的硝烟，明白子弹是从上方射来的，"法比乌斯，快保护好宫相，泰尔马和索恩跟我来。"人群像潮水一样散开了，意识到发生暗杀后，惊慌的他们陷入了恐惧。暗杀行动在新巴西琉斯很常见，底层百姓对此司空见惯，只是这一次暗杀的对象和手段并不寻常。

其实，这正合了弗格瑞姆的心意。

科林斯的预感是对的，弗格瑞姆公然游览城市，目的就是将晚宴那天刺杀潘狄翁的凶手同伙引出来。他将自己当成诱饵，就是希望能诱使刺客们下手。

现在，是时候把他们揪出来了。弗格瑞姆希望他这一次能多活捉几个。

弗格瑞姆无视逃难的凡人，专心计算弹道轨迹，判断枪手射出子弹的位置。随后他锁定了一栋狭小的公寓，这间用木头和砖块建起的房屋看起来普普通通，毫无威胁，但房间的视野能将整片街道的风景尽收眼底。"枪手就在那里，他从三楼的窗户开了枪。"

索恩第一个来到门口，他向前猛冲，用尽全力撞开了木门。而就在那一刻，门后发生了爆炸，或许凡人会在此刻被炸得粉身碎骨，可索恩身上的铠甲却连块漆都没掉。不过他还是为此跌跌撞撞地向后退了几步，而铠甲上的传感器则在努力缓冲噪声和强光的刺激。火焰掠过两侧街道，索恩眼前的玻璃全都被震碎了。弗格瑞姆听到了惨叫声，他知道已有其他人被爆炸波及。

整栋建筑的底层都燃起大火，这是刺客精心设计好的陷阱，他们首先计划一枪暗杀目标，再用遥控诡雷消灭追兵，这样的布局可谓精妙。

弗格瑞姆识破对手的计谋后不禁微笑，他推开索恩，从废墟的前门冲了进去。泰尔马本想跟着他走，原体却转身挥手，叫部下离开。"给我看好街道，他们的逃跑路线不止一条。"

"吾主——"泰尔马刚想开口，弗格瑞姆却已经冲上了楼。透过烈焰，原体能够看到一组通往二楼的石阶，他不顾扑来的火势，迅速冲上去。台阶走到顶后，另一扇门正等着弗格瑞姆去打开，但原体犹豫了，他怀疑这可能是第二道诡雷，不过弗格瑞姆已经失去耐心，他将门直接从铰链上踹了下来，门上的木头全碎成了片，铁块也弯曲破裂，随后原体顺利穿过房门，来到二楼。二楼的地面上铺着一层厚木块做成的地板，但它们在高温之下逐渐弯曲，底层的浓烟也从地板露出的缝隙中蹿到了楼上，很快便蔓延开来。高温还让木地板变得更加脆弱，它们承受不住弗格瑞姆的体重，在他脚底裂了开来。

上方传来的一阵喊叫声吸引了原体的注意，有人在楼梯顶上举起了武器，用手枪朝弗格瑞姆射来一连串子弹，这些铅弹就像蜇杀人类的马蜂，在空中发出可怕的嗡鸣。弗格瑞姆弯下身子，用胳膊护脸的同时又迈出了几步。对手见此边打边撤，只是动作还不够快，弗格瑞姆迅速伸出手，一掌就将对方的武器打落，砸碎在墙壁上。刺客一身普通工人的打扮，但他身手像杂技演员甚至士兵一样敏捷，他向外一阵翻滚后，很快就逃出了原体的手掌心。

身材高大的弗格瑞姆在狭窄的楼道中行动不便，不得不慢慢跟在枪手后面。三楼是一条狭窄的走廊，其中一边建有数间阁楼，枪手爬进房间发出警告，他的声音中带着几分恐惧，却并不慌张。这些人训练有素，很有纪律。

弗格瑞姆听到一大盒子弹上膛的声音，只有发射大口径实心弹的机枪才会有如此独特的声音，而房内有人在最后关头将枪口扭到了一边，隔着墙朝弗格瑞姆射击。墙壁一下被子弹爆开，溅得原体满身都是灰泥和木块。接着刺客又开了第二轮枪，随后是第三轮，就在第四轮子弹射出前，弗格瑞姆穿过屑尘弥漫的走廊，将他的宝剑穿墙刺了进去。

烈火之剑似乎刺中了什么东西，弗格瑞姆迅速将剑一扭，一下就听到房间里传来惨叫。弗格瑞姆把剑从墙中拔出，扬起一阵石灰，不一会儿就走进了房间。这处三角形的房间有两扇窗户——一扇俯瞰街道，另一扇后窗通向屋顶。房间内还有一个男人在地上垂死挣扎，他紧紧捂住自己被刺穿的地方，很快就会死去。除此以外便再无人影。

弗格瑞姆懊恼地哼了一声，随后拿出烈火烙印射向远处的窗户，毕竟爆燃突击枪不是一把精巧的武器，窗户附近的大部分墙壁也全都毁于一旦。弗格瑞姆跳到楼栋背后的屋顶，一下踩碎了脚下古老的瓦片。此时原体四周尽是烟囱、塔楼和房屋的穹顶，宛如一片钢铁丛林，而新巴西琉斯的高处确实是这群刺客的天下，弗格瑞姆缓缓起身，想找到刺客逃窜的线索，但对方已经消失得无影无踪。

原体回头一看，发现背后的建筑也完全被火海吞没，滚滚浓烟升上了苍白的天空之中。弗格瑞姆已能听到现场的警笛声，当地的几支消防队已经受命奔赴现场，但等他们到来时，现场有价值的东西已经全毁了。

此时弗格瑞姆恍然大悟，这场大火有两个目的，一是阻拦追兵，二是销毁刺客离开时可能留下的证据。而刺客们可以从楼上的窗户跳到屋顶，那简直是一条现成的逃跑路线。弗格瑞姆不禁好奇是谁一直在背后谋划这一切。

"狡猾。"弗格瑞姆喃喃自语。拜赞斯人确实狡猾，而原体并没有为此懊恼，相反，他露出了满意的微笑。

或许，这个世界确实有值得他挑战的对手。

第八章

悠闲领袖

弗格瑞姆斜倚在阳台的铁栏杆上闭目养神。下方的礁石坪吹来酸涩的海风，传来了海带收割机运转时的嗡鸣声。查尔克顿的滨海飞地普遍发展水产养殖业，向东望去，大陆沿岸延展着一望无际的渔场，网箱纵横，如海上的田垄。而许多渔船会组成船队四处捕捞，将海底厚砂岩层的水产搜刮得一干二净。无论是大海、天空还是陆地，拜赞斯的一切都已被贪婪的贵族们瓜分。

"紫凤亲王？"

弗格瑞姆转过头："嗯，布切霍罗斯元老，怎么了？"

布切霍罗斯脸色一沉："我邀请您来这里不是看风景，而是……谈谈您能开出的条件。"他不愿直视弗格瑞姆的眼睛，显然元老对这个巨人十分忌惮，或者只是单纯的做贼心虚。

在最近的一系列暗杀行动中，布切霍罗斯可以说是嫌疑最大的幕后黑手，而他的邀约却并不令人奇怪。弗格瑞姆对此早有预料，毕竟这是迟早的事。贵族们既没有能力杀掉他，也无法劝阻他，只能主动去接近他。现在，贵族们会试着和他讨价还价，很可能还会贿赂他，弗格瑞姆好奇这群人会给他怎样的好处。这确实是他接受邀请的原因之一，但另一方面，他也想看看自己潜在的敌人实力到底如何。

肥硕的元老旁边站着一对重装士兵，他们手不离剑。还有其他部队把守着阳台的台阶和海岸要塞的高墙。元老两边的士兵都目不转睛地盯着原体，对他戒备有加。

对于原体来说，这些士兵并没有多少有趣的地方，但他还是仔细地观察了一下。守卫身上的分段式重甲可以有效抵御星球上常见的老式卡宾枪，可弗格瑞姆判断，这些护甲在烈火之剑的锋刃下就如薄纸一般脆弱。而敌人的武器，都无法穿透他的铠甲。如果贵族们想伤到弗格瑞姆，应该至少带上一支大军，可就算他们真这么做，弗格瑞姆也不会介意。"哪有什么条件可谈的呢？"弗格瑞姆问道，他将目光转移到元老身上。

元老的脸色更加难看，他皱起眉头，表情让人有些害怕。"您不是认真的吧？我们可是要把整个世界交给你们这群所谓'帝国代表'来统治，而你们还来自某个近乎神话一般的帝国——"

"是人类帝国。"弗格瑞姆纠正道。

"有什么区别吗？"

弗格瑞姆微笑道："范围不同。"布切霍罗斯的士兵听了紧张起来，元老的脸色也变得略显苍白。弗格瑞姆靠在阳台的栏杆上，压得栏杆嘎吱作响，元老听到声音吓得向后一退。

"我了解到您一共有三个孩子，是贵族——而且都是男孩，没错吧？"

"是。"

"那您让法比乌斯药剂师测试过他们的遗传基因了吗？我很想知道他们是不是第三军团士兵的合适人选。"

布切霍罗斯咬紧嘴唇，弗格瑞姆已经嗅出他心中的恐惧。元老不是担心自己，而是担心继承他头衔的儿子们。在这些贵族们心中，唯一比掌握权力更重要的头等大事就是保证家族血脉的存续。一旦第三军团选择全面开征长子血税的话，许多显赫的名门望族都将就此败亡。"是，他已经来过这里了。"布切霍罗斯说道，他双手紧紧握成拳头，连指节都捏白了，"他真是太……不懂礼数了。"

弗格瑞姆听后一笑。"确实，法比乌斯我行我素，但我们都要担待一下，因为他肩上的担子很重。同样，我也肩负着重要的使命，毕竟我要决定这个星球和全体居民的命运，要不然我们怎么会在这里议事呢，对吧？"他随意地比画了一下手势，"我猜您也是代表某个团体来和我交涉的吧？一般来说是这样。"

布切霍罗斯眨了眨眼。"什么意思？"

"在我的星球上，每当执政官家族有不满时，就会组成帮派，选出一位说客做代表来游说我，如果说客失败的话，他们就会给我好处来收买我。要是贿赂也行不通，一些更顽固的政客就会资助杀手，很不明智地去策划暗杀我。而我除掉这些死硬派后，剩下的家族便会乖乖认输。最终，这些执政的家族识趣了，直接服从我的指令。"弗格瑞姆将双臂交叉置于胸前，继续靠在阳台上，他在奇摩斯时练就了这个飒爽的姿势，而一位和他相识的艺术家将这个动作称为"领袖的悠闲站姿"。

"我们可不是那种能被您吓到的懦夫。"布切霍罗斯说道。

"我也不是只会勒索您的粗野之人，事实上我更喜欢讲道理。"弗格瑞姆举起了一根手指，"第一，我有远征舰队控制宇宙群星，而您的舰队都是年久失修的老破船，其中一艘已无法运转了；"弗格瑞姆又竖起第二根手指并拢在一起，"第二，我有制空权，您的那些飞艇和我的炮艇相比就和孩子的玩具一样脆弱；"他又竖起第三根手指，"第三，只要我想，就可以随时掌控星球的地面，而这个星球没有任何军队可以抵挡我。"弗格瑞姆耸了耸肩，说，"如果您想，我还可以继续给您列下去。"

布切霍罗斯听了，不为所动。他的脸色依旧阴沉："可您提到的这几点，我们都还没亲眼证实过。"元老的反击其实并非真心，像他这么聪明的贵族不可能觉得弗格瑞姆口说无凭，但他需要在部下面前挽回颜面，更何况可能还有其他人在暗中窃听。弗格瑞姆怀疑有人在暗中记录他们的对话，但对方的记录方式或许太过原始，他铠甲上的传感器并没有检测到窃听设备。

弗格瑞姆叹了口气，他已经越来越厌倦与元老这样不停周旋，是时候向对方施加压力了。派雅珂曾建议他不要急着这样亮出底牌，但他心里已经得出了结论，再这样聊下去，只会浪费他宝贵的时间。"是吧，就像我也没法证明最近就是您在谋杀我一样。"

布切霍罗斯吓了一跳，弗格瑞姆同样震惊，他不禁挺直身子仔细思考。科林斯至少在这件事上的判断是错误的，因为弗格瑞姆没有感觉到布切霍罗斯是故意装模作样。"您真的不知道？"

元老小声咕哝道："不，但这种事我也不惊讶。是有人给您下毒吧？通常都是这样，就我自己这个月都被人下过两次毒了。"

"那您了解萨巴修斯是谁吗？"弗格瑞姆不假思索地追问道。自从宴厅遇袭以来，这个名字，以及其中可能深藏的含义一直在困扰弗格瑞姆，但似乎只有死去的杀手才把这个名字看得很重。他本想问问宫相科林斯，可还没找到机会。

布切霍罗斯耸了耸肩。"了解得不多,只是一个传说罢了。"元老的眼神中没有闪过一丝在意或惊讶的痕迹。就算萨巴修斯这个名字真的和某人有所关联的话,也不会是他。布切霍罗斯摇了摇头说:"您之前说过我们这群贵族是一个大帮派吧,其实我们没有您想的那么团结,各个派别之内又有各种派系,所有人都在互相倾轧。"

他的话听起来几乎带着几分歉意,弗格瑞姆摆了摆手说道:"既然您不是在替一群贵族说话,那为什么要找我会面呢?"

"我希望您能亲口告诉我您的目的,还有,我们贵族要支持拜赞斯归顺帝国的话会怎样?"布切霍罗斯晃了晃他臃肿的身体,"我们的财产和特权会有什么变化?在您承诺的新世界中,我们的贵族身份还有什么作用吗?"他犹豫了一下又说,"我们的孩子们会怎样?"

"您和首席宣讲官派雅珂聊过了吗?我保证您提的这些问题,她都能事无巨细地给予答复。"如果暗杀真不是布切霍罗斯所为,那这次谈话确实是在浪费时间。

"哦,我还以为是您全权负责呢。"布切霍罗斯说道。

弗格瑞姆耸了耸肩。"那看来,我们对彼此都有误解。"他低头看了一眼元老,布切霍罗斯正满是疑惑地盯着他,"可别误会啊,我不仅说到做到,还能做得更彻底。您要想干扰拜赞斯归顺帝国的进程,我可以把您所有建起的庄园全都烧成灰。"

布切霍罗斯舔了舔嘴唇。"那要是我们服从于您呢?"

弗格瑞姆退后一步,和颜悦色地说:"元老,那我们就会成为朋友。作为您的朋友,我会在自己的职权范围内尽力照顾您的利益。但您也必须速做决定,因为归顺仪式还有一个月就要举行,不管怎样,到时候一切都会尘埃落定。"

"那您所剩时间不多啊。"

"没错,留给你我的时间都不多了。"

火凤翱翔在查尔克顿的高空之上,迅速飞离了身后的大陆海岸。弗格瑞姆坐在机舱里,用一块布擦拭宝剑,为闪闪发光的剑身涂抹香油。根据奇摩斯民间流传的古老偏方,这些香油可以掩盖鲜血渗入金属剑身后留下的血腥味。"真是失望。"弗格瑞姆最后开口说道。

艾贝德蒙听了抬起头。自帝国代表们离开布切霍罗斯的海岸要塞后，弗格瑞姆便一言不发。军团指挥官知道弗格瑞姆沉默的原因，他本打算不去过问。"吾主，是哪里让您不满？"

弗格瑞姆没有去看艾贝德蒙。"我本希望布切霍罗斯就是幕后反对我们的人，毕竟有太多线索都指向他，比如他在僭主宣布归顺时说话的神态，之后主动邀请我们见面，还有科林斯给我的警告。本来我的推断应该会……很完美。"

"甚至过于完美了。"

"没错，实际上哪会这么凑巧。"

"布切霍罗斯或许还是有嫌疑的。"

弗格瑞姆瞅了艾贝德蒙一眼。"不管布切霍罗斯有多罪大恶极，他都不是暗杀我们的人，这一点我早该想到。"他举起剑，观察剑身上是否还有瑕疵，"你有没有读过宣讲者最新的报告？"在过去一周，派雅珂的下属们从星球一头跑到另一头，他们在四处收集数据的同时还高调现身，发表演说，增加帝国的影响力。

艾贝德蒙点了点头，在弗格瑞姆欣赏海岸风景的时候，指挥官除了读报告就几乎没做过其他事。"星球的局势正在逐渐失控。根据最新的报告，大洲政府的西部飞地每周都会爆发骚乱，贵族们逐渐无法控制他们的领地，要求政府派遣军队支援。与此同时，他们正在集结自己的私人军队，看上去是为了保卫自己的封地。"

弗格瑞姆轻哼了一声："虽然手法很简单，但这群贵族倒也聪明。人数有多少？"

"目前潘狄翁的军队人数依旧充裕，不过鉴于拜赞斯大洲政府国库空虚，军中多有不满，兵力难以维持很久。"

"他们还对僭主忠诚吗？"

艾贝德蒙耸了耸肩，他曾花了几天时间参观查尔克顿的军营，当时弗雷泽也率领他的军官们一起同行。对于艾贝德蒙而言，他觉得并没有什么值得留意的地方，而弗雷泽却能滔滔不绝地把僭主军队的缺点全都数落一遍。"在这种情况下，所有士兵都还能忠于职守，但他们的军官我确实放心不下。十年过去，拜赞斯的职业军官数量显著减少，不过谢天谢地，负责指挥的高级军官都留了下来。而大部分下级军官都是靠花钱买官入伍，他们会优先忠于自己的家族，其次才是潘狄翁。我们应该小心这些人。"

"我猜派雅珂已经在监视他们了。"弗格瑞姆将烈火之剑的剑锋置于两脚中间，然后前倾身子，将肩膀靠到了剑柄上，"法比乌斯最近调查得怎么样？自从在新巴西琉斯市区遭遇那场意外后，我就没和他说过话了。"

"他已经退回到自己蛛网的中心了。"在上次针对弗格瑞姆的暗杀行动发生后，法比乌斯一直没离开过他的临时药剂室。艾贝德蒙看望过他一次，但一次就够了。

弗格瑞姆严肃地看着艾贝德蒙说："军团指挥官，你这样形容药剂师很不妥。"

"确实，但也是事实。"艾贝德蒙皱起了眉头，"法比乌斯从拜赞斯社会各层的人中采集了一万两千份基因样本，也许他取得了一些进展，但和我只字未提，反倒是贵族们总是在抱怨法比乌斯的工作。"艾贝德蒙亲眼见到过那垒成一堆的投诉信，"而派雅珂收养的杀手们已经破获了至少三起暗杀药剂师的阴谋。"

"才三起？"弗格瑞姆没有顾及艾贝德蒙的反应，脱口而出，"好吧，我知道，这是很严肃的事。法比乌斯对此知晓吗？"

"他已经要求派雅珂把刺客的尸体移交给他。"

弗格瑞姆捏了捏他的鼻梁，艾贝德蒙非常惊讶原体会做出如此近似人类的动作。"既然药剂师像食尸鬼一样渴求尸体，派雅珂大人又是怎么回复的呢？"

"她说尸体决不能移交给任何人。"派雅珂是笑着说出这句话的，实际上首席宣讲者是一个内心非常冷血的人，艾贝德蒙认为她不仅继承了古欧罗巴人残酷的性格，还和许多出身古老家族的大人物一样，似乎生来就带着一股优越感。

弗格瑞姆听了微微一笑："首席宣讲者真是给我留下了很深刻的印象。"

艾贝德蒙也笑着说："换我来说的话，她确实很吓人。"

"我们可是帝皇之子，艾贝德蒙，不能被她吓倒。"弗格瑞姆抬头看着装饰机舱内部的马赛克嵌板画，露出了放松的表情，而艾贝德蒙也随原体的目光，朝画望去。

"这幅画描绘的战役是南极扫荡战。"艾贝德蒙说道，他还大致记得当时的情况。白茫茫的战场上，一切都覆盖上了一层白色的积雪，甚至他的铠甲也是如此。那几天温度很低，不时有狂风在战士们耳边怒号，而爆矢枪射向旷地的子弹也发出阵阵尖啸。

"那是一场恶战吗？"弗格瑞姆问道，他的语气听上去有些伤感。

艾贝德蒙顿了顿，不知道该如何回答原体的问题。"不算一场恶战，但确实是一场漫长的战役，有时候战斗会很艰苦，因为天气太冷，我们的传感器都冻坏了。"

"我要是能……"弗格瑞姆突然沉默了。

艾贝德蒙想等原体把话说完，但弗格瑞姆依旧一言未发。他偷偷观察着紫凤亲王，好奇原体是否还会开口。这不是他第一次听到弗格瑞姆对自己错失的机会感到惋惜。弗格瑞姆似乎很自责，自己过去没能亲临战场，带领儿子们作战。好像在原体看来，第三军团的伤亡和历经的劫难都是因他缺席所致。

艾贝德蒙不得不承认第三军团过去的坎坷确实与此有一定关系，尽管当时军团中并没有人能真的明白原体对他们有多重要，可弗格瑞姆缺席造成的影响他们深有体会。不过更重要的是，现在弗格瑞姆已经回来领导军团，往事已成过去。

"你说什么？"弗格瑞姆问道。

艾贝德蒙眨了眨眼，突然才发现自己已经把心里话大声说了出来。他虽一开始有些诧异，但很快抛去了杂念，清了清嗓子说："我说，往事已成过去，最后成败要看未来。"

弗格瑞姆听了苦笑说："也许吧，但未来发生的事都建立在过去的基础上，无论我们能否察觉，过去的影响都会一直存在。"

"话说，事情进展不顺吗？"派雅珂说道，弗格瑞姆正坐在她对面的长凳上。这是一天里花园最安静的时候，平日聚在宫殿里的僭主侍臣们忙于其他杂事，没有工夫在林间小道上闲逛，这对派雅珂来说正好，她很享受在花园独处的时光。

"您怎么知道？"

"从您的表情看出来的。毕竟我想布切霍罗斯应该不是您想找的幕后黑手吧？"

"确实不是，"弗格瑞姆皱起眉头说道，"但我不会放任他在未来妄为，"他脸上强露一丝淡笑，"我想这要看他有多怕我。"

派雅珂对此未予置评。她曾警告弗格瑞姆不要和元老见面，但她担心的不是原体的安全，而是害怕祸从口出。弗格瑞姆虽然能说会道，但也容易意气用事，只要他说错一个词或是不经意间多威胁了一次，都可能让他们以往的努力付诸东流。派雅珂决定转移话题。"顺便一说，您的怀疑是正确的。有人试图扰乱农业带的生产，现在作为贡税上缴的食物已经减少了四分之一。"

弗格瑞姆点了点头："食物产量减少将会影响新巴西琉斯乃至大洲政府各地的稳定，潘狄翁相应也会承受更大压力，同时这股压力也会通过僭主施加到各个贵族身上。所以君臣之间的嫌隙将会更加严重，进而演变成公开的叛乱。一旦布切霍罗斯有造反的迹象，就说明整片沿海飞地的贵族都已经在谋划叛乱了。"

"那也没有办法阻止了。"

"确实没有，除非实行戒严令。但我并不清楚自己是否真的想这么做。"坐在长凳上的弗格瑞姆向前倾起身子，"我只有在看到这些问题暴露后，才会去解决它们。但这也意味着我得放任对手继续制造混乱，因为我必须知道问题的根源在哪里。"他敲了敲二人之间桌子上的地图，继续说，"有人在背后一手操纵局势。"

此时警觉的派雅珂一下坐了起来，她说："您确定？"

弗格瑞姆点了点头说："这种情况我以前见过，我年轻的时候奇摩斯盛行许多秘密团体。这些临时兴起的兄弟会组织在动荡时期很常见，其成员要么意在乱局中寻求稳定，要么就是想借此浑水摸鱼。"

"可布切霍罗斯不就是这样吗？"早在科林斯说服弗格瑞姆相信此事之前，派雅珂就已经考虑过这一点。但布切霍罗斯并不是想推翻大洲政府的人，至少不会用武力推翻。

"他不是。"弗格瑞姆说道。他盯着地图，似乎想将眼下复杂的局势拆分成不同的部分逐个分析。派雅珂看到弗格瑞姆的表情很是惊讶，他的脸上既有沮丧也有兴奋，就像一个刚学会玩游戏的小孩一样乐在其中。想到这里，宣讲者打了个寒战，弗格瑞姆不仅有贤者般深思熟虑的大脑，同时还能驾驭他如同孩子一般不断进取的热情，这样的原体是一个无情、高效……同时目标非常明确的人，他会尝试从各种角度解决问题，直到发现弱点。然后他会集中全部精力施展精确而致命的一击，犹如剑客静待对手守势微驰的刹那，乘隙而入，一击制胜。

"过去几天，贵族代表们来找我谈判，想得到一些好处。"派雅珂说道，她先为自己斟了一杯酒，又顺手为弗格瑞姆满上一杯，"他们主要想在拜赞斯归顺后，确保自己能在新格局中占有一席之地，而且他们好像都觉得疾病缠身的潘狄翁已经时日不多。"

"或许，这就是事实。"弗格瑞姆承认道。

"甚至有些人威胁过我。"派雅珂说，她看着弗格瑞姆的脸笑了笑，"当然，方式委婉。只有狙击手射出的子弹才会直来直往，在这些事情上，他们已经习惯了为所欲为。这群贵族们几乎不明白我们带给拜赞斯的影响会有多大，或者说，他们只是单纯那么傲慢。"

"也可能您说的这两个因素都有。"

派雅珂赞同地点了点头："应当优先处理他们，而我倾向对他们强硬点。"

弗格瑞姆听了挑起眉毛看了看她，派雅珂耸了耸肩。"他们侮辱了我。如果您愿意的话，我可以让部下杀了他们。"

弗格瑞姆笑了笑，说："也许我们会做到那种地步。但我想还是要留些活口，至少一开始，还需要这些贵族们发挥作用。"

"那我们就像舞者一样，在贵族中间小心周旋吧。"派雅珂说道。

"我就是一位出色的舞者，"弗格瑞姆说，"很多人都夸我步态优雅，动作灵巧。"他有些沾沾自喜，派雅珂见此不禁发笑。

"我自己倒是从来没有这般才艺，也许哪天能向您请教一番。"

"我会很乐意的。"弗格瑞姆又瞥了一眼地图，"我会派遣泰尔马和索恩去视察农业带。我想，相比山地里的矿主，我们要对这些农场的地主们更温和一点。"

"我还有一个请求。"派雅珂说道。

弗格瑞姆瞅了她一眼，派雅珂欲言又止，仔细思考她接下来要说的话。"我希望未来您能行事更谨慎，请您三思。"

"谨慎?"

"不要再追杀狙击手,别再拿自己去引诱刺客们。"

弗格瑞姆笔直地站了起来。"我是不会东躲西藏的,派雅珂大人。"

"我没有要求您去逃避,但是您已经有两次都冲动行事了——没有等援军到来就直接去追击刺客。一旦有人挑衅,您就会咄咄逼人,失去理智。所以我想对于一些人来说,谨慎也是一种宝贵的智慧。"

弗格瑞姆虽然神色未改,但派雅珂突然感受到原体身上散发出令她紧张的气息。她迫使自己保持冷静。她曾经忍受过一位原体的怒火,而现在她也能做到。

"那什么样的人才要学会躲起来?"弗格瑞姆说,他的声音既不像小猫邀人玩耍时那么温柔,但也没有野兽朝敌人大吼时那么凶猛,更像是狮子、老虎警告敌人时的低吼,"难道敌人已经向您暴露身份了吗,首席宣讲者?"他靠后一坐,十指交叉,继续说,"还是说您已经用敏锐的洞察力一下看清了他们所有的阴谋?"

虽然弗格瑞姆的语气依旧温和,但言辞尖刻,甚至还带着几分任性。派雅珂长吸了一口气,她知道自己现在如果说错话就会彻底得罪原体。"您知道这不是我的意思,弗格瑞姆大人。"派雅珂温文尔雅地说道,"最近的一次暗杀很可能只是一次佯攻,敌人只是想借此进一步试探您的实力。"

"或者他们只是因为绝望而孤注一掷罢了。"弗格瑞姆说,"这次爆炸并不一定是为我准备的,毕竟爆炸可以掩护他们逃跑,同时销毁一切他们可能会留下的证据。"他叹了口气,向后靠了靠,"但是……"弗格瑞姆突然停顿了一下,短短的一瞬间,原体不再像以往那样骄傲自大,他英俊无瑕的面庞上也露出了疲态,派雅珂从中瞥见了原体深藏的另一面,然后,弗格瑞姆又笑了起来,熟练地控制好了表情,"但是,您可能是对的,大人,请见谅。"

派雅珂缓缓点了点头,她提醒自己这些原体并非人类,或多或少都与凡人有差异。但是,和人类一样,他们也有自己的缺点。弗格瑞姆十分自大,但这种傲慢是他故意表现出来的伪装,那是他佩戴的面具、扮演的角色。或许很快,弗格瑞姆会真的得意扬扬,但现在,他的傲慢只不过是另一层铠甲。这样,在凶险的宇宙中,敌人就无法迅速察觉他的弱点,找到击破他的机会。

派雅珂知道弗格瑞姆成长的经历,可以说从头到尾都知道。原体的童年过得十分艰辛,他被迫忍受贫穷的生活,与身边的危险斗智斗勇。换作其他人或许会就此丧失理智,但弗格瑞姆慢慢地战胜了许多困难,最终磨炼出坚强的意志。然而长期以来,弗格瑞姆几乎没有时间和人交朋友,也没有花时间学习融入社会的方法。派雅珂微笑道:"我不记得是自己哪一位过世的丈夫曾说过,朋友之间无须道歉,也无须要求对方原谅自己。"

弗格瑞姆笑了笑:"那我们现在是朋友吗?"

"如果您想的话,那就是。"派雅珂大胆地拍了拍原体的膝盖,而弗格瑞姆也将他巨大的手掌盖在了宣讲官的双手上。

"看来你的丈夫是一位很有智慧的人。"弗格瑞姆向后靠在长凳上,懒洋洋地说道,"实际上我也订过婚,而且不止一次,当然我的每一桩婚事都是政治联姻,之后我便会签订具有约束力的条约,或者以联姻为筹码,和某些执政官家族展开谈判。"

派雅珂没有回话。弗格瑞姆的语气少有像现在这样哀伤。紫凤亲王似乎每时每刻都在保持微笑,甚至听懂别人的玩笑后还会放声大笑,但现在,弗格瑞姆似乎累了。他揉了揉脸,继续说道:"不管怎样,她们都在我之前去世了。"

"你爱过她们吗?"

弗格瑞姆缓缓露出笑容。"我想,我一开始确实爱过几位,但过了一段时间后就没有了。爱情是我那段时间无法忍受的弱点,因为我肩负着十亿人的生存安危,稍有迟疑就可能彻底葬送他们。"他轻笑了一声道,"至少我那时是这样告诫自己的。"

"现在呢?"

"现在,我更加坚信这一点。为了在这片黑暗而无情的宇宙中生存,我不能有任何弱点,也不能留下任何瑕疵,必须要做到完美。"他把杯子放到一边,苦笑道,"又有人在酒里下毒了。"

"没错,他们还真是不知收敛。"派雅珂举起酒瓶,她很惊讶酒水里如此隐蔽的特制毒药竟能被原体察觉出来,拜赞斯人很喜欢下毒杀人,而派雅珂的部下会一如既往,安静而麻利地除掉投毒者,"这是一瓶年份不错的好酒,可惜了。"

"如今整个拜赞斯没落的局势也一样令人惋惜,不过你觉得我现在的做法是不是错误的呢?"

派雅珂犹豫了一阵，而弗格瑞姆那一双深色的紫瞳似乎能穿透她的内心。她借一声咳嗽掩去心绪，开口道："我不这么认为。依靠武力征服拜赞斯会弊大于利。这个世界已经经历太多磨难了，你已经读过星球调查报告，现在不只是拜赞斯的社会，还包括星球自身都在崩溃，许多天灾都可能降临此地，例如气候紊乱、地质构造不稳定，甚至星球物种会大规模灭绝。"

派雅珂看着弗格瑞姆。"你和其他兄弟们都不一样，你是唯一一个必须匡扶世界，拯救黎民的原体。你不只是一介军阀或是一方暴君，更是一位救世主。你养育了你的子民，挽救了行将就木的奇摩斯，就算那里还不能说是天堂，也变成了百姓可以安居乐业的福地。你就是播撒火种的使者，烧尽所有枯枝朽木，而繁荣的新世界随后将拔地而起。"她站了起来，"现在我们也聊够了，不妨移步去找瓶新酒，再请你教教我跳舞。"

弗格瑞姆也笑着站了起来。"你觉得你能跟上我的舞步吗？"

"直到现在，一直都能。"

第九章

民生与政见

"哼，真是有趣。"格里森·索恩看到低速子弹打在他动力甲上后都瘪成了铜点，不禁笑道，"你觉得我们该不该还击？"

卡斯佩罗斯·泰尔马耸了耸肩说："原体大人叫我们尽量不要伤害他们。"曾经的苦工们将农场占为己有，看上去对来客并不友好，他们一边用偷来的扩音器高呼造反口号，一边胡乱开枪射击，浪费自己的弹药。

一枚子弹从泰尔马的头盔一侧弹开，留下了一道灰色的刮痕。他收到传感器发送的中弹提示后叹了一口气说："但是我觉得不杀几个人，是没法让他们安分下来的。"

"和平谈判，兄弟，还记得要求吗？"索恩笑道，"他们用完弹药，就会立马好好坐下来谈判了。"暴动分子们利用手头的一切资源，将农场改造成了一座简陋的碉堡。这样的工事并非坚不可摧，但从某种角度来说，也确实令人惊叹。泰尔马经过简单的调查，找到了十五处可以强攻的突破口，但最简单的办法还是直接从正面踹倒农场大门。

"我怀疑恐怕不行。你知道他们的境遇吗？"泰尔马皱眉道，"虽然我早就知道他们的日子并不好过，但这也太惨了。光是这里的饥饿率就高到令人发指，也难怪他们一有机会就揭竿而起。"

"他们要是没给我们添这么大麻烦就好了。"索恩说道，他叉着手，看了一眼身后的飞艇残骸。他们本来搭乘这艘飞艇来到了星球农业带的外围，却被一枚工艺非常落后的炮弹击中，现在飞艇只剩一片残骸在熊熊大火中燃烧，唯有以太引擎还一直在烈焰之中闪闪发光。更为遗憾的是，船员已经全部遇难，他们不像星际战士那样穿戴陶钢护甲，遭遇不幸时毫无生还的机会。"我可以告诉你，我是不会走回去的。"

"真懒。"泰尔马低喃道。

"这可不是我懒，我们可是帝皇选中的战士，泰尔马。我们可不能像普通的贱民那样走路，应该得像鹰一样飞翔，实在不行也得像狼一样疾驰，但走路是绝对不行的。你想想这也太打击士气了。"

泰尔马什么也没说，他只是安心地听着从对面传出的阵阵枪声，然后在心里记数。忽然他想这些枪声或许可以谱写成一段音乐，因为它们形成了一种自然的节拍，让他听起来感觉很悦耳，甚至说得上……很享受。

泰尔马小时候也曾在奇摩斯听过太多相似的声音，模糊的童年记忆中混杂着各种各样的印象、气味与声音，但令人惊奇的是，他能清晰地回忆起一段枪声。当时一阵呼啸而过的实心子弹击中钢板，随后有人发出惨叫，正是那个声音在他耳边一直挥之不去。

他记得自己被军团的药剂师们发现时还是孤身一人，而那时"蜘蛛怪医"的话语声听起来平静而令人心安。泰尔马不知道是从什么时候起，他对法比乌斯声音的印象变了，还是说只是他的听觉发生了变化？

"你还哼起歌来了，又在谱曲吗？"

"不是。"泰尔马说道，他从记忆中回过神来，"我只是越来越厌倦和他们僵持了。本地的通信网络上有人说话了吗？有没有人知道现在到底是什么情况？"

"没有，不管暴徒们有何打算，这场暴动看上去都是他们自发组织的。我想这能说明拜赞斯社会的腐败，而且从暴动的声势来看，似乎整片农业带都有人在闹事。"

"他们是在协同作战吗？"

"是，但配合得很糟糕。"索恩答道。

泰尔马考虑过这一点，弗格瑞姆大人已经提到过星球有可能会爆发起义，如果他们面对的是一场席卷星球的大起义，而不只是一起普通的农场暴动，那就需要迅速向原体汇报此事。泰尔马拿定主意后，向索恩做了个手势说："我们出去和他们会一会吧。"

"你才说过不能伤到他们。"

"但弗格瑞姆又没说不可以吓唬他们，而且我们动作越快，就能越早给我们安排载具,接我们回新巴西琉斯。"泰尔马坚定地向前迈出一步,急不可耐地用手去摸大腿上的手枪握把。他首先想到鸣枪示警,但还是放弃了这个不切实际的想法。如果有更有效的行动手段,就没必要无故浪费子弹。

索恩急忙跟在泰尔马身后说:"那我们现在是准备从正面破门而入了?"

"除非你更乐意爬进去。"

"算了。"

"那我们还是动作快点吧,兄弟。"

两人随即一起开始冲刺,他们来到农场大门后,一人踢裂了大门古老的铰链,另一人则踢开了门,配合得恰到好处。大门向内倒塌,散落在地,轰鸣声回荡不止,泰尔马借着这股势头冲进了院子里。

暴动者向泰尔马开了好几枪,而星际战士则踩过脚下干瘪的子弹,朝近处的枪手走去。泰尔马能听到索恩跟在他身后,战友的阵阵大笑已经盖过了对手们的叫喊声。

暴乱者意识到子弹没法让星际战士放慢步伐,枪声也变得稀疏了,最终也没有人再高呼口号,他们转而在焦虑之中窃窃私语。

一个劳工被吓倒在地,他瘫软的双手毫无力气,无法抵抗半神般的巨人,泰尔马见此一把夺过步枪,吼道:"在伤到自己之前把枪给我。"随后他轻松地将步枪碎成两段,扔到了一边。院子里的工人们一下哑然无声。

"老实了吗?"泰尔马又咆哮一声。

暴乱者将枪全都扔到了地上,泰尔马也满意地点了点头说:"非常好,我很高兴你们能放下武器。现在来人给我一个可以用的通信器,然后我们一起谈谈。我想知道你们到底要干什么,嗯,我们非常文明地聊一聊。"

弗莱维乌斯·艾肯内斯低头盯着死者。这个瘦削的男人只裹着几件破败的长袍,他面黄肌瘦,全身遍布伤疤,惨遭凌虐的身体上有许多大伤口,全是这里的监工用皮鞭或连枷抽打所致。"他应该不是奴隶,对吧?"艾肯内斯问道。

"不是,"纳尔沃·奎因严肃地回答道,"只是个普通农民。"奎因听上去十分生气,其实他总是一副怒气冲冲的样子,这也是艾肯内斯罕有的喜欢奎因的地方。

"但他还是死了。"艾肯内斯转过身，打量着惊魂未定的监工。这个恶棍长着一副大块头，浑身充满肌肉，艾肯内斯也了解这种货色——他们空有强壮的体形，毫无头脑，崇尚暴力。如果你只想惩戒难以管教的劳工，而不是想着提高生产效率，那这些人确实是做监工的不二人选。"所以，经常会有农民像这样惨死吗，还是他听到我们要来，兴奋得笑死了？"

监工没有回答，只是摇了摇头，于是奎因有些粗野地揪住他的脖子，大声吼道："快回答。"随着消息传开，越来越多的劳工们放下工作，聚到星际战士身边围观。这些劳工许多是囚徒和政治犯，因为拜赞斯当局觉得他们的威胁并不算大，所以才没有被送到卫星殖民地上。而其他人只是刚好不幸出生在这片区域。

监工身上不知何处"啪"的响了一声，疼得他尖声大叫。奎因见此满是厌恶地丢下了这个恶汉，人群中响起一阵低沉的嘘声。劳工们看到曾经折磨自己的监工如此落魄，流露出鄙夷的目光。艾肯内斯突然好奇，如果将号叫的监工交由他手下的工人发落会是什么结果，他怀疑监工不会有什么好的下场。

"没用的东西。"奎因咆哮道。他依旧戴着头盔，说话时还夹杂着通信器的静电杂音，艾肯内斯则摘下了头盔，他觉得露出和凡人一样的面孔更有利于争取合作机会。

"嗯，他现在确实没什么用了，但是尽量不要把下一个人也吓坏，奎因。"艾肯内斯指了指一群匆匆赶来的士兵，他们全都装备铠甲，组成了方阵队形，而被士兵护在中间的男人裹着厚重的长袍，披着一件毛皮大衣。对于凡人而言，这么高的山脉确实是太冷了。劳工们看到士兵后，纷纷散开了。

"希望之后的人回答问题能更利索点。"奎因咕哝着说道。

就在星际战士们等待东道主走来时，艾肯内斯观察着四周的状况。这里的矿石加工设备非常简陋——厂内的机器由沉重的块状部件构成，它们只能勉强维持运作，不断压碎、碾磨矿石，发出阵阵噪声。散热器将含有各种化学物质的蒸汽排入寒冷的天空中，而艾肯内斯眼中所有的人和物都覆盖着一层肮脏的煤尘，就连周围山坡上的积雪也融化成了灰色的污泥。集中建在低处山坡上的锡棚屋便是劳工宿舍，其周围尽是矿渣场与废水。

艾肯内斯不禁联想到了奇摩斯，或者更确切地说，是他所听说的奇摩斯。他从未见识过原体的母星，也不会真的想去游览奇摩斯，因为他听说那颗星球并不漂亮。艾肯内斯更喜欢风景绚丽的地方。

艾肯内斯又低头看了一眼死者，突然注意到了什么东西，他俯下身查看。在男人脏兮兮的长袍里，他找到了一枚沾满煤尘的徽章，虽然这件年代久远的饰物已经失去光泽，但徽章上的图案轮廓依旧清晰可辨，那是一个人握起的拳头。艾肯内斯用拇指摸了摸图案，思考着其中的寓意。他抬起头，感觉周围人的目光都聚在他身上。工厂里的男男女女，甚至有些小孩都在看着他。他们都在喃喃自语，不断念着同一个词，就像是在祈祷一样。

"萨巴修斯。"好奇的艾肯内斯将词大声地念了出来，受伤的监工又开始大叫，艾肯内斯低头瞪了他一眼，"给我安静点，"他说道，"否则可就不只让你断根骨头那么简单，保你叫得停不下来。"

"这里不归你管。"穿着毛皮大衣的男人来到星际战士面前，吞吞吐吐地开口道。就在他刚想接着说下去时，艾肯内斯便起身走了上去。

"你就是格拉柏斯元老，对吧？我是军团战士弗莱维乌斯·艾肯内斯，你应该知道我们要来。"满脸皱纹的格拉柏斯饱经风霜，已被岁月磨平了锐气，他的眼神虽然依旧严厉，但也透着几分畏惧，"你得带我们参观一下你在安纳巴斯山上的庄园与加工厂。"

"我，我没想到……"格拉柏斯已经被吓坏了，甚至说话都变得结巴。他以为来工厂参观的客人会是宣讲者那样的凡人，而不是星际战士这样的半神。元老把身子缩进了皮大衣里，士兵们也握紧了武器。艾肯内斯也有些紧张，这样下去双方肯定会因为误会而交火的。

奎因也向元老一行人走去。"不管你有没有想到，这都和我们没关系。现在整个拜赞斯都已经归于紫凤亲王的治下，正是他赋予了我们特权。"

奎因这话说得极为肯定，连艾肯内斯自己都差点信了。他看到同伴如此莽撞地向对方撒谎，不禁吓了一跳。虽然原因并不一样，但格拉柏斯也同样惊得向后一退。奎因丝毫没有控制自己说话的音量，而艾肯内斯已经缩回手，准备掏出自己的武器。两位军团战士只携带了爆矢手枪，毕竟威力更大的武器很容易让对方误解，而贵族们稍作抵抗都会对调查的进展造成影响。但是奎因不会担心自己缺少武器，对他而言，徒手剥开元老侍卫的铠甲简直易如反掌，忧心忡忡的格拉柏斯看上去也知道这一点。

问题是：元老会明智地服从，还是让奎因找到借口可以双手掐住他？

格拉柏斯弯下身子说:"那好吧,请。"

奎因心怀不满地叹了口气。艾肯内斯则高兴地笑了。

"真是明智的选择。"

弗格瑞姆把报告放到一边,双眉紧蹙。他已经养成了习惯,每天都会坐在僭主花园的一张桌子旁办公。而这真要怪派雅珂影响原体太深,不过首席宣讲者说的确实没错——头顶是水晶玻璃,身边是一排排精心栽种的花草树木,这样的环境更容易让人集中精神。他深吸了一口气,享受着花园的香气。细心的园丁在花园里栽培了数百种不同的花朵,而它们的花香在此汇聚成富有层次的独特香气。弗格瑞姆短暂地沉浸在这场感官盛宴中,分辨不同的花香,并一一记在心里,以便日后品鉴。

休息的时间很快过去,弗格瑞姆很快又开始专心阅读子嗣们收集的情报。泰尔马从高产农场发来了报告,他汇报的情况和弗格瑞姆预料的差不多。农场劳工们工作条件恶劣,营养不良,很多人甚至没有房间可住,尽管这些问题更多是拜赞斯当局管理疏忽所致,而非他们有意为之,可结果还是一样麻烦。在弗格瑞姆掌政之前,奇摩斯的情况也是如此,为了让工人们更听话,星球雇主们以惨无人道的方式对待他们,但将工人的顺从建立在恐惧之上,注定会催生大起义。

已经有一些报告称无政府主义分子袭击了多所农场的基础设施,同时就像泰尔马和索恩遇到的那样,整个大农业带外围的农场暴动也越来越激烈。绝望的工人们已经将工业化农场占领,并改建成了武装堡垒。贵族们也迅速展开强烈反击,天黑时田野燃烧的火光已经照亮了整条地平线。

而从艾肯内斯的报告来看,矿石加工厂的情况更糟,所有工人都是被强迫劳动的,同时无论是劳工还是监工,他们在工厂遭遇事故的概率都很高。虽然艾肯内斯与奎因暂时没有发现双方公开爆发冲突,但工人暴乱的征兆已经十分明显。

"萨巴修斯。"弗格瑞姆举起艾肯内斯找到的徽章,小声念叨。宴会上的刺客们喊过这个名字。一些社会下层的贫民们也对此祈祷。潘狄翁则称其为一则民间传说,布切霍罗斯也觉得它不过是一个神话故事。

奇摩斯也有自己的民间英雄,比如挖矿侠雅克和机灵鬼托利弗。但"萨巴修斯"却不一样，这个名字有一种非同一般的分量。

　　他端详着徽章上的图案，上面描绘了一只画风非常独特的手，这只手的手指弯曲，仿佛正握着什么东西。也许这是一位剑士的手，也可能是一名弓手的手，弗格瑞姆不禁联想起他的兄弟"铁手"费鲁斯，忍不住露出了微笑。他又发现这些手指都在指尖处裂开，变成了另一种东西——他意识到那是一只老鹰，但并非普通的鹰，他摸了摸胸甲上的皇家天鹰，很快明白了图案的含义。原体压不住内心的怒火，一下将徽章丢到了桌上。

　　弗格瑞姆能感觉到战争的迫近，拜赞斯正一点点地走向崩溃，可他似乎没有任何办法来阻止这颗星球失控。

　　难道他只能用武力来挽救拜赞斯吗？从长远来看，这样做可能会更有效率，但这将证明他的兄弟们是对的，而弗格瑞姆不会就此认输。

　　弗格瑞姆叹了口气，向后一靠，躺在了座椅上。拜赞斯本是一盏浸毒的圣杯，而弗格瑞姆却面带微笑地接过了它。"傲慢啊，汝之名即为弗格瑞姆。"原体一边研究着眼前的数据，一边喃喃自语。他已经命令派雅珂的手下去将科林斯提供的文稿转录成电子文件，希望他们能注意到其中一些自相矛盾的地方。即使转录进电子面板后，文件中还会出现一串令人困惑的数字乱码，而且弗格瑞姆能看出来它们在某些地方有着相同的规律，就像蜘蛛网的线条在阳光下闪闪发光。

　　但这到底是普通的模板问题，还是有人在背后故意设计？弗格瑞姆不知自己是在和一个人还是上百个敌人同时作战。一般来说，这大多纯属巧合。帝国并不是在一瞬间就顷刻瓦解的，都是经过几个阶段后才彻底崩溃的——首先是暴力事件频发，之后是基础设施崩溃，最后才会有人举起反旗。放眼人类历史，这样的情况已经反复上演了许多次。但这一次情况有所不同，整个星球的劳工要与贵族展开一场不对等的战争，而事态的发展比人们预期的要快。似乎有什么势力一直在背后推波助澜，而他们会是将拜赞斯引向毁灭之路的幕后推手。

　　"萨巴修斯。"弗格瑞姆再次念起这个名字，他认为这就是破解眼下难题的关键。

　　原体突然听到有人发出一阵礼貌的咳嗽，他抬起头，看到了宫相科林斯。其实弗格瑞姆已经听到了科林斯走近时的脚步声，只是并没在意。"希望我没有打扰你。"科林斯说道。

"没有,"弗格瑞姆的手指向对面的长凳,"请坐,我刚在查阅你提供的数据资料,感谢你对我们这么慷慨。"

"希望能给你们帮上一些忙。"宫相指了指徽章,"发现了新玩意儿?"

弗格瑞姆点了点头,说:"你认得这枚徽章吗?"

科林斯直起身说:"我相信这枚徽章上刻的是萨巴修斯之手。"

弗格瑞姆盯着科林斯,他感觉宫相说话时的语气中充满了敬意,就像许多人提到帝皇时那样。"萨巴修斯又是谁呢?"

科林斯笑了笑,用一根手指划过了那枚徽章。"萨巴修斯是一位伟人,我们的祖先正是在他带领下来到了这颗星球,至少神话故事是这么说的。过去曾有一个大暴君自称是人类之主,而萨巴修斯带领祖辈挣脱枷锁,从暴君手中夺得自由。他还杀死了一条大蛇,用蛇的鳞片造出了船只,帮助族人逃离。最终,萨巴修斯驾船冲出黑暗的宇宙,穿过闪耀的星群,将所有人带到了拜赞斯。"他叹了口气,"不过这只是半真半假的神话故事罢了。"

"半真半假的故事也好过一句彻头彻尾的谎话。这枚徽章是我的儿子们在骚乱现场发现的,你有没有什么头绪? "弗格瑞姆敲了敲徽章。

科林斯沉默了半晌,然后说道:"我想起了过去听到的一些谣言。"

弗格瑞姆看着他说:"贝雷洛斯,不管怎样,都和我说说吧。之前我要见布切霍罗斯的时候,你就给了很多不错的建议。"其实科林斯的建议并没有派上用场,但弗格瑞姆觉得没必要说出实情。

科林斯看上去犹犹豫豫,似乎弗格瑞姆的问题触及了什么重要的机密。过了一阵后,他终于开口回答道:"我听说过有一个秘密团体叫'萨巴修斯兄弟会',类似某种学术组织。"

"那这个组织……是做什么的呢?煽动暴乱?"

"不是。但这个组织现在已经消失了,至少应该是被消灭了。"科林斯又犹豫了一会儿,这一次他思考的时间更长,"这个团体主张改革进步,一直在努力启迪民智。"科林斯带着笑意介绍道,"同时他们还很追求完美,希望能汲取完美的知识,拥有完美的形体,甚至构建一个完美的社会。"他模仿剑士举起宝剑的动作,接着说道,"直到现在,贵族们还热衷于组建决斗社团切磋武艺,而过去这些兄弟会的成员凭借精湛的剑术在决斗界中享有盛誉。"

弗格瑞姆听了科林斯的描述，也有了兴趣，毕竟奇摩斯和泰拉也有类似的组织，而科林斯聊起这个话题时也充满了热情。"萨巴修斯兄弟会希望通过决斗来变革社会。他们不仅用剑与人单挑，还会和各方人物展开一对一的辩论，通过谱写音乐，著书立论，创立学说来阐释他们心中的公平与正义。萨巴修斯在被古老长夜的暴君迫害之前，也一直如此游走于世间。兄弟会的成员不仅能一招制敌，更觉得自己可以像决斗那样一劳永逸地重写整个世界的历史。"说到这里，科林斯突然沉默了。

"你前面说萨巴修斯兄弟会已经绝迹了，当时发生了什么？"

"他们当时太大意，不知收敛，令星球的掌权者们颇为忌惮。随后萨巴修斯兄弟会被宣布为非法组织，任何人要是被发现佩戴他们的徽章，或者私藏他们的著作，都会受罚。"

"但是，这里不就有一枚吗？"弗格瑞姆指了指徽章。

"那是许多年前，确切地说应该是好几十年前的事了。"科林斯耸了耸肩，"三僭主理事会见萨巴修斯兄弟会偃旗息鼓，无力威胁他们的统治后，就放松警惕，未再严管。所以现在要有人还信仰萨巴修斯，大概只会被人说成是迷信的笨蛋，而不是要造反的叛徒。"

"但过了不了多久，情况就不会再这样了。"

科林斯用锐利的目光看着弗格瑞姆："弗格瑞姆，请问你有何打算？"

"在奇摩斯，有些人称呼我为'启明者'。我会用光芒照亮这世界的一切黑暗，洞悉所有隐藏的秘密。如果真有秘密组织在暗中作祟，我将动用一切必要手段将其剿灭，消除威胁。"

科林斯皱起了眉头："可你要知道，这支兄弟会的理念和你眼中人类帝国提倡的思想是一致的。他们想，不，应该说过去他们想和你做成一样的事情。你能不能试着和他们展开合作，而不是一味打压？"科林斯说话时热情洋溢，一时间他不再是往日胸有城府的宫相，而是一名勇敢激进的理想主义者。

"你的意思是，如果这个兄弟会还存在，希望我能和他们联手？"

科林斯眨了眨眼，说："显然如此。"

弗格瑞姆顿了顿，做出一副思考的样子，事实上他只是故意演给科林斯看。随后弗格瑞姆露出亲切的笑容，向科林斯问道："贝雷洛斯，你的理想是什么？你想为拜赞斯带来什么？"

科林斯看了原体一会儿，随后说道："我希望拜赞斯能更好。"

弗格瑞姆点了点头。"这样的回答我已经听得太多了，但我想请你和我详细说说：什么是能让拜赞斯更加完美的东西？你是希望自己受惠，还是大洲政府能越来越好？"

"我希望的是整个拜赞斯都进步。"

"这话听上去像是一个理想主义者的答案，或是一个政客的说辞。你是哪一种呢？"

"难道我不能两类都是吗？"科林斯大笑道。然而科林斯的笑声中夹杂着一丝刺耳的余音，犹如苦中带甜的药酒，弗格瑞姆从中听出了科林斯一生的失意与挫折。"写诗、画画、品酒……这其实在拜赞斯不算什么。拜赞斯真正的艺术是政治，而且我们每天都在以各种方式践行它。我们已经习惯了察言观色，互相算计。早餐时我们策划阴谋，中午时布置方案，晚饭后便雇凶杀人。我们的一言一行都会被别有用心的旁观者仔细观察，拆解剖析，甚至是恶意曲解。这些利己者的嘴脸真是令人不快。而拜赞斯一直都是如此，这就是我们的传统。"科林斯沉默了。

"那你希望打破这种传统吗？"

"我真希望能将这样恶俗的传统丢进火坑里，"科林斯垂下了脑袋，似乎一下子疲惫了起来，"我想把拜赞斯的腐朽的政治烧成灰烬，让这颗星球能变得更加美丽。"宫相一下黯然神伤，他看着原体，"但这不会是你期望的事情，对吧？变革拜赞斯的传统将动摇星球稳定的局势，毕竟改革意味着不能墨守成规，一切都不按照计划进行。"

弗格瑞姆一言不发，科林斯又笑了，但这一次他的笑声更为柔和。"我眼睁睁地看着自己熟知而珍爱的一切在一点点消失，我想这种感觉你一定无法体会。几个世纪以来，拜赞斯都在垂死挣扎，而现在这个世界的末日即将到来。"他的手指向了弗格瑞姆，"而你将是我们的末日使者，归顺帝国意味着我们将从此消失。拜赞斯人会失去荣光，而本该复兴的星球也就此没落。"宫相露出了悲伤的微笑，"也许这才是最好的结果吧。"

弗格瑞姆摇了摇头。"奇摩斯在被我统治之前，也积毒已深。当时星球的环境每天都在恶化，人类越来越难以在那里居住。而星球的统治者们只会为了争权夺利而忙于内斗，完全不顾民众的惨状。"他向前倾下身子说道，"数千工人都死在了工厂里，我的养父母也是如此。他们要么吸入了化学物，得了致命的光肺病，要么因为水源污染，误饮毒水病死。当然，也有人是死于工厂主的暴行。工厂里的机器日夜不休，连续运转了几个世纪，行将崩溃，可是知道如何保养机器的技师每一代都在减少。"

弗格瑞姆突然站了起来，说道："所以那时我目力所及之处，满目疮痍。直到长大成人后，我才第一次见到了太阳。过去我一直以为雨水会灼伤人的皮肤，而人类的平均年龄一般不会超过三十岁。"

原体转过身来，指向离自己最近的一棵树说道："只有在执政官家族的府邸里，我才能见到树，它们颜色苍白，形状扭捏弯曲，叶子还像剃刀一般锋利。"他回头看了看科林斯，又说："所以我确实能明白你说的话，也能体会到你那种感觉，贝雷洛斯。那种毫无希望，无力反抗的感觉。但我们是可以战胜这些困难的。我已帮助奇摩斯走出了腐化的深渊，成为世人瞩目的耀眼明星，同样我也能为你们做到这一点。"

"但要是那样，这颗星球还会属于拜赞斯人民吗，弗格瑞姆？"科林斯问道，"拜赞斯还会是拜赞斯吗，还是说只是一颗被帝国标记为 28-1 的普通星球罢了？"宫相皱起了眉头，"我耽误您太多时间了，请见谅。"科林斯背过身，大步离去。

弗格瑞姆并不想挽留宫相。

后来，他才发现科林斯将那枚萨巴修斯的徽章带走了。

第十章

点拨西里乌斯

　　军团士兵西里乌斯露出了微笑。

　　宫中花园花香四溢，精心布置的走廊犹如幽谷，仔细修剪过的树木在此随处可见。这些树木要么簇拥在小型的仿古寺庙前，要么与穿过宫苑的暗色鹅卵石小路排成一列。大理石雕塑从绿树形成的帷幕后探出头来，似乎在好奇谁会闯入他们的领地。

　　与拜赞斯的其他地方相比，这里的景象一片祥和。如今星球骚乱不断，人心惶惶，饿殍遍地，远处的地平线燃起熊熊火光，整个世界摇摇欲坠。战争的风暴已从西边刮来，而从政府军队战报反馈的结果来看，星球战况依旧毫无起色。西里乌斯无暇思考这些星球大事，对他而言，眼前的敌人和手头的任务才是重中之重。

　　一群年轻贵族松散地围站在西里乌斯四周，他们全都出身拜赞斯最具影响力的名门豪族，手执华美锐利的武器。西里乌斯看到他们，联想到了掠食的猛禽——他们急欲展翅，渴望捕食猎物，但除了蓄势待发的热情，这群贵族子弟不过是一群没有本事的毛头小子罢了。

　　他曾经也和这群年轻人一样稚嫩。西里乌斯生来就是要统领一方的大员，他是一位执政官的儿子，也是被"启明者"选中的精英之一。他的血脉诞生自奇摩斯，家族世代管束着众多子民，统御一方。这些拜赞斯贵族也是如此，所以无论宇宙各处的贵族如何称呼自己，事实上他们大同小异。

　　西里乌斯比所有贵族都要高大，但这群年轻人没有表现出一丝怯懦，他们的目光精明锐利，内心渴望荣耀——西里乌斯也从中看到了自己的影子，他不禁好奇：弗格瑞姆选择拜赞斯作为目标，是不是因为此地的文化与奇摩斯十分相似呢？西里乌斯其实心里很清楚，这些贵族被召来是为了测试拜赞斯人是否能接纳并遵守第三军团的文化。尽管他们的年纪已经过了应征军团战士的岁数，但他们的子子孙孙还有可能成为西里乌斯的同袍，与他一起成为伟大远征的开路先锋。

最终，一位贵族走上前来。西里乌斯松了一口气，他已经等得不耐烦了。这位贵族虽然身材瘦削，但气质非凡，看上去是位剑术高手。他穿着虹光闪耀的衣服，戴着几枚戒指，眼角和脸颊上有文身，图案看上去就像是握紧的拳头。拜赞斯的青年贵族们经常会有文身，不过西里乌斯并没有看出这些图案的寓意。

"我们听说您是一位颇有名气的决斗者，没错吧？"贵族说话有点紧张，他的手放在剑柄的末端。

西里乌斯大笑道："是的，我想这就像我的美貌一样，所有人一眼就能看出来。"

这句俏皮话只是让困惑的贵族们面面相觑。西里乌斯叹了一口气，拔出了自己的剑。他的宝剑也是奇摩斯工匠打造的珍品，剑身的原料取自深层矿脉的高纯金属，并以萨法族人的传统技艺熔铸而成。这样的宝剑不仅轻盈灵活，还有坚实的剑脊，锋利耐用。宝剑的剑柄由西里乌斯亲手制作，他先将奇摩斯剑齿猫的下颌骨雕成十字轮廓，再按照萨法人的传统在上面缠裹金线。

想为自己打造出一把完美的兵器，就需要亲身参与制作，甚至全心投入，否则武器的工艺就难以臻于成熟，至少高超的铸剑大师都会坚持这样的准则。虽然西里乌斯无法参透其中的原理，但他举起自己的武器时，确实能感受到宝刀的精良之处。

西里乌斯将剑尖朝地，双手搭在十字剑柄上，随后叫阵道："想找我单挑吗？过去曾有十四个蠢货和你们一样想战胜我，但他们都失败了。如果你们真急欲与我一战，那我想听听你们是哪来的自信。"

贵族们听后匆忙商讨对策。西里乌斯一边等待对手做决定，一边心有所想。他本身就有不错的剑术基础，之后更是得到了泰赛瑞斯·阿库杜拿的指点，剑技又大有长进。诚然，阿库杜拿是军团公认的剑豪，而西里乌斯也不是师傅的对手，可他依旧妄想自己是这颗星球上仅次于紫凤亲王的最强剑士。

终于，有一位贵族站了出来，接着又有一位贵族紧随其后，之后又有第三位、第四位、第五位和第六位贵族走向西里乌斯。"喂，现在你们打算让我以一人之力对付六位剑士吗？"

"毕竟只有这样比试才稍显公平。"身上有文身的贵族说道。

西里乌斯微微朝对手们鞠了一躬。在奇摩斯，决斗者若想暗讽对手有违武德，就会故意表现得过分恭敬。显然，拜赞斯也有同样的礼俗，几位年轻的贵族见此都气红了脸，只有一位贵族回礼，他的脑袋几乎要磕到了地上。西里乌斯乐得露齿一笑，他用剑脊轻轻拍了拍对方的耳朵。行礼的年轻贵族猛地直起身子，怒目圆睁，其他人也绷紧神经，开始防范对手。

西里乌斯张开双臂挑衅道："那快上吧，让我见识见识你们的本事。"

贵族们迅速开始行动——他们的身手比西里乌斯预想的要敏捷，但传承原体血脉的帝皇之子手疾眼快，迅如闪电。他们并未被吓倒。相比以往，西里乌斯稍一用力就弹开了第一位剑士的轻剑，将对手打得踉踉跄跄。随后他躲过了第二位剑士的攻击，又招架住了第三位贵族刺来的剑，还将这位倒霉蛋手中的武器甩了出去。

这场决斗很快就分出了胜负，几秒钟后，西里乌斯虽未杀一人，却巧妙地将所有剑士缴械制服。面露愧色的贵族们一如既往地狼狈离开，舔舐他们失败的伤口。西里乌斯注视着贵族离开，怀疑他们下一次会不会派出十二人的队伍与他战斗，也许那样的战斗对他而言才算得上是像样的挑战。

"真是一场激烈的决斗，看得我心潮澎湃。"

西里乌斯转身说道："承蒙夸奖，指挥官大人。"

艾贝德蒙微微皱起眉头，意味深长地说："看来我必须得赞扬阿库杜拿育人有方，而他的徒弟个个剑术超群。"西里乌斯怀疑指挥官一直都在监视他，不禁有些恼怒。但他敢肯定艾贝德蒙知道他是奉原体之命才与凡人决斗，所以不会因此责罚他。弗格瑞姆一直鼓励西里乌斯与拜赞斯的年轻贵族多接触交流，调查他们效忠的势力，试探他能否融入第三军团。

"我相信军团二连长听到这样的话一定会很高兴。"

"你知道阿库杜拿是军团最初两百老兵中的一员，也是我们兄弟中第一位与紫凤亲王比试剑术的战士。也只有他能和原体长时间过招，我怀疑之后很难有人能打破他的纪录。"

西里乌斯狐疑地盯着指挥官，他怀疑艾贝德蒙的这番发言是不是暗藏着对他的警告。艾贝德蒙总喜欢说一些蕴含道理的小故事，旁敲侧击地批评下属。西里乌斯觉得指挥官这一点令人恼怒，他希望自己的指挥官可以说话直截了当，在责罚下属的时候将问题说得更明白一点。"我还不知道此事。"西里乌斯非常谨慎地回答道。

艾贝德蒙点了点头。"权当你已经开窍了，那我顺带再说一句，你可一直都被人暗中观察着。"他伸出一根手指，指了指上方的高台，这些沿穹顶修建的观景台有着极佳的视野，可以将台下一切尽收眼底，艾贝德蒙微笑道，"每一次决斗前，都有拜赞斯人在那里观察你。他们一方面在测试你，一方面还在研究你的弱点。"艾贝德蒙敲了敲自己脑袋的一侧，"这群人其实很聪明。"

西里乌斯皱起了眉头，他恼火于自己竟然没有察觉到。"他们也没那么聪明，每一场决斗可都是我赢。"

"博弈在先，决斗在后。西里乌斯，你要学会分清两者的区别。"艾贝德蒙拍了拍西里乌斯的肩膀，"我们身边不仅有敌人，还有敌人的敌人。他们都想在采取行动之前，先调查我们的能力。和弗雷泽假设的情况完全相反，这群人既不单纯也不糊涂，他们想摸清我们的底细，而我们也是如此。敌人佯攻的同时，我们也虚晃一枪，保留自己的底牌。"

西里乌斯摇了摇脑袋，说："也许弗雷泽是对的，我们或许应该像过去那样，直接强攻，拿下这颗星球。"

"但那样我们又要损失多少兄弟？好，就算最后战损不会很大，其他人也会觉得第三军团无法在伟大远征中独当一面，我们会再次回到荷鲁斯的阴影下，继续当别人的配角。"

西里乌斯明白了指挥官的言中之意，他问道："那眼下我们该如何赢得这场战争？"

艾贝德蒙回头朝弗格瑞姆看了一眼，说道："只有原体知道，过来吧。"

他们和其他参加座谈会议的同伴们会合。此时弗格瑞姆斜靠在长凳上，派雅珂和弗雷泽坐在他对面，他们中间有一张桌子，三人借此展开深入的交谈。一张象形地图摊开在桌上，虽然这张古老的地图没有像全息图那样运用高新技术，却绘制了丰富的图例，更能直观地反映各地代表性的景观。有些时候，这些不甚精致的物品反而更令人喜欢。奎因和其他军团士兵围站在桌子旁，专心地研究地图。西里乌斯走近时，泰尔马抬头看了一眼。

"和你的那群小朋友们玩够了？"他喃喃道。

西里乌斯没有理睬他，而是专心地听着原体的发言。

"有上千势力与我们为敌，"弗格瑞姆说道，他用纤长的手指敲了敲地图，"而且他们都有自己的根据地。"

"但这上千势力并没有联手对付我们，"派雅珂说道，"至少目前，我们还没有给他们正当的理由公开宣战。"

弗格瑞姆点了点头。"非常准确。那我们如何凭借一己之力，同时在上千条战线上作战呢？"他抬起了头说，"西里乌斯，你会用什么办法来取胜？"

西里乌斯顿了顿说道："我会分化敌军，割裂他们彼此的联系。我军将采用机动战策略——中断整个星球的交通与通信系统。同时定点释放局部电磁脉冲，使敌军电网瘫痪，让敌人完全丧失决策能力。"

弗格瑞姆露出了微笑，说："那我们也会对盟友采取一样的手段吗？"

"可以将他们软禁起来，加以看护。"泰尔马插嘴道，"我们可以剥夺僭主和他继承人的实权，并让科林斯走到台前成为摄政公，架空僭主王座的权力，直到我们认为自己可以完全掌控局势。"生气的西里乌斯默默地瞪了战友一眼。这些讨论也是一种考验，不同于剑士之间的决斗，所有人在这里都是用语言与思想在交锋。讨论者若能抓住优势，便能决定议程的走向。

"那我们能把他们软禁到哪里去？"奎因发问道，向泰尔马发难的他脸色就像雷云一样骇人，"整个星球都是敌人的地盘。"

"答案很明显，就算是你这样的蠢蛋应该也能一下想到。"泰尔马淡淡地回复道，看到奎因还在怒视着他，泰尔马朝天上指了指，"拜赞斯的舰队就像古董一样陈腐不堪。只需帝皇之傲号一艘战舰，就足以平定整个拜赞斯和它的卫星了。"

"既然我们都要这么做了，那为什么不干脆派几架风暴鸟战机扫射一番，先让他们冷静冷静？"艾肯内斯插嘴道，"他们的装备无法抵御我们的炮艇，更没法和整个第三军团相抗衡。我们不如顺着西里乌斯的思路，主动出击，削弱他们的组织和交流能力，并且不断扩大星球信号静默的范围，直到敌军的指挥系统全部陷入瘫痪。这样他们就只有等我们找上门时，才知道情况。"

"这正是眼下的麻烦之一，"西里乌斯趁机继续说，"敌人并没有真正了解我们的实力，就算整颗星球陷入瘫痪，他们也不会认为是我们破坏了他们的指挥链——只会以为这是普通的意外，慢慢适应便好。"

弗格瑞姆看着奎因问道："现在僭主军队的战力如何？"

奎因耸了耸肩说："目前军力充足，军队的编制被粗略分成了几百个营——其中三分之一依然缺编，但分发给各营的军费未有缩减。表面上看，谁行贿的出价最高，谁就能领军作战。"

"事实上，军队全靠有责任心的下属自己指挥。"艾肯内斯插嘴道，"这真是糟透了。就算他们还能维持军纪，各营的纪律也是良莠不齐。有些驻防部队已经悄悄地攻占了自己的驻扎城市，据地为王。"他在地图上指出了十几个省，以强调自己的观点，"各营的组织都很混乱，甚至有些营都没有统一指挥，全靠士兵自己协商来决策。"

弗格瑞姆瞥了一眼弗雷泽，帝胄侍卫军的指挥官正专心地研究地图。"你还有要补充的地方吗，希罗多德？"

希罗多德·弗雷泽吓了一跳，他没想到弗格瑞姆会称呼他的名字而非他的姓。老将军微微有点得意，觉得自己得到了弗格瑞姆的尊重。西里乌斯见此也不禁窃笑。弗格瑞姆会在必要时利用下属的自尊心，这对第三军团的战士而言是值得学习的经验。艾贝德蒙及其他军团战士指挥凡人军队时会十分费力，但弗格瑞姆能轻松地调度这些未经基因改造的凡人战士。

"大洲政府的军队只会在遭到攻击的时候加入战局，要不然他们只会隔岸观火。"弗雷泽说道，"其实他们效忠的对象并不唯一，除非形势明朗，否则大部分新巴西琉斯的驻防部队只会坚守不出。我们不能指望他们。"他露齿而笑，"贵族们也没法调用正规军部队，他们仅能仰仗自己供养的家族私兵作战。"

"所以贵族们会为了争取军方支持，和我们放手一搏。"艾贝德蒙将手平放在了地图上，"弗雷泽的判断是对的，大洲军队的指挥体系已经难以维持，即便他们不主动叛乱，也难以迅速反击威胁僭主政权的敌人，甚至只会按兵不动。"他看了弗雷泽一眼，"唯有大局已定时，他们才会主动支持即将获胜的一方。"

弗雷泽点了点头，说："我的看法正是如此。"

"你的判断其实很正确，只是有点悲观了。"弗格瑞姆向前倾了倾身子，抬头看着西里乌斯说道，"西里乌斯，尽管你的作战方案没有问题，但还是有点纸上谈兵。如果我们现在时间和资源都很充裕的话，确实应该按照你的思路行动。可眼下，我们必须学会变通，不仅不能分化敌人，还应该让他们先抱成一团。"

看到原体否定了自己的想法，受挫的西里乌斯皱起了眉头，他向原体问道："请问，您让敌人抱团的策略是什么意思？"

弗格瑞姆说道："就是将我们的敌人集合在一起，虽然他们眼下人多势众，却是一盘散沙，各有所图。拜赞斯人对我们知之甚少，所以他们还在思考最佳的对策，不敢贸然攻击我们。所以我们必须为他们指明一条道路，诱使他们按照我们设计好的方式行动。"

弗雷泽笑了起来。"原来你是想让他们结成盟军对抗我们，"他似乎十分高兴，"只需展示一下武力就足够了，我能——"

"不。"西里乌斯说道，弗格瑞姆期待地看着下属，希望能得到满意的答案，"不能这样，"西里乌斯继续说道，"我们炫耀武力会让敌人更有顾虑，他们将蛰伏各地。如果要引蛇出洞，我们必须得先发起佯攻。"他瞥了一眼泰尔马说道，"先将僭主和他的家眷全部软禁……"然后，他停顿了一下。

"继续说。"弗格瑞姆鼓励道。

"我们会在世袭僭主的授权下接管整个新巴西琉斯与大洲军，同时封锁星球首都，除了我们以外，不准任何人擅自觐见僭主。之后我们从西部省份和内陆地区召回各营部队，将烂摊子留给贵族们自己去收拾。虽然这会惹恼各地贵族，但军队乐意从暴乱中抽身而退。"

弗格瑞姆点了点头，露出微笑："说的很好，那之后呢？"

西里乌斯思考了一下后说道："我们遣散贵族，同时解散大洲政府。"

派雅珂鼓掌称赞道："好主意，这肯定能激怒他们。"西里乌斯高兴地笑了笑："当然，这么做只能算是表个态，没有实质性的影响。"

"人质，"奎因若有所思地嘟囔着，随后他环顾四周，"我们会将仍在新巴西琉斯逗留的贵族或他们的家眷囚禁起来，这样一来，一些贵族与我们为敌时就不得不三思而行。"

派雅珂听了皱眉说："虽然简单粗暴，但确实是很管用的一招。扣留人质无异于正式宣战，贵族们面对这样的挑衅别无选择，只能迅速做出反应。"

"贵族们一旦被激怒，自然会想夺回星球首都与潘狄翁，届时他们必将采取行动，"弗格瑞姆说道，"而我们只需找出躲在暗处的敌人便可。"他看了一眼西里乌斯说，"非常好，西里乌斯，日后总有一天，你将成为一名优秀的军官。"他又望向其他军团战士说道，"你们所有人都是如此，我很高兴，儿子们。你们确实配得上胸前佩戴的皇家天鹰，也不负我的信任。"弗格瑞姆站了起来。

"现在，让我们整装待发，迎接即将到来的挑战！"

第十一章

萨巴修斯之子

"世袭僭主,看到您心情这么好,我很高兴。"派雅珂说道,"不是所有人都像您这样,会为自己政府的解散而欢呼喝彩。"

"高康达夫人,这都是那群贵族自找的。"潘狄翁举起消瘦的双手,高兴地鼓掌,"说实话,多少年来,甚至几十年来,我一直都希望能做成像今天这样的大事。"他转过身说,"我们得干一杯好好庆祝,您愿意陪我喝点吗?"

那天早上,帝国代表将贵族遣散。潘狄翁本人缺席了大会,将所有事项交由新上任的摄政公全权处理。派雅珂露出微笑,她想起了早上御座大厅里贵族们的反应。当弗格瑞姆宣读完解散政府的公告后,会场爆发了一阵骚乱,贵族们大声抗议,派雅珂本以为现场会发生暴动。但原体拔出宝剑,坐在了僭主的气动王座上,帝国的决心就此展露无遗,几乎所有贵族都明白自己的反抗并无意义。

随后,僭主卫队迅速将目瞪口呆的贵族代表们送出了御座大厅。潘狄翁下达逮捕令,捉拿贵族元老与他们的家属,但在弗格瑞姆的要求下,僭主事先通过常规渠道数次发布了警告,许多人就此逃脱。不过并不是所有人都如此幸运,被扣为人质的贵族依旧不少,足以令逃脱者们感慨自己运气不错。

潘狄翁笑得合不拢嘴,他在为派雅珂斟酒时说道:"真是条妙计!这下贵族们别无选择,只能和我们合作,而你们也将控制他们。"

"弗格瑞姆也是这样向我保证的。"

"没错。顺便一问:目前原体殿下在哪里?我还期待他能亲自告诉我消息。"潘狄翁又斜瞥了一眼身旁的西里乌斯,问道,"而且为什么他会在这里?"

"我是来保护您的。"西里乌斯说道,他放下手,摸了摸佩剑的剑柄,潘狄翁见此吓得脸色煞白。

"我明白了,你们现在又有什么安排?"

"今天我们就会安排您的家属撤离。"派雅珂说道,潘狄翁急切地点了点头。

"好的,太好了,我会告诉他们准备动身。"

"您的家属会走,可您得留下。"

潘狄翁怔住了:"你说什么?"

"就像每位僭主应该做的那样,您会一直留守此地,给您的士兵们一点鼓励。同时,您还可以引诱敌人主动出击,毕竟您对敌我双方都有很大的象征意义。"

潘狄翁咽了口红酒,此时他已经满头大汗。"还有科林斯宫相——"他刚开口,派雅珂就示意他先安静。

"科林斯确实是一位值得称赞的贤臣,但他不是世袭僭主,也不是您潘狄翁四世。毕竟自星球创世以来,您的祖辈就一直在统治拜赞斯,唯有您在法理上可以继承这颗星球的御座。"派雅珂微微一笑,"如果你真要离开,我们搭建的这间纸牌屋就会轰然倒塌,所以我们坚决不会允许这样的事情发生。"

"您不是认真的吧?!"僭主抗议道。

"等敌人落入陷阱后,我们才会安排您撤离。"

"照你的意思,我就是你们的诱饵,"潘狄翁怒斥道,"敌人必须知道我和我的王座触手可及,否则他们就不会进攻。"

派雅珂耸了耸肩说:"如果您非要这样理解的话,那确实如此。"

"那我还能怎么想?"

"整个拜赞斯长期以来一直处于大战边缘,而为了能让星球重获和平,我们设计了这套最可行的方案,而您是其中不可缺少的一环。"

潘狄翁不满地低吼了一声:"我真没法忍受这样的安排,我之所以同意归顺帝国是为了保住我的王位,而不是拿我的一切当赌注,同你们孤注一掷。"

"生活就是一场赌局,所以我才经常喝酒。"派雅珂走到桌子前,给自己斟满酒,"愿意和我们赌一回吗?"

潘狄翁揉了揉脸:"无妨,我听从您的安排。但我猜您和弗雷泽也会离开吧?"

"不会,弗雷泽指挥官会在您的授权下接管整支大洲军,他很想将您的部队锻炼成一支更有纪律的强军。至于我嘛，我也会留在这里，陪您干完这瓶酒。当然，如果您愿意，我们还可以把藏在这里的酒都喝光。"

潘狄翁朝派雅珂歪嘴苦笑："没问题，那弗格瑞姆大人和他的部下又会去哪里？"

派雅珂指了指西里乌斯，说道："西里乌斯会留在这里，为我们助兴，对吧？"星际战士点了点头。潘狄翁盯了西里乌斯一会儿，直到派雅珂继续说话时才转回头。"弗格瑞姆已经命令弗莱维乌斯·艾肯内斯和纳尔沃·奎因协助弗雷泽在城市布防，这两人都是久经沙场的一线士兵。而艾贝德蒙和其他战士则会根据情况需要，部署到相应的任务中。"

"那他们到底是负责什么任务，具体是做什么？"潘狄翁说完，又喝了一大口红酒。派雅珂也举起杯子将酒一饮而尽。

随后，她露出了意味深长的微笑。

艾贝德蒙缓缓走入大厅，闲庭信步一般。他开启宝剑的分解力场后，将嗡鸣作响的剑刃朝半空挥舞，划出一道巨大的弧线，很快，北方营区的墙壁上又再添一处血迹。无头的尸体应声倒下，剩余的叛军军官扣动扳机，用反击的枪声哀悼死去的战友。

他们本有十人在此秘密集会，现在只有九人了。所有与会者都是下级军官，但他们与许多贵族元老的家族都有紧密的联系，并有忠于自己的下属。如果城市遭遇攻击的话，这些人便会引起事端。正因如此，他们需要被区别对待，甚至彻底清除。

军官们集会的场所是一处宽阔的方形大厅，里面展示的战利品承载着兵团过去的荣誉。天花板的橡子上挂着一幅有逾百年历史的破旧横幅，而弹痕累累的战甲则陈列在墙壁上。第二十三吉尔森枪骑兵营总部就位于北方营区——这是一支擅长机动战的传奇兵团，他们一直冲锋在前，历史上，他们立下了赫赫战功。枪骑兵们不仅曾在西部诸省清剿匪军，还与玻璃废土的变种人交过手，可像帝皇之子这群近乎半神的对手，他们还是第一次遇到。

艾贝德蒙拔剑一扫，砍伤了一个军官的手。尖叫的伤者向后退去，其他人也急忙撤离，希望和眼前穿着紫金战甲的骇人战士拉开距离。

艾贝德蒙早已熟知对手脸上的表情，这样的场景他已经见过太多次。当敌人经过一番英勇鏖战，使出浑身本领，却发现万策已尽时，才会慢慢陷入这般绝望的恐惧中。面对星际战士这群超人，凡人能做的只能是逃跑或者坐以待毙。每当艾贝德蒙举起宝剑，顺势一劈，便有军官就此死去。惨叫声戛然而止，射出子弹的手枪也哑然无声。军团指挥官已无人可敌，他只需在此例行公事，记下自己新增的杀敌数，便可完成任务。

此时，营地外不时传来爆矢枪的枪声，艾肯内斯和奎因负责守在门外，若有人妄图阻拦第三军团清洗叛军，他们会将其全部歼灭。届时两位星际战士将毫不留情，艾肯内斯会迅速杀死对手，不给敌人留下一丝求饶的机会，而奎因的词典中就没有"怜悯"二字。如果有必要，艾贝德蒙可以下令杀光所有北部营区的士兵，但他希望事态不会发展到那种地步。

第三军团之所以清洗北部营区，便是要杀鸡儆猴，震慑驻守新巴西琉斯的守军，同时给所有刚从外地调回国都的大洲军一个下马威。所有的僭主部队都将明白，他们要是意图变节，就会像今天这样被第三军团迅速清洗。与此同时，弗格瑞姆还率领泰尔马与索恩突袭了南部营区，和艾贝德蒙一样清剿叛徒。等到夜幕降临时，第三军团会将大洲军牢牢地掌控在手中。

军团指挥官转过身，振落刀刃上的积血。每当艾贝德蒙被子弹射中时，他盔甲上的传感器会自动记录下受击位置，但伤害微乎其微的铅弹很快就会被系统忽视。"我以查尔克顿与拜赞斯大洲政府的世袭僭主潘狄翁四世之名，要求你们放下武器，速速退后。"

军官们没有服从，几秒钟后他们便一个接一个死在了艾贝德蒙剑下。看着浑身是血的巨人朝自己逼近，最后一位军官只能再次后退，眼看身后已是死角，军官只好用颤抖的双手举起手枪，朝对手射光剩余的子弹。最后他将冒烟的枪口对准自己的太阳穴，同时大声喊道："萨巴修斯万岁！"可手枪只是响起了咔嗒的扳机扣动声，军官尴尬地睁大了双眼。

"你应该把射过的子弹好好数清楚，"艾贝德蒙说道，他踩扁了脚下的铅弹，将剑高高举了起来，"军官也得像前线士兵一样遵守射击纪律。"

"你到底是什么人？"军官无助地低声念道，"你到底是什么怪物？"

"来自未来的战士罢了。"艾贝德蒙说道。他收剑入鞘时，低头看了看地上的尸体。军官直至最后都宁死不屈，然而不只是他，在军营里反抗他们的叛军都没有投降。

今晚会有多少位勇士死去呢？一百人，还是两百人？

艾贝德蒙相信弗格瑞姆的判断。作战计划是合理的，第三军团的战士们早已反复考虑过其中每一个细节，而艾贝德蒙对此更是烂熟于胸，足以将所有步骤都背出来。在目前的形势下，这确实是一个完美方案，第三军团已向敌人进行了十几次致命打击，他们每一步都执行得滴水不漏，时机把握得恰到好处。

但完美与否，最终还要依据结果来评判。

艾贝德蒙叹了口气，转身朝破碎的营地大门走去。他不能放任艾肯内斯和奎因消灭整座营地的士兵，新巴西琉斯的兵力已经捉襟见肘，第三军团还需要在未来的战事中调用所有剩下的兵员。

入夜后，弗格瑞姆来到自己在宫殿的专用房中，思考着他设计的行动方案。按潘狄翁的脾气，他现在心里绝对牢骚满腹，也许是感念他的家人已经安全，世袭僭主并没有向弗格瑞姆提出异议。但潘狄翁确实被吓得心神不定，为了不让他发出自相矛盾的命令，帝国只好将潘狄翁一直软禁在自己的住所里，直到时机成熟后再放他离开。

弗格瑞姆透过窗户，看到远处闪烁的火光，他似乎已经听见又一座城市在暴乱中反噬自己时的喧嚣声。新巴西琉斯正经历一场百年未遇的大清洗，各地民众在政治活动家的煽动下失去理智，上街暴动，为此仲裁官不得不请求大洲军出手援助，然而军队也在进行内部清算。这样的状况确实棘手，但也在弗格瑞姆的意料之中。派雅珂向他保证，城市的骚乱将在第二天早上全部平息，而她麾下的弄臣们将化身致命杀手，杀光所有活跃的骚乱者。等到太阳升起时，街上的鹅卵石会一片猩红，而排水沟里会堆满尸体。如此看来，派雅珂豢养这群杀人狂确实有自己的道理。

他怀疑荷鲁斯会赞许他的想法，但费鲁斯并不尽然。弗格瑞姆不禁笑了，他现在的很多做法都太过冒险，太过复杂，费鲁斯都不会赞同。他的铁手兄弟只喜欢钻研精密的机器，却不懂银河本身就是一台机器，而原体们则是维护这台机器的技师。弗格瑞姆觉得，也许他是唯一能领悟这个道理的人。

拜赞斯是一台即将崩溃的机器。虽然只需花上一点工夫就能让它保持运作，但要将机器提升到完美的状态，则需要付出更大的努力。

弗格瑞姆在访问布切霍罗斯后，又阅读了和其他贵族元老相关的报告，最终他确信推动拜赞斯前进的方法只有一个，那就是删繁就简，清除所有干扰拜赞斯政府的势力。这意味着弗格瑞姆得将整个贵族阶层连根拔起，并要消灭所有阻挠他的人或组织，为此弗格瑞姆必须展现出冷酷的手腕，而在领导第三军团后，原体曾因职位所需，做过很多得罪人的事，但他一次也没有手下留情。

的确，有时他也期待着能通过这样的大清洗树立威信。

弗格瑞姆放松身体，摆出防守的架势。这套动作改编自古欧罗巴的达尔第剑派，弗格瑞姆用前臂与肩膀发力，将宝剑稳稳举起。他从东部营区搜刮来了一具假人模型，并将自己的全套铠甲挂在了上面。因为缺乏运动，他的肌肉有些紧绷，但精于剑术的弗格瑞姆依旧能自如地转动肩膀，就像收割的人使用镰刀那样，上下挥舞着烈火之剑。直到动作结束，他再次摆出了防御的姿态。剑法的掌控并不难，剑士只需右脚向前，左侧握剑，并以右侧对敌便可，但这只能用来防御，在实战中仍不完美。

弗格瑞姆看到附近的长凳上有一套被翻开的书，它们破旧不堪，不仅封皮龟裂，书页也泛黄硬化。这些书是萨巴修斯兄弟会的训练手册，至少是其中的一部分。

只需科林斯提供正确的方法，弗格瑞姆就能轻松找到他想要的信息。拜赞斯政府没有随意丢弃材料的习惯，有大量的文献可供原体探究学习。

阅读这些书籍中的记述，弗格瑞姆发现兄弟会的作品中有很多值得钦佩的地方。就像他的军团一样，兄弟会的成员们力图达到一种完美的境界，但是他们的追求与拜赞斯的政府发生了冲突，最终惨遭流放，渐渐被世人遗忘。

他们的学说充满了简单的哲学漫谈，并穿插了一些决斗技巧。在据称是萨巴修斯亲传的教义中，欲与求、所需与所想的矛盾是核心要义。生活就像是一场决斗，每个人都要在心中战胜自己多余的欲望，只有赢得这场决斗，才能习得完美的技艺，过上完美的生活。完美是一种平衡的状态，而完美的社会需要建立在公平与公正的基础上，必须代表每一个人的利益。这种乌托邦式的想法几乎无法实现，但总会有人为之努力奋斗。

弗格瑞姆对哲学并无兴趣，在他看来，这些带点诗意的文字更像是一种说教，故弄玄虚地谈论一些常识性的道理。可手册中有关决斗技巧的论述非常精彩，给原体留下了深刻印象，他饶有兴趣地照着手册练了几招。虽然这些招式模仿起来非常容易，但将整套动作完整练习完一遍后，弗格瑞姆感受到了其中的迷人之处。

原体不再沿用达尔第剑派的姿势，而是寻求新的平衡感，很快便学会了手册中图示的招式。萨巴修斯剑术的动作流利连贯，无论是进攻还是防御，剑术套路的节奏都很缓慢，就像一位雕塑家耐心地用黏土塑造雕像。剑士通过控制自己的动作，在张弛有度中立于不败之地，宛如一座不留死角的坚固城塞，绝不会被任何人攻破。剑法技巧简单，节奏缓慢，甚至催人入眠，剑士只需凭肌肉记忆便可使出招式，但在实战中，这样的剑术可以帮助剑士适应崎岖的地面，或者在失血时应对体力不支的状况。就此，也不难理解为什么兄弟会的成员都是令人生畏的决斗者了。安静的夜晚突然传来了一阵噪声，弗格瑞姆听见窗户的铰链咯吱作响，他微微一笑，对方来的时机正好。

弗格瑞姆一边转过身，一边挥舞手上的烈火之剑。他收敛剑势，稳住招式。先用灼热的宝剑在半空劈出一道弧线，随后立刻将剑锋一转，以更陡的角度直接朝上刺去。与此同时，他迅速移动身体，快步划过地面。有那么一会儿，弗格瑞姆感觉自己仿佛又回到了锣鼓喧天的奇摩斯，听到萨法人为他伴奏鼓掌，齐声喝彩。一步，一步，又一步，弗格瑞姆的动作渐成一段优美的舞蹈。

"真是精彩。"

弗格瑞姆并没有停下脚步，他猛然转身，用呼啸生风的剑刃朝对方的头部砍去。如果原体没有点到为止，这将是致命一击。躲在暗处的不速之客惊得向后一跳，弗格瑞姆笑道："你又是谁？一位善演话剧的刺客？"

闯入者穿着黑衣，披挂斗篷，戴着一张不起眼的面具，就像是一个来到现实的哑剧反派。奇摩斯的秘密社团很多也是如此，面具和暗号都是十分幼稚的伪装，人类其实生来就喜爱玩弄这些把戏来遮掩自己的身份，他们只会在策划阴谋时才会暴露自己的天性。

弗格瑞姆快步上前，将烈火之剑对准对手，并迅速拉近距离，被逼退的不速之客靠在墙壁上，动弹不得。弗格瑞姆用剑的尖端轻轻抵住对方的喉咙，说道："如果你只有这点能耐，那真算不上一个好刺客。"

"我并不是来杀你的。"男人的声音听上去明显失真，也许他在面具里内置了原始的调音器来掩盖自己的真声。没关系，还有其他的识别方法。弗格瑞姆一直擅长与人进行肢体交流，这也是他引以为傲的本领之一。眼前的不速之客非常害怕，原体觉得自己找到了机会，他可以利用敌人的恐惧在谈判中找到优势。

"哦，是吗？听到这个消息，我都松了一口气。"弗格瑞姆歪着脑袋戏谑道，"我早就料到你会过来。除了我以外，还能有谁让你们如此重视？显然没有，毕竟怎么会有比我更重要的人呢？"弗格瑞姆已经下令派雅珂将新巴西琉斯中无法收编的情报网全部清除，首席宣讲者很快便以极大的热情投身于任务之中。各地法官已经逮捕了近百名男女，这些嫌疑人都与各种势力有牵连，其中一些很可能就是为萨巴修斯兄弟会效力的。

"紫凤亲王，您似乎太自命不凡了。"

弗格瑞姆听了大笑。"也许吧，"弗格瑞姆向后退了一步，将烈火之剑轻轻靠在自己的肩膀上，"既然你来这里不是要杀我，那一定是有话想和我谈。所以，说吧。"

"自从您来到这里，我们就一直在观察您。"

"而我想你也不是唯一在监视我的人。"

"确实，而您也一直想找到我们。"黑衣人指了指训练手册，"甚至不惜刨地三尺，从大多数人遗忘的角落里挖掘资料，为什么？"

弗格瑞姆嗤笑了一声。"如果你非要问的话，原因很简单。无论是将死的士兵，还是挨饿的农民，都会说'萨巴修斯万岁！'这个口号。"他耸了耸肩，"或许在你们看来，星球的局外人得找遍蛛丝马迹才能看清背后的本质，可事实上，对我而言这不过是小事一桩。顺便一问：你们到底有多少次想毒死我？"

不速之客思索了一会儿说道："我们没有下毒，只有未开化的愚昧之徒才会用毒药杀人。"

"哦，不错，看来你们确实有原则。"弗格瑞姆微笑道，"回到你刚才的问题，简而言之，我确实在找你们。至于原因嘛……"他懒散地做了个手势，"我得确定你们组织的性质——你们是会阻拦拜赞斯归顺帝国，还是另有所图？"

"我们只会尽己所能，让拜赞斯变得更好。"

"你当然会这么说，我敢打赌，布切霍罗斯元老，以及和他一样蝇营狗苟的贵族也会这么说。可怜的僭主整天都在担心自己未来的命运，但是就连他也会想着为拜赞斯做点好事。"

"那您呢？"

弗格瑞姆顿了一下说道："当然我也是。"

"那我们应该好好聊聊。"

弗格瑞姆朝四周望了望："我以为我们现在已经在谈判了。"

"不能在这里聊。"

"那应该在哪里？"

"明天我们会在萨巴修斯第一次踏足拜赞斯的地方会面。"

弗格瑞姆皱了皱眉头，说："你留给我一个谜语，对吗？"

不速之客没有应答，他迅速翻过窗户，故弄玄虚地掀起斗篷后，便消失在黑暗之中。弗格瑞姆看着训练手册，叹了口气。

"我讨厌谜语。"

第十二章

登临安纳巴斯山

  事实上，这并不是什么难解的谜题。

  正如弗格瑞姆所料，答案就藏在练习手册里。书中有一段充满哲理的文字探讨刀剑的用途和剑士心中的欲望，其中就提到了一处地名。有了这条线索后，弗格瑞姆再去查询星球档案时就非常方便。几个小时后，他站在一堵倒塌的护墙上，俯瞰西部诸省的腹地。这段护墙曾经属于一幢类似修道院的建筑，至少行星记录中是那样说的。不论曾经这座建筑多么宏伟，如今这里只剩下一片无人问津的石堆，高高地堆砌在安纳巴斯山上。

  "这里的景色真是壮丽多彩。"弗格瑞姆赞叹道，他不仅可以欣赏脚下的风景，眺望远处的地平线，还能在暮色的天空中找出几颗散发柔光的星星。与此同时，远处的田野和灯火闪烁的城市也清晰可见。另一束灯光则是从他附近发出的——火凤在他的头顶盘旋，艾贝德蒙正坐在战机中，等待着原体的命令。想到这儿，弗格瑞姆才意识到他此行并不是为了欣赏城市灯火，或是观赏星空，而是另有正事。

  修道院的位置正是神话中萨巴修斯首次降临星球的地点，当时他将剑刺入地面，从中引出泉水，注满了附近的水井。虽然对这样古老的故事原体早已司空见惯，但很巧的是，他的名字"弗格瑞姆"就来自奇摩斯创世神话中的传说人物"汲水神使"。

  "两位汲水神使就此相遇了。萨巴修斯，我必须得称赞你给这座修道院挑了一个风景如画的好地方。"弗格瑞姆说道。他抬头看了一眼庭院中央的废墟，这里曾有一座巨大的雕像，如今只剩下残块，因风化而慢慢龟裂。雕塑年久失修，已经无法辨认，光秃秃的柱子上仅剩灰色苔藓，还在湿淋淋地滴着水。

弗格瑞姆的声音穿过废墟，回荡在院子里，他转身，仔细观察庭院中的空地。"真是可笑，我来到风景这么好的地方，竟然只是和一群危险的客人见面。"他一边等待兄弟会的人现身，一边计算时间。弗格瑞姆闻出了对方衣服上残留的汗腥味和枪油味，并听到了至少十五个人的心跳声，而且这些人的心率都不一样，有些人因为满怀期待而兴奋不已，还有些人则惶恐不安，胆战心惊。其中一人的心跳声听起来非常熟悉——应当就是前夜弗格瑞姆遇见的不速之客。

除艾贝德蒙一人外，弗格瑞姆并没有特意和其他人透露自己赴会的细节与地点。他怀疑萨巴修斯兄弟会想借机谋害他，但即便如此，敌人也不足为惧。得益于人类帝皇的基因技术，每位基因原体都无比强大，无论是拜赞斯还是其他星球，没有多少敌人值得弗格瑞姆忌惮。

可惜的是，帝皇并没有给他的基因子嗣们耐心。弗格瑞姆大声地叹了口气，喊道："出来吧，出来吧，我已经知道你们来了。都出来自我介绍一下吧，你们之前费了这么大功夫来引起我的注意，现在我已亲自赴约，为何不好好把握机会？"

"欢迎来到安纳巴斯山的萨巴修斯之巅，紫凤亲王。"弗格瑞姆听到衣服窸窸窣窣的摩擦声，欢迎他的兄弟会成员已经悄悄爬上了修道院的护墙。原体觉得此人的心跳声很熟悉，但对方并非昨夜的不速之客，而是另一位他已经见过面的人。或许是一位元老。和其他兄弟会成员一样，对方一身黑色装扮，小心翼翼地隐藏自己的身份，但与众不同的是，他装备了一把与自己形体非常相称的宝剑。"有些人将这里称作'拜赞斯的心脏'，"黑衣人继续说道，"这是萨巴修斯和他的追随者首次踏足星球的地方。"

"是的，而且我能看出来你对这个传说深信不疑。"弗格瑞姆环顾四周，修道院的庭院就在他的正下方，可疑的是这片圆形空地上竟没有一块废墟的遗迹。板结的土壤上有被清扫过的痕迹，似乎有人想隐藏这里所有可能泄密的标记。不仅如此，修道院的护墙和屋顶明显被人修补过，院内的墙面也经过了微妙的改造，弗格瑞姆据此非常肯定，这座修道院不是一处普通的遗迹，事实上，如果有必要，兄弟会可以将这里变成一座要塞。

弗格瑞姆不禁得意一笑，看似东张西望的他已经用盔甲内的传感器扫描了周围的地形，并且慢慢绘制成一幅地图，以备不时之需。无论这处修道院隐藏了何种秘密，弗格瑞姆都会将其一一揭晓。原体怀疑兄弟会并不知道他们正在一点点泄露自己的机密，但或许他们也不会在意此事。倘若这群对手真的如此大意，情况只会对弗格瑞姆更加有利。

"紫凤亲王，您能来此赴会，我们非常荣幸，"站在护墙上的黑衣人继续说道，"我们一开始还不确定您是不是真的会来。"

"我可是花了大工夫寻找你们，现在好不容易收到了邀请，怎会置之不理呢？"弗格瑞姆挥了挥手，"不过，我真希望你的同伴们别老躲在掩体里了。"

护墙上的黑衣人做了个手势，很快便有一群人从阴影中走了出来，他们同样都是一身黑色装扮。弗格瑞姆忍住了笑，他从护墙上一跃而下，砰的一声落在了庭院中央，吓得兄弟会成员赶忙后退。随后原体将自己的斗篷向后一掀，露出自己胸前的天鹰标志。

"这样说话就方便多了，"弗格瑞姆说道，"我希望大家都能成为朋友。"他打量完四周的对手后，又重新抬头看着护墙上的黑衣人，"不错，人都齐了，那我想问一下你们邀请我见面的原因。"

"您又是为什么要找我们呢？"

"只是出于好奇罢了。"

站在护墙上的黑衣人摊开手说道："所以，我们也是如此。"

弗格瑞姆不屑地哼了一声。"有意思的回答，但也许你可以详细解释一下，你们到这里是想和我论战一番，还是举手投降呢？"他笑了笑，"或者说，想在此暗杀我呢？"弗格瑞姆落地后，可以感受到修道院地下埋藏着一台巨大的机器，很可能是发电机，或是别的什么装置。

"我们只想友好地谈一谈，"人群中有人急忙说道，"我们想亲耳听听您在拜赞斯的计划，看看我们能否达成共识。"

"我之前已经公开阐明过自己的规划，而且至今也没有变过。我相信你们当中至少有一部分人对此早有耳闻。所以相比之下，我更想听你们说一说兄弟的打算。"弗格瑞姆咧嘴大笑，兄弟会的成员被吓得手忙脚乱。正如他所想的那样，在场的兄弟会成员中有些人其实是贵族，就像苍蝇爱叮粪便一样，贵族们非常热衷于参与这样的秘密组织，毕竟生活无聊的他们喜欢寻找新刺激。

当然，并不是所有人都是为了打发时间才加入兄弟会的。"拜赞斯若要生存，就必须要革新。"站在护墙上的黑衣人朝下喊道，"唯有革除旧制，拜赞斯才能走出阴霾，迈向光明。"

弗格瑞姆点了点头，他曾在自己找到的那本训练手册上看到过这句话。"我完全赞同，而为了实现这个目标，最好的办法就是平息眼下这场毫无意义的叛乱。拜赞斯归顺帝国后，将成为我们宇宙大家庭中的一员，届时帝国与这颗星球的兄弟情谊将远超各位的想象，很快你们将见证翻天覆地的发展盛况。"

"真的吗？"另一位蒙面人怒斥道，"还是说拜赞斯会被另一群暴君统治？我和你们的宣讲者谈过，他们只会让我们成为埋头耕地的农奴，供养茫茫银河另一头的达官显贵。萨巴修斯兄弟会坚决不放过任何压迫者，不论你们想以什么方式奴役我们的人民，兄弟会都不会坐视不管！"

弗格瑞姆耸了耸肩。"归顺帝国后，你们确实无法享受安逸的生活，拜赞斯若想繁荣壮大，在宇宙中占有一席之地，还有很多工作要做。"他朝四周环视说道，"但在我的密切关注下，星球势必会再次繁荣。不过在此之前，这颗星球上的居民，无论贵贱，都必须一起努力奋斗。"

有人笑了起来，但还是有点紧张。断断续续的笑声很快越来越少，最终归于一片死寂。"那您会成为星球的世袭僭主吗？"一位兄弟会成员问道。

弗格瑞姆轻声笑道："我相信，你们会有另一位星球总督来领导的。"

"潘狄翁昏庸无道，贵族们尸位素餐，我们要是想为这颗星球做点实事，就必须扫除这些腐朽的旧势力！"有人大声喊道。此言一出，许多人都小声附和。

"那你们会支持谁取代他们？"弗格瑞姆问道。

众人又一次陷入沉默。弗格瑞姆点了点头。"如果不出我所料，你们虽然自称兄弟会，可内部依旧派系林立，就站在我眼前的这些人当中到底有多少小帮派？一个，还是十几个？"弗格瑞姆缓缓转过身，扫视这群蒙面人，"你们有没有认真地探讨过星球的未来？"他露出阴森的笑容，"我只在乎拜赞斯局势的稳定，至于谁来统治拜赞斯，我不关心。你们拜赞斯内部的纷争，不过是你们小星球的自家事，与人类帝国的伟大远征相比根本不值一提。只有当拜赞斯的局势比我刚来时更稳定后，我才会抽身离开。"

"或许你永远都没有机会活着离开这颗星球。"有人说道。弗格瑞姆瞪了对方一眼，挑衅者吓得向后一退，他一边低声咒骂，一边将手放到了剑柄上。

弗格瑞姆朝着这位兄弟会成员怒视良久，最后他又再次露出笑容。

"好啊，那我倒是希望你确实有些能耐，而不是空说狠话。"弗格瑞姆朝天望去，仿佛是在对天祈祷，"难道我永远都要受困于一群不自量力的愚昧之徒吗？"

众人一言不发，弗格瑞姆能感受到对手的内心已经愈发紧张，兄弟会还不了解他全部的能力，但原体相信其中有一部分人很可能已经看到他在宴厅里的表现，知道他动作迅疾如风，是一位剑术高手，但他们并不理解自己与原体的实力差距。最终有一位兄弟会成员低头赔罪："向您致歉，弗格瑞姆大人，我的人出言不逊，事后我们会处置他的。"

"行，那就好。"弗格瑞姆有些讥讽地说道，"你们得庆幸站在这里的原体是我，而不是我兄弟中的任何一位。他们无不脾气暴烈，凡事都喜欢诉诸暴力。"他展开双臂，"但我非常讲道理。"弗格瑞姆又用手指众人说道，"不过很快我就会失去耐心。如今这颗星球已经为我所有，而我会将它献给我的父亲。"

最终，双方的议题来到了最关键的一点上，简单来说，就是星球的归属权。正如奇摩斯一样，拜赞斯属于弗格瑞姆，星球的面貌将由他来塑造。而弗格瑞姆决不允许任何人挑战这一点，只有他才能洞悉拜赞斯的未来，引导星球走向正确的发展道路上，至少近期的事件都证明了这一点。萨巴修斯兄弟会不过是一场孩子过家家的游戏，他们一方面各怀鬼胎，争吵不休，另一方面四处煽风点火，散播仇恨，可整个组织没有明确的目标，只有实现绝对平等的模糊理想。如果弗格瑞姆继续坐视不管，兄弟会将让拜赞斯陷入战火，最后他们自己也会闷死在文明的废墟中。

似乎有人读懂了他的内心，一位兄弟会成员说道："如果您愿意协助我们，我们可以帮您将这个世界改造成一片天堂，它会成为您献给帝皇的一份瑰宝。"

"你们口中的天堂名不副实，如果各位只想不劳而获地实现目标，拜赞斯永远只会是一片阴影之地。"弗格瑞姆蹙眉道，"而且好像你没认真听我讲话，我并不希望将拜赞斯变为天堂，我只希望它归顺帝国。如果你们执意要发动政变，那请快动手吧，我是不会援助你们的。"

"我们要是对潘狄翁下手的话，您能不干涉吗？"

弗格瑞姆挑了挑眉毛，他对这样的问题早有预料，毕竟之前兄弟会还在宴会上大费力气刺杀老僭主。原体摇了摇头说："潘狄翁和他的家人都还在我的保护下，不管怎样，他们是这个世界和平的希望。我不会允许你们或其他人为这颗星球再添动荡，如果你们想组建一个新的政府，我可以默许，但潘狄翁必须是这个政府的挂名首脑，星球的秩序必须维持。"

"可他是个堕落的昏君！"又有一位兄弟会成员叫骂道。

"没错，但他还是我支配的傀儡，同样，你们组建的政府也会被我控制，无论你们想采取何种政体，它都会被打造成我认可的形态。这就是归顺帝国的本质。"弗格瑞姆拍了拍烈火之剑的剑柄说道，"你们只有两条路可走，要么向我低头，要么被我杀死。"这样的表态非常强硬，但很有必要。

不管萨巴修斯兄弟会有何打算，弗格瑞姆都不能允许这个秘密组织发展壮大。他们和贵族一样，只会引发混乱。虽然兄弟会有兼济万民的抱负，可他们从没有想过自己该怎么做，也没有考虑该为人民提供哪些便利，他们希望带来的自由不过是一种弱者的暴政罢了。28-1号星球的未来已定，弗格瑞姆不会允许任何势力阻拦他将星球并入帝国的疆域，他会实现自己的誓言，一个月内就令拜赞斯臣服脚下。

"还有另一条路可走，我们会继续反抗，战斗到底。"有人小声地说，"我们一直奋战到现在，未来也一样能坚持，直到将这颗星球从压迫者的枷锁中解放出来。"他指着弗格瑞姆说道，"你在新巴西琉斯实行了戒严令，不仅处决了我们兄弟会的成员，还杀死了我们反对的贵族。不论你打着什么幌子，所有拜赞斯居民都会将你视作敌人。"

"或许吧，但我们彼此之间并非一定要刀兵相向。"

"这也是我们的愿望。"最先迎接弗格瑞姆的黑衣人走下矮墙的石阶，来到了庭院中，"也许您会发现我们兄弟会的教义仍有可取之处，"他继续说道，"甚至和您一直宣扬的理念有共通之处。"他顿了顿，最后说，"弗格瑞姆大人，我们才是更合适您的盟友，至少比潘狄翁更合适。"

"我并不需要盟友，"弗格瑞姆用食指敲了敲剑首，"而且我很了解你们信奉的学说，甚至还比你们理解得更深刻。当前我需要的是一个秩序井然的社会，而不是虚无缥缈的乌托邦。"

"世袭僭主就是引发星球骚乱的罪魁祸首，而眼下您还在保护他，所以我好奇您会通过什么方式来稳定星球局势？"黑衣人展开他的双臂说道，"您会给我们定罪吗，会下令追捕我们吗？我们过去就遭到过迫害，甚至现在还是戴罪之身。"

"我会解散政府，清洗大洲军与贵族中的顽固分子，同时所有意图阻碍拜赞斯归顺帝国的敌人都会被我烧成灰烬。如果你们也想妨碍我的话，那我也会将整个兄弟会连同你们的追随者全部消灭。"弗格瑞姆环顾庭院中的众人说道，"我会尽一切必须之手段，确保归顺之事顺利完成，即便我得亲自镇压每一场起义，也在所不惜。"

所有人沉默了半晌，最后有一人开口道："我们也会誓死践行自己的目标，紫凤亲王，但我们不必和您成为敌人。"

弗格瑞姆抬头，他已经能听到引擎的轰鸣声离自己越来越近。火凤正要降落在指定地点，弗格瑞姆得下山走一段路才能与之会合。"你们得做出选择，而我很快就会说到做到。"

这既是一种挑战，也是一种警告。弗格瑞姆早在踏足修道院之前，就已经知道自己与这群兄弟会无法达成任何共识，但那时原体仍对他们一无所知，并一直为此恼火，所以他急于了解自己对手的真面目。如今，弗格瑞姆已经摸清了他们的底细，萨巴修斯兄弟会的成员都是一群理想主义者和政治煽动家，如果放任不管的话，他们会比布切霍罗斯那样的贵族元老更危险。

"如果我们的决定在您看来是错误的，您会怎么做呢？"

弗格瑞姆微笑道："我劝你们最好不要这样，还是低下头，听从我的安排。我其实很理解你们的目标，这一点足够令你们欣慰了。但要是各位并不领情的话，我保证萨巴修斯兄弟会将被我彻底消灭。"

第十三章

完美生命体

宫相贝雷洛斯·科林斯纵身一跃,拔剑突刺。他不仅动作流利,同时思维果决,一招一式从未迟疑。他用宝剑在缓慢旋转的人体模型上反复切砍,留下了一道又一道重叠的伤疤,这些不流血的伤口逐渐形成了一道精美繁杂的花纹。宫相后退一步,又挥出一剑,似乎在练习如何格挡敌人的反击。

弗格瑞姆将双手背在身后,慢慢走向宫相,他赞叹道:"好身手!"这处训练室本来专供僭主卫队使用,但弗格瑞姆经过调查,知道士兵们已经很少光顾这里,或许科林斯也知道这一点,才利用这座闲置的营房精进武艺。

科林斯被原体的声音吓了一跳,他下意识地转身刺出一剑,但弗格瑞姆轻而易举地用手弹开了对手的剑刃。宫相见此咒骂了一句,向后一跳,拉开了距离。弗格瑞姆咧嘴一笑:"抱歉抱歉,有时候我会忘记凡人没有经过基因改造,不像我的战士那样有敏锐的感知力。"

科林斯并没有立刻收回手里的剑,他怒视原体,僵持片刻后,才慢慢地放下武器。"不必道歉,殿下。"

"叫我弗格瑞姆,贝雷洛斯,你还记得约定吗?称呼我本名就好。"

"鉴于目前的情况,我想你我之间最好别再用这样亲近的称谓了。"

"贝雷洛斯,我向你保证,我这样做是为了大多数人好。"

"是啊,暴君都会这样说。"

弗格瑞姆打了练习人偶一巴掌,拍得人偶在原地吱吱呀呀转个不停。"我绝对算不上暴君。如果我是的话,你刚才怎敢毫不犹豫地当面批评我?"他顿了顿,又说,"至少大部分人还会小心思虑一会儿。"弗格瑞姆绕着练习人偶走了一圈,仔细观察着宫相在模型上留下的剑痕,"原来你左右手都行啊。"

"什么意思？"

弗格瑞姆举起自己的一只手，摇着手指说："你是左右手都可以执剑吗？我看这个人偶被你用左手砍出的剑痕和用右手切出的伤疤一样多。"

科林斯缓缓点了点头："是的，但我不是天生如此，而是训练出来的。"

"真是佩服。"弗格瑞姆靠在人体模型上，"想不想和我切磋一下？"

科林斯的眼睛睁得大大的。弗格瑞姆笑道："我向你保证，你不会受伤的。我会非常小心的。"他顿了一下，继续说："至少练习的时候，我会小心不伤到人。"

宫相摇了摇头："我想还是算了，我已经练一天剑了。"宫相的话听起来冷冰冰的，不再像之前那么热情。这也许是可以理解的，毕竟他一直效忠的政府刚刚在弗格瑞姆的命令下解散。事实上，整个国都——乃至整个星球——都处在戒严状态，只是官方并没有正式宣布罢了。大部分大洲军都还在撤回新巴西琉斯的路上，精打细算的贵族们见自己的如意算盘被打乱，无不躁动不安。

弗格瑞姆拦住了科林斯，问道："你应该能理解我，对吧？"

科林斯扭过头说道："我懂你的计划，但是你错了。你只是为一己之私挑起一场大战，为此死去的人不知道会有多少。"

"只要目的正当，就可以不择手段。"

科林斯冷笑道："我敢保证，潘狄翁的祖先按下核按钮，将南方大陆化作玻璃废土时，也是这么说的。而他们占领西部大陆时也是打着一样的幌子。"他摇了摇头，又说："你的行为甚至比他们还要恶劣。我过去曾想——应该说曾希望你能将拜赞斯变得更好。相反，你似乎决心为拜赞斯人民铐上最沉重的枷锁。"他盯着弗格瑞姆斥责道："我曾问过你一次，问你会怎样看待我们，而现在我心里已经有了自己的答案。"

"贝雷洛斯，我肯定会帮助拜赞斯复兴，但凡事都要先苦后甜，"他低头注视宫相，"我不能放任这个世界陷入无政府的混乱状态，哪怕这看上去对星球利大于弊也绝不允许。如果没有坚实稳定的环境做基础，我们就无法取得举世瞩目的成就。"

"那潘狄翁也是我们必须依靠的基石吗？"

"他虽是我的傀儡，但同时也是一个在星球尽人皆知、颇有影响的大人物。"

更何况潘狄翁已经展现出了与帝国合作的意愿，并有能力适应不断变化的局势。可以说，他已经具备了一位行星总督所必需的品质。"

"然而一个经过民主选举产生的议会政府也能符合你的要求，"科林斯说道，他的声音越来越激动，"一个由人民选出的代议制政府——"

弗格瑞姆听了大笑道："你口中的人民到底是指哪些人？在大农业带里劳作的佃农吗？在矿场里被打死的男女工人？"原体摇了摇头。"不，即便你不说，我也知道是谁。只有像布切霍罗斯元老那样的大贵族才能掌握权力。而这群毒蛇组建的议会只会为了争权夺利互相倾轧，甚至诞生出一个更可怕的军政府。"

"你对我们实在太不公了，"科林斯几乎要破口大骂，"如果我们——如果人民能得到机会……"

"拜赞斯的人民会得到机会的，但不是现在，也不会是按照你说的那种方式。星球必须先恢复和平与秩序。只有这样，被遗忘的星球才可能焕然一新。拯救星球需要一个漫长的过程，不可能一蹴而就，我们既不能仅凭武力办事，也不能光靠崇高的理想去幻想，而应以正确而又有效率的方式推进计划，否则形势稍有不妙，我们的努力就会功亏一篑。"

"所以你会打着'效率'这面大旗，要求民众忍受他们悲惨的现状吗？"

弗格瑞姆听了一愣。"这可不是我的意思。"

"难道不是吗？"科林斯盯着弗格瑞姆说道，他咽下一大口口水，"我想你从来没有真正为我们着想过，拜赞斯在你眼中无非只是一场测试、一个挑战。你全然不顾行事的代价，只想在拜赞斯证明自己是对的，证明你统治星球的方法是最好的。我试问一句，我们拜赞斯人对于你和你的帝国而言，只不过是棋盘上的棋子吗？如果真是如此，我可不一定想接受你们的统治。"

"贝雷洛斯……"

科林斯萎靡地垂下了头："我们已经没什么可谈的了。毕竟，现在一切都由你掌控，而我只是名义上的宫相，甚至很快我连虚职都保不住了。"

他从弗格瑞姆身边快步走过，原体也未加挽留。突然，科林斯驻足门边，问道："你为什么要拒绝他们的帮助？他们本可以助你一臂之力！"

弗格瑞姆不用问也知道宫相口中的"他们"指的是谁。"萨巴修斯兄弟会就像是一群天真的孩子，我可没时间陪他们玩过家家。"他挑起眉头说道，"拜赞斯必须归顺帝国。"

"你只是渴望单凭一己之力来平定星球，但这并不是你真正的目标，何必偏执于此？"

"不，这也是我的目标。"

"如果你真这么认为，只能说明你什么都不懂。"

"那我也想问你一句——你为什么会在第一天的晚宴上拒绝和我联手呢？如果你当时抓住我递给你的橄榄枝，我们现在就不会产生这么多分歧。"

科林斯没回一句话便走了。弗格瑞姆几乎忍不住要追上宫相，再去理论一番。他已经气得浑身发抖，想摧毁一些东西来宣泄愤怒。于是原体转身用前臂砸穿了练习人偶，又用力将其直接打碎。

弗格瑞姆低头看着破碎的人偶，咒骂道："该死！"

科林斯是错的。弗格瑞姆已经完美地洞察了星球的局势，未来的方向已经无比清晰。潘狄翁虽不是贤君，但在星球上这群恶霸中，他是担任星球总督的最佳人选，因为他能稳定星球动荡的局势，同时对帝国忠心不二。而弗格瑞姆也对僭主的为人很是了解，无须多加提防。如果要推翻潘狄翁的政权，弗格瑞姆就必须得扶植另一批人组建的议会上台，而这股未知的势力会给未来增加变数，而且议会中要是有平民憎恶的贵族掌权，那么拜赞斯将有可能发生一场席卷整个星球的大起义。贵族们或许会同意承认科林斯为摄政公，但他们坚决不会允许异己分子通过选举上台，也不会允许与自己平级的贵族领导自己。所以，潘狄翁作领袖才是各方最可能接受的结果。

科林斯已经过于沉溺在理想主义中，失去了理智，所以他才没有领悟这些道理。只要他有足够的耐心，就可以在现行的体制下，为拜赞斯带来他所期望的变革。弗格瑞姆想到这里不禁苦笑，像他这样急着证明自己的人，哪有权利去责怪别人没有耐心呢？

弗格瑞姆不禁反问自己：他已经因为不耐烦付出过多少代价？如果他之后操之过急，又要承担多少损失？想到这里，弗格瑞姆将手握成了拳头。任何人都很难不犯错，凡人们无论是行动还是思考效率都很慢，他们花了非常长的时间才能得出极其浅显的结论，明白自己应该做什么。这就是弗格瑞姆必须亲自决断的原因，他需要弥补凡人的不足，确保他们不会因为自己的缺陷而伤害自己或别人。弗格瑞姆的拳头握得更紧了，而他穿在手甲里的指节也咔咔作响。

　　他曾经大意地让凡人自己寻找解决问题的出路，但他们辜负了原体的期望，没能走上正道。弗格瑞姆闭上眼睛，他又听到了电击警棍打在自己手掌上时的静电声，还有他擒拿警卫时，对方脊椎骨摔断的声音。弗格瑞姆目睹过卡拉克斯工人发起的数次暴动，他知道社会失去秩序后的恶果，不稳定的环境会滋生暴力，而暴力一旦蔓延就会有人死去。然而死去的人不会是富豪显贵，而是工人和农民。强者有义务保护弱者，确保他们不会因为自己的愚蠢而遭难。

　　科林斯并不明白这个道理，他只看到了社会中压迫的现象，却没有看到现象背后必须解决的问题。他认为通过强制手段稳定局势只是将人民关进牢笼，阻碍星球的进步，而非拯救世界的必要之恶。但科林斯最终会明白这些道理的，弗格瑞姆不仅会教育宫相，还会点化其他拜赞斯人，毕竟他可是"启明者"，他的光芒会指引他们走上进步之路。

　　虽然弗格瑞姆信心满满，但他仍有一丝疑虑。一位精湛的决斗者会迫使对手做出对自己更有利的动作。虽然他觉得萨巴修斯兄弟会是在虚张声势，但只有时间才能证明他的判断是否正确。

　　突然，地板开始颤抖，弗格瑞姆转过身，听到了远处的爆炸声和人们低沉的叫喊声。城市中突然响起了警报，刺耳的哀号声穿透了他的耳膜。弗格瑞姆飞奔到窗户前，打开窗扇，发现天空遍布一道道橙色与红色的条纹。僭主与贵族的飞艇舰队在阳光下缓缓飞行，它们在低空展开了一场史诗般的宏伟对决，双方火炮倾吐实弹的轰鸣声不绝于耳。就在弗格瑞姆观战时，一艘飞艇倾斜甲板，将弹舱内的炸弹倾倒而出。

　　敌军的轰炸目标正是大洲军的飞艇船坞，几艘僭主还未部署的飞艇全被炸毁。布切霍罗斯十分聪明，这样，大军包围新巴西琉斯时，国都将会彻底失去与外界的联系。

　　弗格瑞姆向后退了几步，微笑中带着一丝期待。所有疑问都豁然开朗后，原体将不再是小心观察局势的"启明者"，而是蓄势待发的紫凤亲王，为未来的战斗亮剑出击。

　　决战已然打响。

变种人不停地小声嘀咕，法比乌斯正从它的脖子后面提取样本。这个发育不良的怪胎披着破旧的长袍，身上长满了肿瘤，挂满了过时已久的子弹带。其他变种人则在一旁等待，它们带着一种近乎敬畏的心情观察药剂师实施手术的过程。

"好，就是这样。放心，不会有事的，我不会伤害你的。"法比乌斯每隔一段时间，就会用平静的语调重复这些话，他并不清楚这些生物是否能听懂他的意思，但这并不重要，他只希望自己说话的声音能像镇静剂一样安抚变种人的情绪。

在查尔克顿低地草原的南部边境分布有大量沼泽，而玻璃废土最北端的绿洲也位于此处。变种人饲养的马匹经常会来到绿洲的大湖边，大口喝下黑色的污水。这些遍布伤疤的长足生物虽然与有蹄类生物血缘更近，但已经发生了明显的变异，很难令人联想到泰拉的战马。它们不仅肌肉发达，皮质坚硬，全身还长有彩虹色的刚毛。法比乌斯觉得它们张开的蹄子就像是人的手掌。

药剂师头盔内部的显示器闪过毒气警告，提醒他注意空气中含有大量放射性物质。整个玻璃废土都充满了核辐射，不仅是在湖水、空气与土壤中，连少数幸存的生物体内也包含放射性物质。玻璃废土的居民不可避免地发生退化，他们的基因正在慢慢溶解，每一代人都比上一代变异更严重，体形也变得更小。然而，最终幸存的变种人拥有更强的适应力，足以对抗各种疾病。

玻璃废土的居民与大洲政府几乎没有接触，但他们的处境愈发艰难后，变种人部落便来到大农业带外围掠夺食物。农业带的居民花了几周时间才说服政府派人与这些野蛮的不速之客会面。法比乌斯觉得大洲政府一定要好好把握住机会，否则他们还得再浪费几个月时间继续寻找变种人的踪迹。

法比乌斯完成采样后，变种人轻轻揉了揉僵硬的脖子，缓缓抬起头来，那双乳白色的眸子空灵而深邃，静静地凝望着药剂师。他含糊不清地说了一些话后，法比乌斯点了点头。虽然变种人的语言和他们的身体一样发生了退化，但药剂师还是能理解其中的含义。"接下来是孩子，"法比乌斯说道，"我只采男孩的样本。"

"为什么你还在浪费时间和他们啰嗦？"

识别符文响了一声，显示了说话者的身份。原来是艾肯内斯，很快一连串信息闪过药剂师的头盔，但法比乌斯并不关心对方的头衔，对他而言，那个傻瓜的名字无足轻重，不过他想教训一下无知而自大的战友。"这是医者应有的临床态度。"他通过通信器，干脆地回答道。

艾肯内斯哈哈大笑，自负的他一直在笑个不停。变种人听到笑声直打寒战，他们将手中的武器握得更紧了。法比乌斯也不满地发出嘘声。

"原来还有这种说法。"艾肯内斯继续夸夸其谈，似乎以为药剂师愿意和他聊天。

法比乌斯立刻摘下头盔，转身盯着军团战友，他的眼神宛如手术刀一般锐利，似乎要解剖他的兄弟。艾肯内斯见此止住了笑声，出于本能，他将手放到了剑柄上。法比乌斯见此露出了微笑，随后继续自己的工作。一个变种人拖着臃肿的身体为法比乌斯送来第一个变异男孩，药剂师觉得他们应该是一对父子。

"没错，我得确保他们不会怕我们，也不会在采样过程中感到恐惧，这是很重要的一步。"法比乌斯取样时，小变种人害怕得小声呜咽，但这依然在药剂师的预料之中，"恐惧会令他们憎恶我们，进而会促使他们反抗我们。如果变种人抗拒基因采样，我们就有浪费一大批宝贵资源的风险。"

"浪费什么资源？"

"遗传物质。"法比乌斯说道，他的语气宛如在和婴儿对话，与此同时，他臂甲上的沉思者组件正在不断计算数值，发出轻微的嗡鸣声。药剂师会将变种人的样本数据与其他人类的基因样本进行比对，以便他确认更为科学的基线数值。完成确认之后，他便能以此为标准，筛选出数据高于平均值的优良基因。这是一项费力又不讨好的工作，但法比乌斯依旧不遗余力，尽职尽责。哪怕片刻的犹豫，都有可能浪费珍贵的基因样本。

"遗传物——？你疯了吗？"艾肯内斯反应过来后破口大骂，"这群怪物不过是长满肿瘤的行尸走肉！"

"但他们得了这么多癌症后依然还能行走，足以证明他们的身体有很强的韧性，这一点为什么你就没看出来呢？"法比乌斯示意下一组变种人来取样，"它们身体的免疫力正是我们需要的。"

"这群……动物身上没有我们需要的东西！"

法比乌斯闭上了眼睛，他感觉艾肯内斯说的每一句话都令他怒不可遏。战友们都不能理解他，虽然他们也知道军团的基因种子并不完美，却不愿了解真相。像艾贝德蒙这样的老兵亲眼见识过枯萎病的威力，可就连他也没有真的明白基因缺陷会产生多么严重的危害。"兄弟，你的任务并不是来这里对我指指点点，而是将我平安地送回新巴西琉斯。所以我想你不用说话也能完成任务。事实上，你完全可以坐在风暴鸟战机里等我，不是吗？我不会花很长时间。"他朝不远处的炮艇指了指。

艾肯内斯转身离去："随你便，蜘蛛！"

法比乌斯听到这话，一时气得动弹不得。一个孩子被吓得哭哭啼啼，声音格外刺耳。他低头朝男孩一看，便松手让他跑走了。法比乌斯转身说道："你刚才喊我什么？"

艾肯内斯瞥了药剂师一眼，他摆出懒散的姿势，不屑地说道："泰尔马曾经向你发出过挑战，要和你决斗。"

"所以呢？"

"可你逃避了。"

"我为什么一定要和他决斗呢？"

"为了荣誉。"

法比乌斯笑道："只是斩杀一个蠢货，又何来荣誉可言？"

艾肯内斯用手指指了拍剑柄说："你们两个到底谁才是蠢货？"

法比乌斯转身说："我和他都是。泰尔马蠢就蠢在向我发起挑战，而我也不该惹恼他。"他摇了摇脑袋，继续说："不只是你，你们所有人的工作都比我轻松。你们的敌人总是在战场另一头，而我还得花上很多工夫，才能找到自己要击败的敌人。因为我要对付的病毒潜伏在我们的血液与骨髓中，每次它都会从我最不会起疑的地方发起突袭。"

"枯萎病不是早就治好了吗？"

对于大多数刚加入第三军团的新兵来说，枯萎病不过是陈年往事，离现实十分遥远的警世传说。但这样的悲剧还有可能再次发生，如果他们愿意的话，仍能发现枯萎病在军团中留下的创痕。两百名老兵的脸上已经刻满了悲伤和绝望的皱纹，宛如大理石雕像上的裂纹。只有真正的知情人，才能看清这群完美战士身上的瑕疵。

而法比乌斯眼中只有这些瑕疵。

药剂师再次哈哈大笑，蜷缩在一起的变种人都被吓坏了。"如果你真相信枯萎病已经消失，那么你比我想象的还要愚蠢。"法比乌斯转过身，拍了拍自己的臂甲说，"我们并不完美，艾肯内斯。第三军团中的每个人都是如此，虽然你对这群变种人嗤之以鼻，随意地称他们为'动物'，可我们的基因其实和他们一样在退化。而且不知道为什么，他们成功活了下来，而我们却因为枯萎病死了许多兄弟。"他向前走，逼得艾肯内斯向后退了一步，"为什么我们会如此脆弱，兄弟？仅仅是因为基因链某处打了结，我们就会像纤弱的树枝断成两截？"他扳响了几根手指来强调自己的观点，"回答我，嗯？如果你有本事，就快用你那把华而不实的剑，为我劈开这层层迷雾，辟出一条通往真理的捷径。"

"法比乌斯。"

弗格瑞姆的声音突然从通信频道传来，就像一把锋利的尖刀刺穿了药剂师愤怒的内心。法比乌斯立刻平静下来，随后向原体回复道："吾主，有何指令？"

"立刻返回新巴西琉斯，现在星球的局势已经升级，即将爆发战争。"

"但是——"法比乌斯刚要说话，却怔住了，艾肯内斯也将头歪向了另一侧。

"听到那股声音了吗？"

法比乌斯确实也听到了，那是以太引擎运转时发出的低沉的轰鸣声。变种人迅速四散而逃，他们知道这股噪声意味着什么。艾肯内斯咒骂着，举起了他的爆矢枪："蜘蛛，现在该撤到炮艇上了。"他刚抓住法比乌斯的臂膀，却被药剂师一把挣脱。法比乌斯自己朝风暴鸟战机走去，而艾肯内斯紧随其后。

"法比乌斯？"

"吾主，我们正准备返航——但是，现在有一架飞艇朝我们飞来。"

"啊，那就见机行事，孩子们。扫除一切阻碍你们的敌人。"

法比乌斯瞥了一眼艾肯内斯。"听到原体的吩咐了吗？"

艾肯内斯咕哝道："动作快！"

飞艇就像一只愤怒的黄蜂冲破云层，向南飞去。这架又小又窄的飞艇只能容纳一名飞行员，但它搭载多台原始的以太引擎，速度奇快无比。法比乌斯知道查尔克顿政府的飞艇舰队中有几艘攻击机，但从未想到自己会亲眼看见它们起飞作战。"敌机现在飞得很低。"他说道。

"然而他们的瞄准系统很糟糕，如果敌机想用机炮射中我们，就必须要飞到我们头顶的正上方。"艾肯内斯轻快地做了个手势，"你继续走，我马上就来。"

"你打算干什么？"

"自我来到这颗泥泞的星球后，这已是第二次有人想杀我。我得让这群贱民明白，他们在我眼中根本不值一提。"

"不要犯傻了，只要运气好，我们就可以赶到炮艇上，一炮击落飞艇。"

"那我只能靠运气击败它了，是吗？"艾肯内斯大步流星地朝迎面飞来的飞艇跑去。飞艇甲板下闪过一阵火光，法比乌斯听到了沉闷的机炮声。疾速飞驰的飞艇搅得玻璃废土尘埃飞扬，虽不知飞行员是谁，但很明显，他并不想让星际战士们回到风暴鸟战机上。

如果只是与凡人对决的话，他的计划定能成功。实际上，法比乌斯已经迅速跑到了战机的活动舱梯上，正好全程目睹了艾肯内斯与飞艇的决斗。

火力全开的飞艇向下俯冲，艾肯内斯则站稳脚跟，瞄准了目标。虽然零星射来的子弹刮下了他陶钢战甲上的漆料，可星际战士依旧沉稳，纹丝不动。随后轮到爆矢枪开火咆哮，飞艇就像受伤的动物来回摇晃。当飞艇从头顶飞过时，艾肯内斯稳住准星，朝飞艇开了一枪又一枪。他弹无虚发，一下撕裂了船体。虽然这些爆炸子弹本来用于射穿敌人的铠甲，但同样也可以轻易穿透老式飞艇轻薄的外壳。几阵低沉的爆炸声响起后，受损的飞艇冒出了滚滚浓烟。艾肯内斯紧追不舍，仍在开火，希望能将敌机击落。

最终飞艇坠地，在一阵爆炸声中化为火海。艾肯内斯这才转身离去，他一边填装子弹，一边向法比乌斯和炮艇跑去。"瞧，这多简单。"

法比乌斯朝北方指去，还有其他形似黄蜂的飞艇在云层穿梭，来袭的敌机不止一架。艾肯内斯咕哝道："好了，我错了。"

"快上飞机，"法比乌斯刻薄地说道，"我有预感，紫凤亲王今天就会给我们布置新任务。"

"都是布切霍罗斯干的好事。"派雅珂说道，她的声音回荡在宫殿里的战情室中。这里的墙壁上排列着原始的沉思者系统和数据库，在电磁干扰下，数块液晶板都花了屏，闪烁着整座城市的画面。在此忙碌的参谋大多数是派雅珂的手下，也有一些是从帝胄侍卫军调来的文职人员。弗格瑞姆已先上传了有关局势的最新报告，参谋们也来回走动，静静地根据报告更新全息地图的数据。

"当然，"弗格瑞姆朝前倾斜身子，轻轻敲了敲地图，仔细查看不断滚动的数据，"除了他，还有谁参与呢？"

"一些无足轻重的小人物。"派雅珂干脆地回答道，首席宣讲者虽老，但仍是一位铁娘子，大敌当前，她语调沉稳，没有一丝悲伤或者焦虑，"目前可以确定格拉柏斯、马克伦博伊特斯和阿克苏什三位元老参与叛乱。除此之外，还有十几位实力较弱的贵族加入叛军，大部分都来自星球农业带。福卡斯元老看上去也会率领他的数千卫兵与叛军会合。等他们会师后，贵族联军的声势将非常浩大。此外，敌人已经占领了新巴西琉斯附近所有的铁路枢纽和航空站，这意味着我们召回的部队就算真的在路上，也无法准时支援国都。"

"萨巴修斯兄弟会还有什么动向吗？"

"还没有，但不能排除他们和贵族联手的可能。我从自己的谍报网得到消息，布切霍罗斯和他的盟友们是受人挑唆才会孤注一掷，轰炸飞艇船坞只是向我们宣战的前奏，之后他们还将发起全面进攻。除此之外，我还收到情报，说西部诸省爆发了大起义，起义军不仅攻击了当地贵族，还与大洲政府为敌。"

"叛军还袭击了法比乌斯与艾肯内斯。"弗格瑞姆说道，"正如我预料的，敌人纷纷开始行动。我故意将新巴西琉斯留作诱饵，而他们都争先恐后地上钩了。"原体露出开心的微笑，当对手完全按照自己的设想行动时，人难免会有点得意。

参谋人员用不同的颜色，将全息地图上的查尔克顿划分成了不同的区域。各地领主们都在动员自己的私兵，不过目前大多数贵族都没有公开申明自己的立场，这一点也在弗格瑞姆的意料之中。时间拖得越久，加入布切霍罗斯阵营的贵族就会越多，甚至还会有贵族浑水摸鱼，借机扩张自己的领地，将局势搅得更为混乱。所以，弗格瑞姆要迅速而果断地结束这场叛乱。

艾贝德蒙碰了碰地图，点亮了新巴西琉斯附近的几片区域。"已有数支敌军沿着旧时的商道出发，从此处朝北方与西方移动，他们以步兵和炮兵为主，并有极少量的空军支援——我们在今天早些时候已经确认了这一点。在布切霍罗斯到来之前，进出新巴西琉斯的公路枢纽已有不少被当地领主抢先控制，或许他们想从元老身上捞一笔过路费。"

"弗雷泽指挥官，你怎么看？"弗格瑞姆问道，他瞥了一眼弗雷泽。

帝胄侍卫军的指挥官眉头紧锁。"如果敌人展开密集炮击，这里的城墙无法坚持很久，但外围的炮台可以让任何冒进的对手付出惨重的代价。"他说道，他轻轻敲了敲地图，标亮了一段城墙，"如果换我来进攻，我会动用空军，支援步兵穿越炮台的射程区域，接近城墙。敌人那场轰炸得手，导致我们现在没有相应的飞艇来和他们的空军抗衡——顺便一问：我至今仍不明白，你为什么要放任贵族的舰队偷袭国都？"他狠狠瞪了派雅珂一眼。

宣讲者耸了耸肩说："别看我，希罗多德，我可不是总指挥，我一直都在执行命令。"

"这是必要的牺牲，指挥官。"弗格瑞姆自信而流利地回答道，"我想让这些贵族幻想自己还有一丝取胜的机会，要不然这场战争就太无趣了。"

派雅珂与弗雷泽都露出了惊愕的表情，聚在战情室的星际战士们见此不禁大笑。弗雷泽咳了一声，像是在为自己壮胆，然后郑重地说道："大人，我想您应该对此非常清楚。"他将目光重新转移到地图上，继续分析道："敌军一旦控制了炮台，就能掉转炮口，用新巴西琉斯的防御系统夷平整座城市。或者按兵不动，等国都陷入恐慌后，便可不战而胜。"

弗格瑞姆满意地点了点头，他的看法和弗雷泽的分析十分接近。"敌人不会磨蹭很久的，"他说道，"记住，他们和我们一样争分夺秒，每位贵族都想速战速决，尽可能迫使拜赞斯甚至是我们同意对其更有利的条件。如果我们能一直抵抗下去，各怀鬼胎的贵族们很可能会发生内斗，联军也将随之土崩瓦解。"

弗格瑞姆又认真地盯着地图说道："拜赞斯的贵族势力盘根错节，就像九头蛇一样有砍不完的脑袋，而我一直在努力确保这头特殊的怪物只剩一个脑袋。现在我们得先将敌人完全引诱到明处，这样九头蛇才会在长出第二个脑袋前被我们彻底消灭。"他看着奎因问道："我需要你守住这几座炮台，能办得到吗？"

奎因用拳头捶了捶胸膛，说道："如果有必要的话，我一人就足够了。"

弗格瑞姆微笑道："我会让艾肯内斯和你一起去的，以防万一。"他又向弗雷泽指示道："指挥官，我需要你守住城墙，其实也就是守住新巴西琉斯这座城市。无论有多少区域失守我都不会介意，但僭主的宫殿不能允许任何敌人侵犯。只要潘狄翁还在我们的手中，我们就仍掌握着这颗星球的大义，可以巩固我们的优势。"

弗雷泽点头道："没问题，小事一桩。其实生性多疑的潘狄翁早就未雨绸缪，在国都中屯扎了大量部队。"他突然停了下来，用一根手指敲了敲腰上的手枪说道："当然，这支部队并不是非常可靠，虽然几天前您刚……清洗过军中叛徒，但还是会有人蠢蠢欲动。"

"此事我已经处理过了，"派雅珂平静地说道，看到弗雷泽投来疑惑的眼神，她露出微笑，淡定地拿起酒杯解释，"我在几天前就将最后一批有异心的军官除掉了。这期间发生了不少意外，我的手下也告诉我，他们之前也没有遇到过这么棘手的情况。"她将杯中酒一饮而尽，"但我敢保证，即便没了这批军官，我军还能继续奋战。"

弗雷泽发出刺耳的笑声，道："我想我开始喜欢上你了，派雅珂阁下。"

"我早就知道你会和我合得来的。"

弗格瑞姆转而看着艾贝德蒙命令道："你带上泰尔马和索恩，拦下所有正在前往国都，但还没有和布切霍罗斯会合的贵族。"

艾贝德蒙皱眉问道："我该怎么做呢？"

"提醒他们要对僭主尽忠。同时还要给他们一点警告，让他们明白拒绝人类帝皇的善意会面临怎样的下场。"弗格瑞姆思考了一阵后，又说道，"如果情况允许，不要把他们全杀了。我需要留一些贵族来反制布切霍罗斯。"

当艾贝德蒙领着星际战士们执行任务时，派雅珂问道："这样好吗？如果我是布切霍罗斯，一旦发现曾经的盟友背叛自己，肯定会第一时间逃跑。除非你打算直接深入敌军，对指挥部发动外科手术式的精准打击，否则我们就没法抓到他和其他元老了。"

弗格瑞姆咧嘴一笑。"我的计划和你说的差不多，但现在时机未到。布切霍罗斯和他的叛军可不是我们眼下唯一的对手，这点还记得吗？"他指了指地图说，"眼下的战事虽然有趣，可好戏还在后头。"

"你是在说萨巴修斯兄弟会吗？"派雅珂皱眉道，"你觉得他们会——怎么做？在最后一刻突然登门造访，欣然地引颈就戮？"

"派雅珂夫人，我的想法正是如此。他们将别无选择，特别是飞艇船坞被炸时，我第一时间就下令要求西部诸省与农业带的大洲军返回驻地，这下他们的处境就更尴尬了。"

派雅珂缓缓点头，虽然原体没有提前通知自己计划有变，首席宣讲官或许会有些生气，但她的表情依旧波澜不惊。无论如何，派雅珂只能命令自己的宣讲者们适应眼下的变局。"你故意放任局势恶化，就是来引诱兄弟会主动出击？"

"而现在，我会血洗兄弟会。我已经向军队下过命令，要求他们援助所有站在查尔克顿政府这边的贵族，各军指挥官一直对暴民们怀有极端的偏见，他们将以极为严厉的手段惩戒忤逆贵族与世袭僭主的暴乱分子。我相信，这里还流行将人钉死在十字架的酷刑。"

派雅珂听了脸色一变："太残忍了。"

"但也十分必要，我必须出手果断，向拜赞斯人展示我的手腕。"弗格瑞姆拧紧眉道，"我必须让自己成为整个拜赞斯的敌人，这样所有潜伏的对手才会结成盟军，与我对抗。"他说到这里，露出哀伤的苦笑，"一旦起义军的第一拨攻势失利，大洲军开始处刑暴乱者的话，萨巴修斯兄弟会将别无选择，只能会见布切霍罗斯和其他元老，提议与他们结盟。大洲军反攻西部诸省与农业带后，布切霍罗斯也会有压力，如果他不想两线作战的话，只能同意与兄弟会谈判，届时我们便可将他们一网打尽。"

"那你知道他们谈判的地点会在哪里吗？"

"嗯，知道。"弗格瑞姆笑道，"他们已经告诉过我了。"

第十四章

八人对抗世界

"看来您已经动员了全部兵力。"格里森·索恩喃喃念叨。军团战士跪在粗糙的草地上,轻抚一只猎犬的脑袋。小动物轻轻拍打它毛发浓密的尾巴,享受着半神的宠爱。索恩抬头看了一眼猎犬的主人,福卡斯元老僵直地坐在马背上,腿上放着一把卡宾枪。

"没错。"福卡斯元老答道。他很紧张。索恩能看到元老眉头上的汗珠,听到他脉搏紊乱的跳动声。元老的部下们也和主人一样紧张,他们一共有五十人——应该都是元老的小儿子、堂兄弟或其他亲属。他们似乎本想在战斗前夕外出打猎。索恩很了解这类人,他自己就是贵族庶子,出自奇摩斯的一个小家族,是家中排行第三的男孩。后来他被送给一位大执政官做义子。索恩当时不知道家族这样做是为了什么,现在想来,他们也许是想扩大自己的影响力。

元老率领的军队规模不大,只有几千人,其中大部分士兵都是强征入伍的佃农。他们还装备了一些火炮,可即便按照拜赞斯的标准,这些装备也过于老旧了。元老军中还有几辆并不起眼的重型履带车,若运用得当,它们也可以运送补给弹药,发挥巨大的作用。

索恩活动了几下用来挥剑的胳膊,放松了肌肉,又摸了一下狗后,猛然站了起来。动力甲的伺服系统嗡嗡作响,元老的坐骑被吓得打了个响鼻儿,向后退去。其他人的战马也一样来回走动,不安地用蹄子在原地跺脚。索恩起身后就像是突然凭空冒出的魔鬼,惊到了所有人。他们无法想象如此健硕的巨人走起路来不仅悄无声息,而且步态极为优雅。事实上,索恩早就算好了贵族们可能会走的路线,并在此等候多时了。

正如凡人们判断的那样，从此地到新巴西琉斯只有一天行程。因为距离不长，信使们可以在各路军队会师前来回传信。此时参与叛乱的各方贵族正在谈判，他们以自己的忠诚为筹码，想在未来多谋取一些好处。但凡有些头脑的贵族都希望自己能独自攻下国都，不过他们也知道，这样将激起其他贵族的忌妒。所以贵族们想在决战之前，先以近乎礼让的方式推举出一位新领袖，以免攻城时自己陷入孤立无援的窘境。

"那您带兵而来，是替谁效命呢？"

福卡斯似乎被这个问题吓了一跳。索恩见此微微一笑，他的笑容亲切友好，至少别人是这么评价的。正如泰尔马和西里乌斯苦练剑术一样，索恩投入了大量精力练习微笑，毕竟迷人的笑脸会像一把利刃，轻松破解许多难题。但凡事都应有备无患，尤其是笑脸无法化解难题的时候。想到这里，索恩又用手摸了摸背后的武器。在出战拜赞斯的六位军团战士中，唯有他被紫凤亲王赏赐了剔骨军刀，这足以彰显索恩在军团中的地位之高。而为了不负原体赐予的荣誉，索恩每天都在精进武艺。

"怎么，说啊？"索恩催促道。福卡斯依旧一言不发。索恩见此笑得更欢了，事实果然如弗格瑞姆预料的那样。索恩一直都很信任原体的判断，紫凤亲王指挥作战就像乐团里的指挥家，手势未落，音符已起，千军万马在他的节拍中进退有序。他不仅在贵族们刚到国都附近时就精心设好了伏击，甚至猜中了战局之后的发展。"说吧，说吧，我们在这里可都是朋友啊。"

"我们可不是朋友，"福卡斯吐了口唾沫，咒骂道，"你这个——好吧，虽然我不知道你到底算是人还是别的什么怪物，但你绝对不会是拜赞斯的朋友。"

索恩叹了口气。"唉，我也觉得您没有把我当作朋友，对吧？"他说，并拔出了剔骨军刀，将刀尖插进了土里，"但是朋友，您现在还有两个选择：是将自己的人生葬送于此，还是……识趣一点？"

军团指挥官艾贝德蒙与军团战士泰尔马也拦下了从东部与西部逼近国都的贵族叛军，要求他们做出抉择。两人凭借巧妙的劝诱与突然的威吓，已经成功降伏了三支军队。只需向敌人许以未来之事，就能不战而屈人之兵，还有什么战术能比如此精巧的策略更完美呢？

不过依然有些死硬派难以为言语所动。福卡斯紧张地咽了口唾沫，又说道："可我还带来了一支军队。"

"但你的军力甚少。"索恩松开立在地上的军刀,随后解下挂在腰带上的头盔,戴在了头上。战盔与铠甲自动嵌合后,瞄准系统开始运作,闪闪发光。福卡斯周围的部下感觉到了杀气,他们出于恐惧,向后退却。

如今有关第三军团的流言早已传遍整个星球,即便是穷乡僻壤里的笨贵族也知道星际战士个个都能横扫千军,所以索恩一出手或许就能吓跑许多人。不过军团战士们的能力其实有些被夸大,即便是索恩也无法独自击杀一千名士兵。

"当然,我不会杀光你的部下,毕竟我还需要留一些活口。"索恩把手放在剑首上,盯着福卡斯说道。

"元老,现在你得做个决断,告诉我你到底是站在哪一边。不论你立场如何,我都奉劝你最好能做出明智的选择。"

一枚枚炮弹宛如战神的大锤砸向战场,新巴西琉斯在一阵阵炮火的重击之下瑟瑟发抖。

在第一轮炮击结束后的几小时内,贵族们纷纷动员军队发起突击,而天上的飞艇也扫清了道路与桥梁上的障碍,来支援叛军朝炮台推进。

大部分僭主的军队要么在撤回国都的路上,要么已被调往了别处,因此叛军指挥官们相信自己只会遭遇零星的抵抗。不过国都的炮台依旧满负荷运作,它们发出可怕的轰鸣,向敌人送去致命的问候。激光炮的光束在黑夜中闪闪发光,气动迫击炮则以压倒性的速度狂轰滥炸。超速火炮也轮番运作,发出雷鸣般的尖啸声。这些沉寂了几个世纪的超能武器终于在这一刻大展神威,它们宛如死神的镰刀,收割了成百上千人的性命。

但这还不足以击败敌人。贵族们的部队虽然举步维艰,一度撤退,但很快他们又重整旗鼓,就像拍打海岸的阵阵波浪,从未放弃进攻。飞艇的轰炸也未曾中断,虽然偶尔会有中弹的飞艇栽入地面化为火海,但它们仍多到数不过来。

在铁路交叉口发展起来的棚户小镇全都燃起了大火,纳尔沃·奎因注视着城外升起的滚滚浓烟,满意地叹了口气。与放着轻音乐的恬静雅室相比,战场才是他真正的归宿,只有在这里他才能放开手脚,施展全身武艺。看着天空被熊熊战火染成金红色,奎因深受触动,他将画面牢牢记在脑中,或许之后他会用油画或十四行诗来描绘这幕美景。

突然一阵叫喊声打断了奎因的遐想，他转身问道："我在这里，下士，发生什么事了？"

"敌人已经突破了东侧的防线，大人！"凡人士兵答道，他神色惊恐，脸上全是灰尘与血迹，上臂还缠着绷带，身上的制服也不再光鲜亮丽，下士用颤抖的手拿着一把左轮手枪，枪上的金色饰带在火光中凄凉地悬摆着，"请问您有何指令？我们该怎么办？现在撤退吗？"

"下士，我们必须一直战斗，至死方休，除此之外没有别的选项。"奎因说道，他启动了动力斧的分解力场，转身拿起了鸟卜仪，探测到离自己最近的敌军部队，"不论你有何打算，都先跟上我。"他没有等下士回复便向敌军走去。

奎因冲过升腾的战火，带领僭主的军队向敌人冲锋。他既不知道也不关心敌人是谁，在他眼中，任何敢于反抗他的凡人都是应当杀死的狂妄之徒，想到拜赞斯未来还要为第三军团进献兵源，奎因更不会手下留情，他不想让这群蠢货的后代有机会成为自己的兄弟。

奎因和艾肯内斯都被留在后方保卫新巴西琉斯，虽然他们并没有承担最光荣的任务，但两人都知道自己肩负着重要的使命。弗格瑞姆绝对不会允许拜赞斯政府垮台，无论付出多少代价，他都要维持星球的稳定。原体的一句命令，对于纳尔沃·奎因来说就是要绝对遵守的铁律，他也将死守自己的防区。

奎因走入了敌人的火力网，贵族军队在此进行交替射击，压制所有进入射程内的对手。虽然他们训练有素，战意坚定，可在第三军团的战士面前，依旧算不上像样的对手。奎因放慢了步伐，确保他能为自己脆弱的友军吸引足够多的火力。星际战士身后的僭主军队一开始还畏畏缩缩，但冲来的敌人都被奎因用战斧砍杀后，凡人士兵们也变得更为积极。

一旦头盔目镜被击中，奎因铠甲的传感器便会记录中弹位置，并立即反向推定射击者的精确坐标。奎因转身，在他举起爆矢手枪的同时，头盔内的生物锁定器也转为绿色，随后他连开两枪，两名敌军应声倒下。虽然贵族军队的士兵们都穿有防护装备，但威力强大的爆矢枪子弹可以将他们轻易地撕成碎片。奎因狂呼酣战，他的笑声通过铠甲上的通信器，传遍了整座炮台。

"玩得开心吗，纳尔沃？"

听到头盔里传来艾肯内斯的声音，奎因接入通信频道回答道："我杀得正过瘾呢。"与此同时，他反手抓起一个逃跑的士兵，将其轻易击杀。"你现在在哪里？"

"离你不远的地方，如果我没看错的话，现在我的头盔已经能锁定你的位置了。"

眼见战友就要赶超自己，奎因有些懊恼，他随即将怒火宣泄在敌人身上。他再次举起爆矢手枪开火，头盔上转动的生物锁定器闪闪发光。冷静下来后，奎因问道："现在国都情况如何？"他能听到身边传来气动迫击炮的隆隆炮响，而在他左侧某处，一架激光炮发出尖啸，天空中一时燃起了诡异的绿火。硝烟里传出一阵惨叫声，与枪声混成一片。

"还没有沦陷。"艾肯内斯应答道，"敌军人数是我方的三倍，不过你已经将人数差缩小了不少。弗雷泽下令，让墙内的士兵向城外进军，而敌人在空中支援的飞艇还在和我们剩下的空军进行缠斗。"

奎因抬头朝天望去，他看到几艘圆形飞艇冲破浓烟，从都城中缓缓驶出。经历敌军的轰炸后，大洲军只剩几艘大型飞艇，但足以应付战局。

"伤亡率预计多少？"

"大概有15%到20%。"

"完全在我们能接受的范围内。"奎因旋起他的战斧，朝趴在身下的敌军砍去。这位士兵的军装上带有叛乱省份的标记，而他的铠甲与骨肉在动力斧的能量力场面前就像熟烂的水果。奎因身边的凡人士兵们英勇奋战，壮烈赴死，虽然他的战友们不以为然，但奎因知道这群士兵有多勇敢。凡人们的血肉之躯虽然脆弱无比，可他们坚定的灵魂能够超越一切。任何人只要意志坚定，就能取得一番非凡的成就。

一阵熟悉的叫声吸引了奎因的注意，之前的下士流血倒地，另一位黑甲士兵则在他身上举起了刺刀。奎因立即用手枪射杀了敌人，并朝下士跑去。"你受了致命伤？"他朝身下的凡人大声问道。

"我——没——没事，"下士说道，"子弹打中了我的头骨，把我的脑袋给打晕了。"他摸了摸脑袋，疼得龇牙咧嘴，随后抬起头，向星际战士道谢，"谢谢您，大人，您救了我。"

"既然你没有受致命伤，为什么还干坐在这里？"奎因吼道，但他停顿了一下，又平静地说道，"不客气。"奎因将爆矢手枪放回枪套，随后他向下伸出手，帮下士站起身，"你还能继续作战吗？"

"行。"下士说道，他摸索着找到了自己的武器。虽然他填装子弹时手都在颤抖，但他的声音非常坚定。周围的士兵听到下士大声喊出的命令，开始重整队形。奎因赞许地点了点头，随后带兵继续进军。

"不错，那我们现在——欸？"一阵炮声打断了他的讲话。这阵声响并不是从炮台发出的，奎因挺直身子，四处搜寻视野里的敌人。他铠甲上的传感器嗡嗡作响，试图通过分辨炮声来找出火炮射击时的位置。突然他的头盔中响起了识别符文熟悉的提示音——首先是索恩，接着又响了一声——那是泰尔马，而最后一位发出信号的便是指挥官艾贝德蒙。

"我们现在又有了援军，看来指挥官和其他战友已经大获全胜。"艾肯内斯通过通信器说道。

奎因露出称心的微笑，与此同时，一架敌人的飞艇在他头顶爆炸，其残骸如雨点般洒遍战场。

"紫凤亲王一定会对今天的战果很满意。"

弗格瑞姆穿过战场，他熟练地卷起斗篷，以免战场的血污弄脏自己的行头。虽然原体不甘坐镇后方，但他愿意给子嗣们表现的机会。他原本想亲自率军发起一次反攻，但为了不向敌人过早暴露自己的实力，他还是放弃了这个念头。叛军们见原体缺席战事也变得更加大意，所以才会一下投入这么多的部队。

如今，剩下的叛军向西方的安纳巴斯山撤退，而他们死去的战友静卧在战场各地，等待胜者一方进行最后的统计。根据战场上死者的气味，弗格瑞姆判断敌方至少损失了数千人，他们在城防炮台与投降的贵族的夹击下，基本已被歼灭。只有十分之一的叛军勉强能逃命，而这些幸存者主要都是军官，不过一些叛军领袖并没有这么幸运，他们要么死于反攻，要么在兵败后羞愤自杀。

还有一人已经成了弗格瑞姆的阶下囚。

布切霍罗斯跪倒在废墟之中，他的指挥部曾是西部铁路的枢纽，连接新巴西琉斯与西部城市的中继站。由于西部诸省内乱不断，这座耸立在铁路边的方形建筑已被两百名精锐战士改造成防备森严的巨型要塞，不过艾贝德蒙和其他星际战士只花了不到一个小时就攻破了要塞的指挥部，将此地变为一片瓦砾。

在大洲军士兵的监视下，幸存的俘虏们按照地位和军衔有序地跪成一排，等候弗格瑞姆的发落。原体会将其中一些叛军的典型人物集中处决，而其他俘虏则会被征召进军队，送回西部诸省参与平叛。如果这些人还可以派上用场，就没必要白白浪费。

然而，叛军的领袖是不可能免于一死的，弗格瑞姆虽然有一丝后悔，可他必须要在此杀一儆百。布切霍罗斯终究是一个麻烦人物，无论将他安排在哪个位置上都难以令人放心。虽然布切霍罗斯或许短期内可以帮助帝国稳固局势，但像他这样的野心家迟早都会因为越过红线而被处死。

"真可惜。"弗格瑞姆看着地上的元老，小声地念叨。布切霍罗斯身材依旧肥硕，但他的脸看上去消瘦了很多，身上的长袍与护甲也千疮百孔，破败不堪。"我的部下说你战斗得很英勇，这一点我可没想到。"

"我也没想到自己会灰头土脸地跪在这里，还少了一只手掌。"布切霍罗斯举起他的手腕，上面缠裹着血红色的绷带，"但我们还是在这里相遇了。"

"是啊，"弗格瑞姆瞥了一眼艾贝德蒙，军团指挥官正和其他人站在一起，"我想我应该命令过你们不要伤害元老。"指挥官黝黑的脸庞上沾满了血迹，听到原体的斥责后，他皱起眉头，瞅了一眼艾肯内斯。

"是他拿着剑主动朝我杀过来的。"艾肯内斯耸了耸肩，解释说。

"哈哈。"弗格瑞姆被逗乐了，露出了开心的笑容。原体的其他几位子嗣就像饱餐一顿的掠食者，他们在酣战后心满意足，将手懒散地放在武器上。五名军团战士击破了两百人的精锐，弗格瑞姆觉得他可以将这场大胜写成一首芬里斯史诗，在鲁斯面前大肆吹嘘一番，叫他的兄弟目瞪口呆。"嗯，那我想你也是迫不得已才这样。"

"既然你想杀我，那我受没受伤又有什么区别？"布切霍罗斯说道，他的声音非常沙哑，不像之前那么铿锵有力。因为疲惫与疼痛，元老一脸消沉，可他的眼睛依旧明亮有神。

"不，我还是想先和你谈谈。"弗格瑞姆蹲下身子，尽管保持着蹲姿，可原体的身躯依旧比元老要高大，"你曾经和我说过，'萨巴修斯'这个名字对你而言毫无意义，那现在呢？"

虚弱的布切霍罗斯挤出笑脸。"现……现在，对我而言依旧没有任何含义。

我什么都不会告诉你的，怪物。"

弗格瑞姆听了皱起眉头，站了起来。"没必要对我出言不逊，元老。"

"现在，我终于看清了你的真面目。"布切霍罗斯说道，"不管你打着什么旗号，也不过和我们是一丘之貉，只不过你的实力更强罢了。我们贵族将平民送进工厂与磨坊受苦，而你则让他们在战火中受难。你为了引出我们，就把忠于自己和潘狄翁的人当诱饵，放任他们被我们杀死。而为了让枪炮找准对手，甚至将战火引入国都。虽然你们都长着俊俏的脸蛋，却包藏丑恶的祸心。好在我的性命将到此结束，不用再见证你们之后的暴行了。"

"或许吧，但我也曾经给过你合作的机会。可你不仅没有接受，反而发动了这场战争。"弗格瑞姆张开了双手，"你要承担的罪责可不比我少。"

"你明明知道我们贵族不会同意你的条件，是你挑衅在先！"

弗格瑞姆苦笑道："没错，可是你也没有克制自己。到底谁的问题更大，我想没人能说清楚。"他拔出烈火之剑，平放在胖元老的肩膀上。"布切霍罗斯元老，你本会在群星的囚牢中饱受折磨，不过值得安慰的是，现在你就可以解脱了。而你的死将成为警示拜赞斯后世子孙的例证。为此，我要感谢你。"

布切霍罗斯吐了口唾沫。弗格瑞姆看了一眼脚上的口水，收起了微笑，举起了宝剑。"我还是希望世人最好能将你彻底遗忘。我相信你的儿子们会是我军团合适的兵员，安息吧，我会亲自培养他们的。"

元老一听脸色煞白，他睁大眼睛，张开嘴，似乎要提出抗议，或者是想为自己的儿子们求情，但已经太迟了。烈火之剑朝下一挥，布切霍罗斯人头落地。弗格瑞姆扯下死者的一小段长袍，擦拭剑上的血迹。他转身发现法比乌斯正朝这里走来，与往常相比，在烟雾中穿行的药剂师似乎看上去更像一只蜘蛛了。

"啊，法比乌斯，"弗格瑞姆朝药剂师招呼道，"我们已经剥夺了布切霍罗斯的权利与财产，所以现在要立即监禁他的儿子们，把他们带到帝皇之傲号完成全套基因移植手术。"他停顿了一下，思索了一阵后说道，"原则上，所有被逮捕的贵族，以及确认参与谋反的贵族也必须献上自己的儿子，我们得从这场闹剧中收集一些有用的兵员。"

"我会立刻做好相应的准备。"法比乌斯点了点头，他朝四周张望了一阵，"但现在我得先完成这里的工作，还有许多事情必须要做。"

"蜘蛛啊，所以这下你终于走出自己的巢穴了？"泰尔马嘲笑道，"真遗憾，你要能早点来这里看看，就能明白真正的战士实力是什么样的了。"

"我正忙于治疗伤兵，"法比乌斯说道，"你应该明白——凡人在战场上很容易就会粉身碎骨，而你们虽然人高马大，却像一群不懂事的孩子，只顾自己在战场上杀得开心。"药剂师的铠甲沾满红色的血迹，弗格瑞姆不禁好奇这些凡人伤员是否会对法比乌斯心怀感激，还是说他们会更希望由凡人医师来救治自己，不过原体怀疑法比乌斯根本就没有考虑过这些问题。

泰尔马听了这话耸起眉毛，伸手去拿自己的剑。"药剂师，我想我已经受够你了。"泰尔马似乎决心要在此报复，怒火有时是可以催人杀敌的利器，但要分清时间与场合。

"是首席药剂师。"弗格瑞姆用温和的语气纠正道，两位星际战士闻声都转而朝自己的原体看去，"法比乌斯一直在军团中承担重要的职责，为此我已决定给予他与之相配的职位。泰尔马，这就意味着法比乌斯的军职要比你高，你身为下级却挑战上级军官是有失礼数的。"如此，弗格瑞姆便暂时平息了这场风波，同时还再次激发泰尔马的野心，促使他继续积极地表现自己。

泰尔马怒视原体，但还是将手从剑柄上移开，勉强地点了点头。"首席药剂师，我向您道歉。"他说道。

法比乌斯没有理睬泰尔马，他依旧不解地看着弗格瑞姆。"吾主，我的功绩还配不上这般殊荣。"疲惫的他说话有气无力，"一直以来我努力的成果……都不够完美，还有纰漏。"

弗格瑞姆低头看着药剂师说道："依我说，你配得上。"随后他抬头朝四周说："我们其实都不完美，因为实现完美需要一个过程。"弗格瑞姆说得很慢，因为他知道自己在这里说的每一句话都会通过各种方式传遍整个军团，为此他必须字字斟酌。只需说错一个词，可能他苦心重建的一切就会再次倒塌。"完美是结于琼枝顶端的硕果，我们只有不停向上攀登，才能最终将之采撷。"他说，并举起一只手以示强调，"儿子们，这就是我们此行的目的。拜赞斯是我们向上攀登的起点，而完美的硕果就结在我们的头顶，虽一时遥不可及，可我们会一直勇敢地攀爬，直到把它收入囊中。不管过程有多辛苦，我们都必须要勇敢向上，否则我们将永远受困于自己身上的缺陷。"

在场的其他战士也缓缓点头。

"虽然敌人集结了整个星球的精锐，但现在成了我们的手下败将，"弗格瑞姆说道，"黎曼·鲁斯吹嘘他带领八百星际战士便可抗敌，荷鲁斯则说他仅需八十人就能踏平星球，而我们只出动了八名战士就可征服世界。我们已经给了月球和芬里斯的狼群们一个下马威，让他们看看真正的杀手该是什么样。我们将在星球的这片战火中浴火重生，消弭过去的原罪，洗刷所有的败绩。"原体转身，与法比乌斯对视。

"我们还剩最后一段里程，便可迎来焕然新生。让我们向上爬得再快一点，也要更优雅一点。"

第十五章

破门而入

两架风暴鸟战机在黎明曙光的照耀下疾驰而过。弗格瑞姆坐在火凤的指挥室里，焦急地等待着。拜赞斯的全息地图在他的注视下正根据实时数据不断更新，星球局势每小时都在好转，但依然不够完美，还远远不够。

在布切霍罗斯政变失败后的一周里，叛乱贵族要么投降，要么撤退到了内陆地区。其中，投降的贵族已经把他们三分之一的财产和封地献给了冠世御座，并将他们最年幼的小儿子作为人质交给第28远征舰队。大洲军目前正在收复剩余叛军的领土，此次平叛顺利完成后，世袭僭主将再次成为这颗星球上最有权势的统治者，贵族们也将无法再钳制星球未来的发展。

然而，弗格瑞姆还有最后一个敌人需要清算。而这将是一场血战。

叛军已经撤退到安纳巴斯山脉，躲进了悬崖峭壁与山穴中。因为几个世纪前星球上的三位僭主背弃同盟，爆发战争，群山中零星建有防御要塞与加油站。现在这些据点已经一个接一个被发现、攻破。大洲军出动的飞艇在天空盘旋，自它们的阴影中，燃烧弹如血雨般簌簌而落，在雪山中燃起一阵阵大火。如此一来，稳打稳扎的大洲军能将叛军向西逼走。

"西部诸省的大暴乱还未平息，"艾贝德蒙悄悄地说道，"如果叛军真像您说的那样藏身在山脉里，那他们应该可以到那儿寻找援军。"

弗格瑞姆心不在焉地点了点头。"没错。"他碰了碰全息地图，放大了地图的画面，而在显示地形细节的全息图上，有一颗红点在闪烁，那就是安纳巴斯山的萨巴修斯之巅，"此地是星球一处很重要的文化圣地，不仅建有又高又厚的围墙，还开凿了很深的地道。你有没有注意到修道院上方覆有伪装的加油站？那是一座新建的设施。我敢打赌，萨巴修斯兄弟会一直计划将此地改造成一处中转站。现在，他们会在下山前最后留步于此，舔舐自己的伤口，重整旗鼓。"

"我真不敢相信他们会冒这个险。毕竟我们知道这处中转站的位置，他们就不怕会有危险吗？"

弗格瑞姆耸了耸肩。"简单，他们当然不会觉得这里安全，但如果只需防范大洲军的话，这里确实足够坚固了。"他瞥了一眼军团指挥官，"你觉得我为什么直到现在都没有出动第三军团来剿灭山脉里的叛军呢？"

艾贝德蒙会意地点了点头。"这样他们就认为您不会插手，更不会想到我们会在没有支援的情况下发起突袭。如此一来，我们就可以直击他们的要害。"说到这里，艾贝德蒙皱起眉头，"然而，我方只有七人，外加两架风暴鸟战机。说实话，我也没想到我们会在人数极为劣势的情况下进攻，就像是去自杀一样。"

"只有蠢货与绝望的人才会自杀，而我不会。"弗格瑞姆微笑道，"这场进攻，我已谋划很久了，现在在我们应该昂首阔步地走上舞台，向这颗星球与整片银河展现一下第三军团真正的实力。"他伸出手，似乎想将地图上代表修道院的红点从山里拔出来，"凭此完美一击，拜赞斯必将俯首称臣，而我的各位兄弟也会自惭形秽，钦佩我的胆识与谋略。随后，第三军团才能在伟大远征中真正发挥自己的作用。这是我们正式启程前的最后一道考验，艾贝德蒙。你准备好了吗？"

"吾主，我生而为此。"艾贝德蒙鞠躬说道。

"其他人也准备好了吗？"弗格瑞姆问道，他端详着自己的基因子嗣。此次出征，弗格瑞姆带上了所有的星际战士，只留下了西里乌斯一人陪护潘狄翁。尽管西里乌斯并不情愿，但弗格瑞姆没有大意，放松对僭主的保护。战争不会就此结束，即使是最周密的计划，也可能毁于敌人的绝地突袭，而这也是帝皇之子在比邻星之战中学到的教训。

泰尔马和其他军团战士看上去就像是一群半神天兵，他们绝对是帝皇最理想的士兵，就连法比乌斯也把他那件镏金战甲擦得耀眼夺目。战士们都做好了战前准备，他们利刃出鞘，将手榴弹袋与子弹带紧紧绑在胸甲上，每个人都武装到了牙齿，堪称一人胜于千军的精锐。弗格瑞姆听到了动力斧的嗡鸣声，那是奎因激活分解力场的声响，而法比乌斯也启动了武器，他手中的链锯剑发出阵阵嘶鸣。

炮艇接近战场，机舱响起警报声，所有人都沐浴在猩红的灯光中。弗格瑞姆关掉了全息地图，站起身说："现在我们终于来到了决战之地，如果没有异议，就由我先来杀敌，有人反对吗？"

现场没有任何人质疑，弗格瑞姆微微一笑，戴上了头盔，他拿起烈火之剑，大步走到了舱门前。密封圈在一阵嘶鸣声中逐渐变得扁平，很快舱门便顺利打开了。呼啸的寒风灌进机舱，拖拽着原体的四肢与斗篷，但弗格瑞姆没有理睬，直接向机舱口走去。安纳巴斯山就在他脚下延伸，宛如远古巨人身上的一道疤痕。此时敌人已经启动了天穹系统，一层闪闪发光的能量罩正覆盖着萨巴修斯之巅，山上修道院的塔楼在光芒中隐约可见。这层噼啪作响的能量场会阻碍战机降落，原体必须先将其摧毁。

于是，弗格瑞姆不假思索地从火凤的机舱口一跃而下，自他来到星球以来，萨巴修斯兄弟会就像一层未知的阴影一直困扰着他。如今兄弟会接受了原体的挑战，落入了他布置的陷阱中，而现在弗格瑞姆就要将他们在此全部消灭。

完美。

弗格瑞姆在朝修道院下落的同时，还数清了敌人在此停泊的飞艇。那些船员们已用坚韧的缆绳将飞艇固定在山顶上，他们在崎岖不平的山路上往返，为飞艇补给燃料，随时准备再次起航。在弗格瑞姆的注视下，与火凤伴飞的风暴鸟战机离开了友机，它完全没有理会防空炮射来的弹雨，直接朝山上的猎物俯冲而去。随后战机并没有向脆弱的飞艇开火，而是用突击炮攻击加油站与弹药库，很快敌人的设施发生了爆炸。大火不仅吞噬了整座山峰，甚至烧到了缆绳，蔓延到了停靠的飞艇上。

确认敌人的第一艘飞艇爆炸后，风暴鸟战机倾斜机身，在一阵宛如雷声的轰鸣中，迅速爬升回了上层大气。不一会儿，所有飞艇都陷入了火海之中，弗格瑞姆也将注意力放回脚下，准备降落地表。

如此鲁莽地突袭敌军腹地或许会被人视作一种不成熟的愚行，更何况弗格瑞姆还是从万米高空纵身一跃，以极快的速度用肉身突破敌人的防御。不过这其中也有令人兴奋的乐趣。

说到底，弗格瑞姆不仅是一位战术天才、战略大师，更是一位基因原体。拜赞斯过去，现在，甚至未来都不会出现能与他比肩的人物，正是这一点令他感到狂喜。弗格瑞姆不仅可以轻松掰折钢铁，还能在真空环境中存活几个小时。凭借如此强大的体质，弗格瑞姆可以一次又一次毫无顾忌地冒险行事，让敌人们看到帝皇的基因子嗣大展神威时的风采，而在弗格瑞姆眼中，这便是莫大的荣耀。于是，他抱起双臂，任由自己在重力的作用下撞向无力反抗的目标。

原体一来，萨巴修斯之巅便被震了个底朝天，身体精瘦的弗格瑞姆轻松穿破了天穹系统的能量力场，就像一枚迫击炮弹砸中了教堂的庭院。原体落地时的冲击力将所有人掀倒在地，而驱动天穹系统的发电机也发生了爆炸，修道院下层因此烟火弥漫。

弗格瑞姆从自己撞出的大坑起身，身穿镏金战甲的他冲出飞扬的尘土中，一只手拔出烈火之剑，另一只手拿起爆燃枪向敌人开火射击。一个跑动的敌人瞬间在爆炸的火光中燃成灰烬，而弗格瑞姆挥出的烈火之剑则砍下了另一个人的头颅。身穿铠甲的重装士兵穿过烟雾，向原体冲锋。重型卡宾枪枪声大作，自动武器射出的子弹打在原体的胸甲与头盔上，但这些无关痛痒的攻击只是吸引了弗格瑞姆的注意力，很快他转过身，用爆燃枪倾吐可怕的烈焰。

一名身穿黑甲的武士在烈火中爆燃，大块熔化的铠甲与燃烧的肉片都溅到了他战友的身上。剩余的士兵被吓得动弹不得，他们自己的结局也就此注定。弗格瑞姆趁此机会冲向他们，精巧的烈火之剑犹如一枚绣花针，在半空中编织出致命的花纹，敌人很快纷纷倒下，惨叫声戛然而止。

警报声响起，军官们大声发号施令，希望能稳住迅速失控的局面。他们本以为自己建的山巅据点坚不可摧，并将所有武器朝外布置，等待大洲军爬山仰攻。可即便现在他们将武器掉向城堡内部也已无济于事。因为弗格瑞姆动作太快，杀人如麻。

原体迅速穿过庭院，屠杀完敌人的他留下了一道道血迹与尸体。火凤则在他身后用双联爆矢枪清出了一片空地以便降落。在天穹系统失效后，战机便可畅通无阻地降落地表。艾贝德蒙与其他星际战士也很快与弗格瑞姆会合。虽然弗格瑞姆曾经也和自己的基因子嗣们一同奋战过，但过去会有其他原体兄弟在他身旁督战。想到如今自己终于能够独立领导军团大干一场，弗格瑞姆非常兴奋。

他转过身朝一名叛军的胸脯踢了一脚，软弱无力的凡人一下被踢飞到了一根柱子上，传来了铠甲与骨头碎裂的响声。另一名叛军用刺刀刺向原体的铠甲，却发现自己的武器先折断了。弗格瑞姆朝其反手一击，打断了对手的脖子。这些人只是无关紧要的小角色，真正的挑战到底在哪里？

有人用重型反步兵武器从附近的拱门上开火射击，一连串大口径的实心子弹打得弗格瑞姆摇摇晃晃。枪手一边破口大骂，一边将不停旋转的枪管朝下移动，希望能用火力阻挡弗格瑞姆前进的步伐。弗格瑞姆不顾头盔中刺耳的警报声，闪开弹雨，挺身向前，而胆战心惊的装弹手则狼狈地向后逃窜。弗格瑞姆迅速抓住了枪管，他把机枪扔到一边的同时，用烈火之剑刺入枪手的胸膛，随后原体松开剑柄，双手将机枪从枪架上拆卸下来。机枪的握把与原体的巨手相比小得可笑，可原体还是轻松地用一根手指，扣下了扳机。机枪的工艺十分落后，虽只能勉强一用，但在此时很适合对付集群的敌人。

弗格瑞姆转身向庭院倾泻弹雨，驻守此地的叛军，以及相继赶来的援军遭遇了一场灭顶之灾。机枪就像一个淘气的孩子在原体手中扭动着，直至子弹全被射光。弗格瑞姆将武器扔到一边，拿回了他的烈火之剑。射向他铠甲的铅弹全被弹飞，掉到了拱门下方的阴影中。弗格瑞姆躲闪子弹，从拱门跳到了修道院内，而铠甲内置的鸟卜仪正在探测周围的敌人位置，帮他寻找下一个猎物。

弗格瑞姆已经将一些贵族身上的生物信息键入自己的传感器中，而他对自己见过的萨巴修斯兄弟会成员也做了同样的处置。只要他想，就可以在整个星球追踪他们的痕迹。其中有一些人确实需要弗格瑞姆追查到底，但他相信不少敌人已经聚集于此，等待和他决一死战。古泰拉有一句老谚语：斩敌首，其身必亡。

一切都在弗格瑞姆的巧妙安排之中，而他计划的每一步都取得了完美的进展。他已经迫使自己派系林立的对手结成了同盟，将其集合后，弗格瑞姆只需在此斩杀全部贼首，便可一劳永逸地平息整场叛乱。

完美。

弗格瑞姆缓步穿过走廊时，露出了老虎般的狞笑，他按照传感器电子嗅觉的指引，走下弯曲的石阶，穿过虔诚信徒们精细雕琢的房间。换作其他时候，他可能会停下来观察镶嵌在墙壁与地板上的马赛克瓷砖，欣赏遍布精美雕饰的圆形石柱。但现在，弗格瑞姆无心留恋，毕竟以后他还有大把时间光顾这里。原体在下楼时不禁畅想，也许他会将修道院拆除重建，来纪念他的丰功伟绩，如果他心情大悦，甚至会修复躺在上层庭院的萨巴修斯雕像。

通信系统断断续续地传来他儿子们说话的声音，而他的头盔显示了几张回传画面，弗格瑞姆得以一瞥发生在楼上的大屠杀。帝皇之子的战士们战斗颇有章法，他们在和影月苍狼军团并肩作战的过程中发展出了自己的火力和机动战术，并在眼下的战斗中取得了不错的效果。弗格瑞姆不断来回调取画面，切换不同战士的视角——他看到奎因冲锋在前，吸引敌人的压制火力，而艾肯内斯则迅速地越过上方的护墙，激活了手里的手榴弹。

很快，他投下的手榴弹炸开了敌人的血肉与修道院的石块，激起的扬尘散落而下。弗格瑞姆不禁在想：自己回到修道院上层时，还会有敌人活着吗？通信器传来了艾贝德蒙的声音，他语气严厉，强硬地命令泰尔马专注职守，被教训的星际战士正在自顾自地轻声唱歌。弗格瑞姆曾在凤尼西亚的商籁诗苑中听到过这首古典乐曲，而泰尔马一边在吟唱歌曲，一边在以此旋律计算自己开火的时机。弗格瑞姆笑了。难怪艾贝德蒙会如此生气，专注战事的军团指挥官并不喜欢手下的突发奇想，他不会纵容战士分心。

狭窄的走廊传来了卡宾枪的枪声，弗格瑞姆意识到前方不远处有敌人后，并没有放慢脚步，而是集中注意力，向前猛冲。卫兵们聚在一起，封锁了走廊。他们蹲在一排防爆盾牌后，以最快的速度开火。弗格瑞姆相信自己的铠甲坚不可摧，他一头扎进了这场铅弹呼啸的风暴中，撞开了敌人的盾墙，将所有人推倒在地。凡人无法想象原体会有这般神力，他们开始逃跑，绝望地大声呼喊。而烈火之剑迅速出鞘，许多敌人就此倒地不起。弗格瑞姆踩过伤者的身体，走过一片狼藉的走廊，叛军丢下的铠甲与盾牌已在此形成了一张闪闪发亮的铁网。

一名躲过利刃的战士突然起身，使出全身蛮力抱住原体的腰，想以此阻止对手前进的步伐。弗格瑞姆朝下怒视着突袭他的死士，思考这位凡人英雄为何会毫无理智地舍身于此。但最后他还是对自己的念头一笑了之，弗格瑞姆就像拎起小孩一样轻松地拉起壮汉，并将对手的脑袋摔碎在天花板上，然后他把尸体扔到一边，继续前进。

等到原体来到敌人把守的大门前时，走廊从地板到天花板已全被鲜血染红。弗格瑞姆没有费劲去敲门，而是拿出了烈火烙印向敌人宣告自己的到来，随后他迅速穿过熔化的拱门，轻巧地避开了不断滴在地板上的铁水。

眼前的这间大厅名副其实，它不仅比弗格瑞姆在楼上走过的每一个房间都宽大，而且内部还建有许多圆形石柱，四面八方都有拱道联通——弗格瑞姆据此怀疑，这里就是修道院的核心。或许萨巴修斯的足印就埋藏在这里的某块石板之下？弗格瑞姆本想就此问问眼前的对手，不过最后还是作罢，毕竟他不想浪费宝贵的时间。

原体的瞄准矩阵将所有潜伏的敌人相继标注了出来——一个、两个、四个、八个、一百个。有整整一百个敌人四散在大厅各处，等待原体现身。"好啊，这下我们人就来齐了。"弗格瑞姆说道，他的声音通过动力甲的扩音器传出后，在整个大厅里回荡不息。

"你肯定知道我们会在这里迎战你，"一名手执长剑，身穿黑衣的兄弟会成员走上前说道，"同样我们也知道你肯定会来这里的。"

"所以说，你们一直在等我？"弗格瑞姆举起烈火之剑说道，"那你们还真是礼貌。但我想，现在恐怕已不是文明相处的时候，而是残暴杀戮的时刻。就像古时候的诗人所说的那样，遍地血泊将汇聚成浩渺血海，而一支由尸体打造的舰队会从这酒红色的大洋中驶向冥界。"弗格瑞姆将他的剑指向了那位兄弟会成员，"顺带一提，我说的是你们。"

"或许吧，但不会只有我们走上这条黄泉之路。"

弗格瑞姆放声大笑道："好一番豪言壮语，我期待你们的表现。"

"紫凤亲王，我们告诉你这处地点的目的只有一个，"戴着面具的剑士继续说道，"唯有向敌人展示弱点，才能诱敌深入。"

兄弟会成员相继拔剑出鞘，给武器上膛，一时间嘈杂之声响彻大厅。对于弗格瑞姆来说，不管对手是十几个人还是一百个人，都没有什么区别，但他察觉到了一丝异样。有一种奇怪的声响吸引了他的注意力，而这阵人耳无法捕捉到的嗡鸣声和弗格瑞姆第一次来修道院时听到的声音一模一样。当时他误以为是发电机的声音，可现在他发现这完全是另一回事。

"虽然我们没有邀请你，可你不请自来，甚至没有思考过我们行为背后的目的。贝雷洛斯是对的，你虽然有着神灵一般的体魄，可内心依旧幼稚得像个孩子。你急欲展现强大的实力，却忘记了自己真正需要做的事情。"

"给我安静！"弗格瑞姆说道，他闭上了眼睛，努力分辨这股独特而熟悉的嗡鸣声。他曾在别处听到过这种声音——并不是拜赞斯，或许是泰拉。突然，他想起来费鲁斯的工作台上有一台外形丑陋的机器，当时费鲁斯一直在教他如何去拆除一枚……

弗格瑞姆一下睁开了眼睛，他们不会，他们不可能会这么做。弗格瑞姆心中涌动起一种异样的情感，他并未感到害怕，但依旧有一丝紧张。他拿起手中的烈火烙印向前开火，驱散敌人的同时也熔化了一部分地板，古老的马赛克地砖化作缓缓流淌的铁水后，露出了一台破败不堪的机器，而弗格瑞姆一下就认出来了这件陌生的武器。

毫无疑问，这就是一枚原子弹，而且它已经被激活了。

"我们的计划暴露了！快杀掉他！"

整个兄弟会的成员都急忙朝原体冲去，一百个凡人抱着必死的决心，奔赴自己的结局。弗格瑞姆转身挥动烈火之剑，划出一道巨大的弧线，很快鲜红的血雾便弥漫在空气之中。大厅枪声不断，而原体也在敌人中左右开弓，希望杀出一条血路，摸到原子弹的起爆装置。如果他能操作原子弹的控制器，就还有希望拆解炸弹。但萨巴修斯兄弟会已经筑起了一道人墙挡住了他的去路。

敌人从四面八方扑来，勇敢的战士希望能将眼前横冲直撞的怪物一点点拖垮。但这群凡人知道自己毫无胜算吗？他们真的明白原体的实力有多强吗？或许兄弟会早就心知肚明，但他们早已做好战死的觉悟，自愿牺牲自己的性命，来争取击杀原体的机会。弗格瑞姆觉得这才是最坏的情况，可敌人真的会如此忌惮原体吗？

看到对手们脸上的表情，弗格瑞姆觉得答案已经不言自明。

于是，弗格瑞姆大开杀戒，他原本一个一个地击杀对手，之后变成一次杀两个、三个，甚至十几个。倾吐火焰的烈火烙印开始变得烫手，冒着白烟；烈火之剑也因为剑上的血迹凝固而变得沉重。可即便如此，兄弟会的成员们依旧前仆后继，他们射出的子弹击中原体的战甲，打掉了上面的镏金，而原体的斗篷也在弹雨之中千疮百孔。弗格瑞姆转身，一下砍穿敌人的头骨，随后他又向后一踢，将另一个对手踹到了摇摇欲坠的石柱上。

紫凤亲王优雅地舞起宝剑，拥上来的敌人纷纷倒下，似乎没有凡人能够阻挡这段致命而优雅的舞蹈，命运之神却有意要捉弄一下原体。弗格瑞姆突然不小心踩到了地板上漫溢的血水，他一下失去平衡，不得不努力稳住身体。

最后，弗格瑞姆单膝跪倒在地，而很快就有敌人用长剑砍向他的头盔。原体视野受阻，胡乱地朝外挥去一剑，希望能驱赶扑来的敌人，可敌人只是惨叫了一声，依然死死抓住他的身体。对于基因原体来说，一个普通人的力量算不上什么，可要同时面对十人甚至二十人时，情况就完全不同了，更何况现在的原体根本无法在地面上站稳。有人用手枪朝原体的胸甲射击，虽然他射光了弹筒里的子弹也未能击穿铠甲，但原体能感受到每发子弹的冲击。"滚开，快从我身上滚开！"弗格瑞姆愤怒地咆哮道，他用尽力气站了起来，将身上所有的敌人全都甩到了一边。

时间紧迫，弗格瑞姆已无暇再同敌人周旋。他转过身举剑砍杀，努力挣脱围攻他的对手。原体的战术目镜上布满了警告，提示他各个方向都有敌人来袭。此时弗格瑞姆不再是一位优雅的舞者，而是一台可怕的杀戮机器，他完全按照自己的本能大砍大杀，朝核武器的控制器杀出了一条血路。

终于，最后一名敌人也被原体一下打倒在地。弗格瑞姆从残破的尸体上拔出烈火之剑，而烈火烙印也已被他扔在某处。眼下原体没有时间去找自己丢失的武器。

弗格瑞姆一边甩下头盔，一边摇摇晃晃地朝核武器走去。此时的大厅宛如街角的屠宰场，弥漫着一股腥臭味，而原子弹起爆的计数声也越来越响，即便是凡人也能听见，只可惜弗格瑞姆的刀下并没有留一个活口。

弗格瑞姆跪在洞口边上，注视着地板下的电子读数器，上面显示的时间每分每秒都在变化。"好兄弟费鲁斯，我现在需要借用你的智慧。"他喃喃道。弗格瑞姆曾在兄弟的注视下拆解过许多炸弹，然而他在费鲁斯车间里遇到的装置都没有眼下这台古老的机器复杂，也没有咄咄逼人的计时声。他努力回忆费鲁斯教给他的知识，拆解炸弹通常都有技巧——往往成功的关键就在于找准仪器的一块面板或一根电线。可他一旦碰错了位置，就无法再有第二次机会了。有那么短短的一瞬间，弗格瑞姆有些后悔，或许他的脑海中也闪过必败无疑的想法，可他决不允许自己就此放弃。

计数声越来越响，宛如一首毁灭之歌，渐入高潮。

没有时间再犹豫了，弗格瑞姆双手举起烈火之剑，他闭上双眼，倾听着计数声，想确定声源的位置。当他觉得自己找到了目标后，便一剑刺了下去。

烈火之剑刺穿了起爆器的外壳，一股强电流从剑刃穿过，弗格瑞姆的肌肉因为电击而阵阵痉挛，他动弹不得，只好放声大叫。当尖叫的回音逐渐消失后，弗格瑞姆这才意识到炸弹的计时声已经停止了。他小心地拔出了烈火之剑，读数器发出的微光也渐渐暗淡。整个机器终于停摆，炸弹已被成功拆除。

弗格瑞姆向后一倒，坐在了地上。

他一下睁开了眼睛。修道院原来是个陷阱，而且是敌人早就预设好的陷阱。兄弟会不仅和他正面交锋，同时还暗藏着核武器这道撒手锏，而弗格瑞姆正如他们事先所料的那样落入了圈套之中。但他们为什么要冒这个险？除非……

弗格瑞姆猛地站了起来，原来潘狄翁才是他们真正的目标。

他必须立刻赶回新巴西琉斯。

第十六章

凤凰裁决

　　新巴西琉斯上空依旧硝烟弥漫，数架飞艇保持着警惕，不断在空中巡视，它们的阴影悄悄穿过错综复杂的街道，将人们逼回自己的家中。在所有的战事告一段落后，世界平静了下来。大洲军在各片区域巡逻，严防破坏星球新秩序的行为。新巴西琉斯的市郊还发生了一些战斗，而清晨的一场爆炸更是震撼了整座僭主宫殿。

　　"这真的有必要吗？"西里乌斯催促众人登上战机时，潘狄翁不满地抱怨道。第三架风暴鸟战机已经准备就绪，要将众人送往帝皇之傲号。"你违背了诺言，这可是属于我的地盘。"他看着派雅珂说道，"你告诉过我要待在这里。"老僭主为了庆祝即将到来的胜利已经连续喝了几小时的红酒，他酩酊大醉。而派雅珂也陪他一杯接一杯地豪饮，但和僭主不同，宣讲者依旧步伐稳健，头脑清晰。

　　"而现在我们告诉你，该启程了。"派雅珂平静地说道。

　　潘狄翁醉眼迷离地盯着宣讲者说道："你可不能这样和我讲话，我可是僭主。"

　　"在确认所有的叛变势力都被清算之前，我们必须确保您的安全。"西里乌斯说道，渴望与原体一同作战的他试图隐藏心中的焦躁。身处后方的僭主明显不需要这么多警卫保护，相比于眼下的任务，西里乌斯更渴望去前线建功立业，而跟在一个醉老汉身后怎么能证明自己的能力呢？

　　他瞥了一眼四周同行的僭主卫队，他们站成紧密的队形，将主君围在中间。这些战士纪律严明，但脸上杀气重重，似乎准备大战一场。看到战士们如临大敌，西里乌斯本想安抚一下他们紧张的情绪，但他还是放弃了这个念头，此事可以之后再做，而眼下他首要的任务是将派雅珂和僭主送出拜赞斯。弗格瑞姆的消息已经足够明确，有人想用核武器击杀原体，安纳巴斯山上的萨巴修斯之巅其实是敌人设下的陷阱。这意味着潘狄翁很可能已经深陷危险之中。而科林斯与弗雷泽也不得不完全依靠凡人士兵死守都城。

突然西里乌斯身后传来一阵叫喊声，他一回头就发现科林斯宫相在一群廷臣的陪同下向他们匆匆走来，而数周以来屡次挑战西里乌斯失败的年轻贵族们也夹杂在这支队伍之中。

"西里乌斯。"派雅珂小声说道。

"我看到他们了，"西里乌斯说道，"科林斯到底想做什么？"

"西里乌斯——他们手里拿着武器！"派雅珂发出嘘声提醒道。

西里乌斯眨了眨眼睛，注意到了群臣手中的利剑，但他仍未明白来者的意图。除非是僭主卫队，否则任何人都不能手执武器来到潘狄翁面前。"首席宣讲者，快将僭主送上战机，我来——"

僭主卫队中突然有人掏出手枪，向西里乌斯开火。凄厉的枪声打断了他的话，子弹更是擦过了他的太阳穴。西里乌斯不禁后悔自己没有戴头盔，要是阿库杜拿在场，一定会批评他过于大意，而艾贝德蒙也会指责他不守纪律，下令惩罚他。

他转身朝护卫的胸口使出一记重拳，一下打穿对手的胸甲，碾碎了对手的心脏。"派雅珂大人，"西里乌斯大声喊道，此时另一个卫兵正拿剑向他砍去，"快去风暴鸟战机那儿！"他举起前臂护住自己，而砍在陶钢臂甲上的利剑一下就裂成了碎片。西里乌斯抓住卫兵的喉咙，随后他朝僭主卫队挥舞手中的"人棍"，一下将他们全部打倒。最后一位幸存的卫兵小心地拿起枪瞄准派雅珂与僭主，西里乌斯见此扣住了对方的脑袋，很快卫兵便一声不响地毙命了。

还有倒地的卫兵想努力起身，可眼疾手快的西里乌斯迅速拔出了佩剑，没有一人能在临死前站起来。一颗子弹从他的肩甲掠过，西里乌斯转头，发现神情严肃的科林斯正缓缓放下他冒烟的武器。很明显，宫相谋反了。

西里乌斯没有浪费时间思考其中缘由，见科林斯的同伴们发起冲锋，他也上前迎战。西里乌斯自信满满地向前挥了一剑，却没能砍中目标。与此同时，年轻贵族们像疯狗一样包围着困惑的星际战士，他们时而刺向动力甲的连接处，时而来回闪躲。见自己铠甲上的密封圈与软管都被刺穿，懊恼的西里乌斯转身发出一阵咆哮。这时他才想起了艾贝德蒙的警告，可是已经太迟了。这些凡人善于学习，他们通过观察已经找到了他剑术的破绽，如果西里乌斯能活下来的话，或许阿库杜拿又要为此数落他一番。

　　西里乌斯从斜侧出拳，将一位来袭的贵族击倒，随后他赶在对手闪躲之前，一脚踩住了敌人的胸脯，并立即将其击杀。马上又一位贵族向西里乌斯挥剑，而他的宝剑砍到印有皇家天鹰的陶钢战甲时成了碎片。星际战士一边眨眼挤出溅入眼中的碎片，一边向后退去。此时他听到了战机引擎点火时的轰鸣声，西里乌斯希望派雅珂已经成功带领僭主逃走了。当他擦去眼中最后一块碎片时，突然听到了奇怪的嗡鸣声。西里乌斯出于本能向后闪躲，可惜的是他并没有拉开足够的距离。

　　科林斯拔出一把嗡嗡作响的神剑，刺进了西里乌斯的躯干。宝剑穿透了坚硬的陶钢，切入了血肉之中，而动力甲被砍断电缆后也迅速喷出了冷却剂。西里乌斯喘着气，抓住了科林斯的衣领，将宫相甩了出去，随后他才意识到插在身上的宝剑依然在飞速震动，不断搅动他的内脏。西里乌斯疼得单脚跪地，摸索着抓住了剑柄，几经尝试，他终于将剑拔出来，扔到了一边，而淋漓的鲜血已经染红了他的双手，溅洒在地面上。

　　"我想这把宝剑的名字应该叫作'音速神剑'。"科林斯说道，他迅速取回了自己的武器，得意地注视着剑刃上显眼的血迹，"它可是我家代代相传的至宝，几乎能够切穿任何东西。以前我还不知道这把剑的厉害，但今天我伤到了原本刀枪不入的对手，终于明白了它的威力。"科林斯举剑横扫，指着西里乌斯说道，"朋友，对此我很抱歉，换作别的情况……"

　　"换作别的情况，会是我先伤到你，道歉的人也会是我。"西里乌斯咕哝道。他觉得自己的内脏似乎已经被搅成了水，要和血液一起从躯干的伤口流出来。尽管如此，他还是强迫自己先站起一条腿，最后慢慢起身。一位人类帝国的军团战士不应该死于一个凡人之手。西里乌斯口吐鲜血，依旧用尽力气嘶吼道："现在，我依旧能杀死你。"

　　科林斯迟疑了一阵，随后他点了点头。"如你所愿。"科林斯朝后退了一步，摆出了防御的架势，他挥了挥手，示意西里乌斯先进攻，"来吧，军团战士！"

　　西里乌斯弯下腰，拿起了自己的佩剑。他朝科林斯身后看了一眼，发现风暴鸟战机已经不见踪影，派雅珂与世袭僭主应该都安全脱险了。西里乌斯感到欣慰，他伸出剑说道："你先出招。"

科林斯轻盈地向前滑步，他的动作比西里乌斯预想的要快，虽然宫相难以比肩半神，但可以看出来，他为了同星际战士正面对抗已经做足了训练。因为铠甲的密封圈与连接组件都被破坏，西里乌斯的动作不再灵巧，可他依旧一次次逼退科林斯的进攻。"你已经输了，"他说道，"潘狄翁已经逃出你的手掌心了。"

"谁说我的目标是潘狄翁？"宫相后退了一步说，"如今他不过是这个世界幕后主人的提线木偶。"科林斯伸出宝剑。"你以及其他六个星际战士虽然和紫凤亲王一样都是长生不灭的半神，但依然能被杀死，而且是死于一个凡人之手。这条信息一旦传开，星际战士在这颗星球上的神话会就此破灭。你们会和其他的入侵者一样，遭到激烈的反抗。"他一手执剑，另一只手做了手势，其他部下立刻朝西里乌斯逼近，"如此一来，我们拜赞斯人就能像萨巴修斯所希望的那样，打破束缚的枷锁，获得自由。"

敌人迅速蜂拥而至，摇摇晃晃的西里乌斯单手执剑，努力防御对手的攻击。虽然他行动不便，可实力依旧远胜这群凡人。但每当他努力将刺客们击退时，科林斯就会手执音速神剑杀出，在他身上留下鲜血淋漓的伤口。西里乌斯知道敌人已经掌握了击败他的方法，而自己的力量也在一次次交锋中消磨殆尽。他本想拿起佩在大腿上的爆矢手枪射击，但最后还是作罢。既然敌人都使用长剑，那他也应该以剑交锋，直至战死，与其承认自己在剑术上输给了一群凡人，倒不如荣耀地赴死。而随着时间的流逝，西里乌斯越来越力不从心，他觉得自己注定难逃一死。

然而，拯救他的神明已经降临。

"贝雷洛斯！"

原体的声音宛如下达裁决的神谕从天而降。西里乌斯转身一看，如释重负。

弗格瑞姆大步流星地穿过屋顶的停机坪，贝雷洛斯·科林斯幸存的手下见此立刻撤退。原体的铠甲剑痕累累，遍布灰尘，原本华美的镏金装饰已经覆上了一层干结的血块，光芒不再，而千疮百孔的斗篷也被鲜血浸湿。弗格瑞姆没有戴头盔，他四散的白发披在肩膀上，宛如骏马的鬃毛自然飘逸。原体驻足西里乌斯身边，朝身下的儿子说道："西里乌斯，看来我来得正是时候。"

西里乌斯低下了头，相比浑身的伤痛，失败的屈辱更令他难受。

弗格瑞姆轻声笑了起来:"没关系,西里乌斯,好好休息。你已经表现得够好了。"他离开星际战士身旁,继续朝科林斯与刺客走去。"来吧,贝雷洛斯。你已经打败了我的儿子……现在你又会怎样对付我这位基因之父?"

科林斯怒视原体道:"你应该死了才对。"

弗格瑞姆耸了耸肩。为了避免事态恶化,他马不停蹄地从前线赶回新巴西琉斯。幸运的是,火凤比一般战机的飞速都要快,一路并无耽搁。"我命由我不由人,这就是我与凤凰相似的天性。"他朝科林斯说道,"不过,你的策略确实令人钦佩。为了杀掉我,甚至不惜牺牲一支军队,但很显然我活了下来。"弗格瑞姆轻浮地摆了个手势。

"确实如此。"科林斯说道。

弗格瑞姆皱眉道:"贝雷洛斯,为什么要和我作对?"

"你对此应该心知肚明。弗格瑞姆,事实证明你和投下核弹,留下玻璃废土的暴君一样十恶不赦,你们为了夺取这颗星球,不惜将这里的一切都烧为尘土。我,不,是我们拜赞斯人决不允许自己的家园落入你这样的恶人手中,甚至就维持和平这一点而言,你还不如潘狄翁。"科林斯摇了摇头,"不,潘狄翁,还有那群贵族元老们……都是这颗星球上的毒瘤,消灭他们才是挽救拜赞斯的唯一办法。可你——你比他们还要恶毒。"

"如果你成功了又会怎样?萨巴修斯兄弟会就会走上前台,就此掌权吗?"

"不,但我们会确保能有一群合适的领袖治理世界。"科林斯擦去了流入眼中的汗水,"既然我们目标一致,为什么就不能合作呢?"

"虽然我很喜欢你们这群理想主义者,但我是不会和傻瓜一起合作的。"弗格瑞姆说道,"你们的理想只会将这颗星球引向无政府的混乱之中。其实明明有更好的出路,你们却都视而不见。"

"你是指你的方案?"

"显然如此。"

科林斯摇了摇头,说道:"除了自负以外,你还能有什么理由说出这样的话?"

"不是我自负。"弗格瑞姆说道,他将烈火之剑试探地朝外伸了伸,科林斯立刻向后一跳,弹开了原体的佩剑。弗格瑞姆耸了耸肩,说道:"更确切地讲,至少我不只是因为自负才这么说的。你们为之奋斗的理想固然美好,但遗憾的是，虚无缥缈的空想不仅永远无法实现，还无法创造价值，更不能帮助我们取得完美的成就。"

"只是你不相信罢了。"科林斯说道，"如果你相信我们的理想，就不会走到今天这一步。"

弗格瑞姆露出了微笑。"无论我相信什么都并不重要，重要的是你们杀不死我，而现实就是如此残酷。不管兄弟会是好是坏，统治星球的主人都不会是你们，如果你事先找我来……"

"弗格瑞姆，我们之前找过你谈判，可你否定了我们的想法。"

弗格瑞姆皱眉道："贝雷洛斯，我说的不是兄弟会，而是你。"他举起了烈火之剑。"我来到星球的第一天晚上，就给过你机会了。你要做的就是抓住机会，与我合作，这样迄今为止所有的冲突我们就都能回避。我告诉过你，我不在乎谁统治拜赞斯，只要为政者治理星球的方式符合我的标准就行。"

科林斯一直怒视着弗格瑞姆，突然他开始发笑，一开始只是淡淡地轻笑，可随后他的笑声越来越大。这回轮到弗格瑞姆怒视对手了，看到科林斯笑声不止，他越发恼火。"别再笑了，"他厉声说道，"你是疯了吗？"

"我没有发疯，"科林斯说，"而是感到失望。"望着身材高大、怒目圆睁的原体，他露出了哀伤的苦笑，"我过去想的没错，你其实从来没有理解过我们的信条，对吧？我们从萨巴修斯那里继承的学说和智慧，你都没有理解，而你学到的是什么？不过是一点儿决斗技巧罢了。"

弗格瑞姆摇了摇头。"除了决斗之外，那本书还有什么可学的呢？"

"真正的决斗其实是内心的博弈，是你的欲望与目标之间的战斗。你要明白哪些是自己贪恋的奢求，而哪些事情又是你为了实现目标而必须要做的，并要在内心的斗争中做出正确的选择。弗格瑞姆，你甚至在举起宝剑之前，就已经输掉了决斗。"

弗格瑞姆被彻底激怒，他朝科林斯走近一步吼道："你到底是什么意思？"

"你心中最大的欲望就是想证明自己的实力，所以不惜挑起了一场大战。可事实上，你只需暗中除掉所有威胁你的势力，就可以和平地掌控拜赞斯。你施暴的实质，就是展现你的强大。如此一来，我们兄弟会就不得不向你挑战。"科林斯看了一眼手中的宝剑，随后将剑扔到了一边，"欲与求，"他淡淡地说，"你输了，但或许我们也输掉了这场内心的博弈，也和你一样因为傲慢而变得盲目。也许我们应该在此屈膝跪地。"

科林斯双膝跪地，双手合十，其他刺客也一个个紧随其后，他们丢下了武器，跪在了首领的身后。"弗格瑞姆，你想为我的星球带来什么？你会实现自己许下的所有诺言吗？"

"我——贝雷洛斯，快捡起你那该死的剑！"弗格瑞姆又望着其他刺客说道，"站起来，你们所有人，都快给我站起来。"

科林斯低下了头，露出了颈背，其他人也相继效仿。"你会照亮我们遍布阴影的家园，带领我们的人民走出厄运的泥沼吗？"

"贝雷洛斯，"弗格瑞姆说道，心中的怒火散去后，原体已经逐渐理解了宫相的理想，"快起来，贝雷洛斯，我们不必这样。"

"你愿意做好这些事吗？"科林斯平静地说道，"你能打破我们的锁链，解放我们的人民吗？你会像拯救奇摩斯那样，挽救拜赞斯吗？"

弗格瑞姆第一次感觉手中的烈火之剑变得如此沉重，他低头看着宫相，看着这个叛徒说道："我会的。"

"你能发誓吗？"

"身为人类帝皇的忠嗣与第 28 远征舰队指挥官，我以自己的荣誉起誓，一定会拯救拜赞斯。"弗格瑞姆轻声说道。原体担心自己说话声音太小，科林斯会听不见，不过很快他就看到了对方嘴角的微笑，知道科林斯已经会意。

"真是太完美了。"科林斯闭上眼睛说道，"动手吧，紫凤亲王，请杀了我。最后，我祝您的愿望都能实现。"

弗格瑞姆挥下了剑。

拜赞斯之战就此画上了句号。

第十七章

扬帆星海

"既然如此,弗格瑞姆大人,我敬你一杯,恭喜你旗开得胜!"派雅珂举起她的玻璃酒杯,一饮而尽。这瓶酒来自世袭僭主的私人酒窖,首席宣讲者似乎已经喜欢上了这种苦涩的酒味。

弗格瑞姆点了点头,欣然接受派雅珂的恭贺,随后他回到科林斯的宝剑旁边,仔细查看这把几乎杀死西里乌斯的神器。他将音速神剑的剑锋举到灯光下端详,发现它造型美观,年代久远,应当锻造于古老长夜前夕的泰拉。弗格瑞姆真希望自己还能有机会问问科林斯这把宝剑传自何处。

想到这里,弗格瑞姆怔住了。他本来还想问科林斯许多问题,但斯人已逝,现在已经太迟了。他缓缓放下宝剑,目光扫过四周,只见花园空寂无声,甚至连鸟儿也哑然无声。士兵们站在附近的暗处待命,准备护送他们去御座大厅。

潘狄翁将在那儿成为人类帝国的世袭总督,掌握新的大权。今天,他将赦免公然造反的元老家属,而这也是归顺仪式的一部分。起初,潘狄翁很抗拒这项安排,但弗格瑞姆向他指出,以怀柔之术对付反对派贵族显然大有益处。贵族阶级的家族常会世代记仇,而对于潘狄翁这样贪图安逸的人而言,留一个仁君的名声会比树立铁腕形象更有益处。

赦免贵族同样也会保证他的继承人能够顺利登基,并在新的秩序确立之前稳定局势。一旦泰拉的官员抵达星球,伟大远征的舰队便会离开,拜赞斯也将迎来全面的变革。

至少星球因此还有一丝复兴的希望。"我将征服拜赞斯的任务称作'大进军',"弗格瑞姆悠闲地说道,"也就是从大海上岸,朝内陆进军。而反过来,从陆地向大海进发,应该得说是一场'大远航'了。我们作为胜者回到自己的舰船中，在身后留下一个天翻地覆的新世界。"

"那你觉得自己在拜赞斯取得了理想的战果吗？"派雅珂问道，然后又给自己倒了一杯酒。

"虽然我对自己并不是很满意，但还是达成了一些成就，至少一些长期困扰拜赞斯的问题已经被我缓解了。"

"就像从疖子里挤出脓水一样。"

弗格瑞姆笑了。"没错，"他说着抽出贝雷洛斯的武器，优雅地刺出了一剑，"而且这颗疖子是被我们完美地一剑挑破的。"虽然弗格瑞姆嘴上如此说，可心里感到了一阵刺痛——或许是愧疚，或许是懊悔。就像在奇摩斯消灭萨法部落那样，他为了拯救拜赞斯不得不剿灭了萨巴修斯兄弟会。弗格瑞姆因此心中并不好受，但除此之外，他也想不出更好的办法。

还是说，他仅仅是在故意回避这些问题？

想到这里，弗格瑞姆愣了一会儿。迄今以来，到底是什么在驱使他努力，是内心渴求的欲望，还是理智而务实的目标？难道他被贝雷洛斯说中了吗？然而无论是哪种答案，对结果能有什么影响呢？弗格瑞姆已经通过这场胜利证明了自己的能力，帝国各方源源不断地向他发来贺信，虽然其中一些信件的措辞看上去颇不情愿，但所有人都不得不承认原体成功的事实。弗格瑞姆就此完胜，他不仅证明了自己，还证明了他的军团的出类拔萃。尽管如此，弗格瑞姆想到最后宫殿的那群刺客时，依旧感到困惑，他好奇他们为什么能安然下跪，从容赴死。

"然而我们仔细复盘一下，还是可以发现一些小问题，不是吗？"派雅珂的质疑犹如一记重拳打在弗格瑞姆的心头。

"你说这话是什么意思？"他转眼盯着宣讲者说道。

"其实还不够完美，对吧？你想想：星球因此死去了多少人？又为此蒙受了多少损失？"派雅珂提出的问题非常尖锐，而事实上弗格瑞姆也一直在这样逼问自己，所以他感到了一阵恼怒，难道宣讲者真的觉得他并不在意自己为胜利而付出的代价吗？

"很明显，这是一场完美的大胜，我们不但成功让拜赞斯归顺帝国，还确保了星球局势的稳定。更何况我就率领几名战士，只用了几周时间就得胜而归。要是换作我的兄弟，且不说他们需要千军万马，至少也要率领数百战士，耗费数月时间才能完成使命。"弗格瑞姆的这番说辞虽有些自吹自擂，但也并非口说无凭，他放下音速神剑，止住了宝剑高速震动的嗡鸣声，"我只付出了微小的代价，就为人类帝国赢取了一颗新的星球，也为我的军团开辟了新的兵源。不仅如此，我已经向所有质疑我的人证明了自己的实力。"

"或许，你的行为已经印证了萨巴修斯兄弟会一直以来对你的评价。"

弗格瑞姆生气地摇了摇头说："他们要真认定我不够完美，那我做什么都无济于事。不是我做得不好，是他们太固执，根本不愿相信。"

"你找到的那些萨巴修斯著作，我其实一直都在读。"派雅珂皱了皱眉头道，她指着身前桌子上散乱的书卷，"里面谈到了'欲与求'等各种概念，虽然我们的对手已经化为土灰，可是这本书让我发现他们的思想中不乏有趣的见解，我们还可以从他们身上学到很多东西。"

"我早就觉得可以将他们的决斗技巧融入战斗训练中，第三军团的战士们一定会在今后获益良多，这一点我从不怀疑。"兄弟会的剑客几乎成功用剑剥下了西里乌斯的动力甲，这足以证明他们的剑术之高。

"那他们的哲学思想呢？"

弗格瑞姆迟疑了一阵，说道："什么思想？"

派雅珂叹了口气，她捧起其中一本书读道："对完美的渴求是一种不易察觉的剧毒，它会诱使人走上迂回的歧途，越来越执迷于完美本身，最终只能耽于理想，而无力行动。所以人类会因为内心的强欲而忘记自己应当追寻的目标，与真正的完美渐行渐远。"

"但若能实现理想，经历一番艰难困苦的求索不也是值得的吗？"弗格瑞姆说道，"我们唯有通过内心的欲望才能想象完美，进而实现完美。"

"或许有些人会说'完美'的求索过程更为重要。"

"甚至有人比我还有耐心。"

派雅珂承认这一点。"那么，你应该问问自己：你的理想值得你付出这么多代价吗？"她顿了一下，又说道，"弗格瑞姆，之前我们只要稍有闪失就可能满盘皆输。不论你承认与否，你差点就死在了萨巴修斯之巅。因为你纵容傲慢蒙蔽自己的理智，所以落入了敌人为弑杀半神而设计好的圈套。"

"可我最后平安地走了出来。"弗格瑞姆小声反驳道，这一次他没再直视派雅珂。

"但西里乌斯并非安然无恙,科林斯和他的同伙差点就杀了他。"

弗格瑞姆转身说道:"没有伤亡,哪来的胜利!"

派雅珂蹙眉道:"你一直憎恶帝国那群官僚漠视你儿子们的性命,可他们也正是用你刚说的借口为自己开脱。所以第三军团的战士们就像子弹一样被挥霍殆尽,他们前仆后继,用牺牲换来一场又一场胜利。紫凤亲王,我原以为你能编出一套更好的说辞呢。"

弗格瑞姆气急败坏,他俯视眼前的派雅珂,想着自己只需挥起一巴掌,就能将这个孱弱的老女人打得粉身碎骨。派雅珂也能感受到弗格瑞姆心中的怒火,但她觉得原体应该理解自己必须直言不讳,毕竟派雅珂并不只是在发表她自己的观点,而是代表泰拉,代表马卡多发言,最终也是在代表人类帝皇发声。

更糟糕的是,派雅珂说的并没有错。弗格瑞姆自诩高明,却干了蠢事。内心渴求完美的他希望能多快好省,一举完成任务,却忘记了围师必阙的道理。敌人为了保卫星球而孤注一掷,险些杀死了他。想到自己的失误,弗格瑞姆心中泛起一阵酸楚。如果其他原体兄弟知道此事,又会如何评价他呢?

弗格瑞姆想起了跪在自己身前的科林斯,还有他脸上平静的微笑。他在自己生命的最后时刻实现了完美吗?这个问题一直萦绕在弗格瑞姆心头,他在脑子里一遍又一遍地回忆这一幕,想从各种角度去分析。为什么科林斯会选择赴死,难道他也想以死明志?

大限将至前的最后瞬间,他是否战胜了蒙蔽心智的欲望,回到追寻目标的正途,赢了那场内心的决斗?

弗格瑞姆强压怒火,说道:"我……错判了形势,你说的没错,我因为急欲证明自己而冲昏了头脑,所以做出了一次错误的判断。"他顿了一下,又说道:"好吧,事实上,是错了好几次。"

派雅珂惊讶地眨了眨眼睛,弗格瑞姆看到首席宣讲者的表情不禁露出了微笑。不管派雅珂怎么想,她都没有真正了解弗格瑞姆,或许其他原体会固执己见,他们不仅不会改变自己身上的缺点,反而将这些缺陷夸耀成自己的个性。而弗格瑞姆则会为了追求完美,勇于承认自身的不足。

"欲与求,"弗格瑞姆敲了敲书卷说道,"也许你对他们哲学的评价是对的。如果我的儿子们想充分发挥出自身的潜力,他们就必须要学会调和自己内心的欲与求。"

"那现在我们该做什么？"过了一会儿，派雅珂问道。

"现在？"弗格瑞姆笑道，"我们已经向大洲进军，为自己征服了一个王国，战争也就此结束。"随后他转身离开，想象着自己将在未来获得的荣耀。拜赞斯不过是他征服的第一个世界，广阔的宇宙中还有无数星球没有被帝国编号，还有许多阴影之地期待能被"启明者"的光辉照耀。

"即刻，我们将重回星海，扬帆远航！"

作者简介

乔什·雷诺兹是一位作家,现居于谢菲尔德,他的作品有"荷鲁斯之乱"系列的《弗格瑞姆:凤凰领主》,"战锤40000"系类的《法比乌斯·拜尔:基因元祖》《法比乌斯·拜尔:克隆领主》与《死亡风暴》,以及中篇小说《猎人陷阱》和《但丁峡谷》。并且他还为有声书《黑盾:虚伪战争》与《狩猎大师》撰写台本。同时,他还创作了几部以中古战锤世界观为背景的小说,如"终焉之时"系列的《纳加许归来》与《末世之主》,以及"高崔克与菲利克斯故事"系列的《停尸议会》《颅骨之路》与《巨蛇皇后》。除此之外,他写作了许多以西格玛时代为背景的故事,如《哀歌魔武:阴影之矛》《纳加许:不死之王》《搞哥之怒》《黑色裂谷》与《斯卡文疫病氏族》。

译者简介

庆铸,香港城市大学语言研究硕士,西安外国语大学在读翻译博士,科幻文学爱好者,自初中时迷上"战锤","战争黎明"系列老玩家,"荷鲁斯之乱"老粉丝,最爱星际战士们的英雄史诗。

版权所有　侵权必究

图书在版编目（CIP）数据

弗格瑞姆　凤凰领主 /（英）乔什·雷诺兹著；庆铸译. -- 杭州：浙江科学技术出版社，2025.10.
ISBN 978-7-5739-1818-5

Ⅰ. I561.45

中国国家版本馆CIP数据核字第2025G7J295号

著作权合同登记号　图字：11-2025-330号

书　　名	弗格瑞姆　凤凰领主			
著　　者	[英]乔什·雷诺兹			
译　　者	庆　铸			
出版发行	浙江科学技术出版社			
	地址：杭州市环城北路 177 号		邮政编码：310006	
	办公室电话：0571-85176593			
	销售部电话：0571-85176040			
排　　版	浙江新华广告有限公司			
印　　刷	浙江海虹彩色印务有限公司			
开　　本	710 mm × 1000 mm　1/16		印　张	11.5
字　　数	230 千字			
版　　次	2025 年 10 月第 1 版		印　次	2025 年 10 月第 1 次印刷
书　　号	ISBN 978-7-5739-1818-5		定　价	35.00 元

责任编辑　吕路明　　　　　　责任校对　张　宁
责任美编　曹莞君　　　　　　责任印务　叶文炀